괴도신사 뤼팽

아르센 뤼팽 걸작선 1
괴도신사 뤼팽

지은이 모리스 르블랑
옮긴이 붉은 여우
펴낸이 안용백
펴낸곳 (주)넥서스

초판 1쇄 발행 2012년 5월 30일
초판 2쇄 발행 2012년 6월 5일

출판신고 1992년 4월 3일 제311-2002-2호
121-840 서울시 마포구 서교동 394-2
Tel (02)330-5500 Fax (02)330-5555

ISBN 978-89-5994-411-8 14860

저자와 출판사의 허락 없이 내용의 일부를
인용하거나 발췌하는 것을 금합니다.

가격은 뒤표지에 있습니다.
잘못 만들어진 책은 구입처에서 바꾸어 드립니다.

www.nexusbook.com
지식의 숲은 (주)넥서스의 인문교양 브랜드입니다.

아르센 뤼팽 걸작선
1

ARSÈNE LUPIN

괴도신사 뤼팽

모리스 르블랑 지음 | 붉은 여우 옮김

지식의숲

| 작품을 읽기 전에 |

아르센 뤼팽 & 모리스 르블랑

추리소설이 영국과 미국에서 크게 발전한 것은 단편의 창시자 에드거 앨런 포, 장편을 발전시킨 윌키 콜린스와 찰스 디킨스, 그리고 이 장르의 완성자 아서 코난 도일, 계승자 G. K. 체스터턴, 에드먼드 벤틀리 등의 위대한 작가들이 있었기 때문이다.

장편 추리소설을 최초로 썼다는 영예를 걸머진 프랑스의 에밀 가보리오는 명탐정 르콕을 만들어내긴 했으나 그의 소설은 '선정소설' 굴레에서 벗어나지 못하고 말았다.

그는 당시 프랑스의 대중 통속작가였으므로 신문에 연재하는 가정소설 속에 탐정 장면을 부분적으로 삽입한 격이 되었지만 그의 소설은 결국은 선정적인 통속소설에 불과했다.

그래서 프랑스의 추리소설은 에밀 가보리오의 전통을 지키느라 영미의 추리소설에 비하면 무척 격이 떨어졌다.

시대적으로나 기술적으로 가보리오에 가까운 작가는 포르튀네 뒤 보아고베(Fortune du Boisgobey, 1821-1891)였다.

뒤 보아고베는 가보리오의 충실한 제자였으며 그의 대표작

《르콕의 만년》(La Vieillesse de M. Lecoq, 1876)을 써서 스승이 창조한 르콕 탐정을 재등장시키고 있으나 그에게는 분석 능력과 수사의 흥미가 결여되어 있어서 그도 한낱 선정적 미스터리 작가가 되고 말했다.

프랑스가 세계적으로 이름을 떨치게 되는 미스터리 작가를 낳기 위해서는 20세기에 들어설 때까지 기다려야 했다. 그동안 영국의 추리소설 특히 코난 도일의 셜록 홈즈 모험담이 프랑스 작가들을 자극했을 것이다. 가장 두드러진 두 작가는 모리스 르블랑과 가스통 르루이다.

보알로 나르스자크의 《추리소설》(Roman Policier, 1964)을 보면 "가보리오는 코난 도일에게 영감을 주었다. 그리고 코난 도일은 모리스 르블랑에게 특수한 의미에서 그러했다. 아르센 뤼팽을 창조함에 있어서 모리스 르블랑은 결국 셜록 홈즈와는 모든 점에서 대조적인 주인공을 내세웠다."는 부분이 있다.

모리스 르블랑(Maurice Leblanc, 1864-1941)이 대중잡지 〈Je Sais Tout〉에 괴도신사 아르센 뤼팽을 주인공으로 범죄 모험소설을 쓰기 시작한 것은 1906년이다.

첫 단편 〈체포된 뤼팽〉(L'arrestation d'Arsène Lupin)가 독자의 호평을 받자 이어서 〈감옥의 아르센 뤼팽〉 등 여덟 편을 추가해 《괴도신사 뤼팽》(Arsène Lupin, Gentleman-Cambrioleur)이라는 제목으로 1907년에 출판되었다.

르블랑은 코난 도일에게 대항하여 셜록 홈즈와 맞서는 아르센 뤼팽을 내세웠을 텐데 이러한 대항의식은 마지막 단편〈한 발 늦은 셜록 홈즈〉(Sherlock Holmes arrive trop tard)에 노골적으로 나타나 있다. 장 폴 사르트르는《말》(Mots, 1986)에서 "나는 아르센 뤼팽을 숭배한다. 헤라클레스와 같은 완력, 교활한 용기, 프랑스적 지성이……" 하고 말하는 것을 보면 오늘날 셜록 홈즈가 영미의 아니 전 세계 독자들에게 주는 이미지와 같은 이미지를 뤼팽은 당시의 프랑스 독자에게 그리고 전 세계 독자에게 주었을 것이다.

셜록 홈즈가 추리의 천재, 진실의 사도, 정의의 화신이라고 한다면 뤼팽은 강도이며, 멋쟁이 신사이며, 협객이며 경찰관이며 탐정이기도 하다. 홈즈가 이상적 영국인이라면 뤼팽은 전형적인 프랑스인이다.

《괴도신사 뤼팽》의 마지막 단편〈한 발 늦은 셜록 홈즈〉에서 뤼팽은 홈즈의 시계를 훔쳤다가 돌려준다. 뤼팽은 소매치기의 명수이기도 하지만 신사강도로서는 좀 장난꾸러기 같은 인물이다. 그리고 드반이 폭소를 터뜨리는 것도 일부러 초대한 명탐정에 대한 에티켓으로는 조금 야비(?)하다.

코난 도일이 그가 창조한 명탐정이 아르센 뤼팽과 같은 신사강도에게 조롱당하는 것을 참지 못하여 모리스 르블랑에게 항의를 했다고 한다.

르블랑은 셜록 홈즈를 헐록 숌즈(Herlock Sholmes)로, 왓슨(Watson)을 윌슨(Wilson)으로 바꾸고 있을 뿐이다. 그래서 두 번째 단편집도 《아르센 뤼팽 대 셜록 홈즈》(Arsène Lupin contre Herlock Sholmes, 1908)로 되어 있고 〈한 발 늦은 셜록 홈즈〉도 그렇게 고치고 있다. 그러나 여기서는 셜록 홈즈로 부르기로 한다.

뤼팽은 장편 《수정마개》(Le Bouchon de Cristal, 1910), 《기암성》(L'aiquille-creuse, 1912), 《813의 수수께끼》(813, 1923), 단편집 《시계 종이 여덟 번 울릴 때》(Les huits coups de l'horloge, 1913), 〈뤼팽의 고백〉(Les Confidences d'Arsène Lupin, 1913), 〈바네트 탐정사〉(L'Aqence Barnett, 1927) 등 20여 권에서 활약한다.

아르센 뤼팽은 완력이나 배짱이나 두뇌가 슈퍼맨에 속한다. 그는 만능선수이다. 그에게는 왓슨 역이 없다. 부하는 있으나 도구에 불과하다. 다만 도덕성과 정의감이 부족한 것이 흠이랄까. 그러나 강도라도 '신사'가 붙어 있으며 때로는 경찰부장을 지내며 자신의 체포 명령을 내리기도 한다. 추리력도 대단하다. 종횡무진이며 신출귀몰한다. 그도 홈즈처럼 신화적 존재가 되었다. 그는 셜록 홈즈와 더불어 우리들의 청소년기뿐만 아니라 평생의 영웅이 된 것이다.

차례

작품을 읽기 전에	4
체포된 뤼팽	10
감옥 속의 뤼팽	33
뤼팽의 탈출	65
수상한 여행자	99
왕비의 목걸이	125
하트 세븐	152
앵베르 부인의 금고	206
흑진주	225
한 발 늦은 홈즈	248

체포된 뤼팽

참으로 기이한 여행이었다! 그래도 처음에는 꽤 순조로웠었다! 사실 나로서는 이렇게 좋은 여행에 대한 기억이 별로 없다. 프로방스 호는 대서양 항로의 쾌속선으로 배에는 여러 가지 오락시설이 마련되어 있다. 승객들 역시 괜찮은 사람들뿐이었다. 세상을 등지고 마치 미지의 섬에 모여든 사람들처럼, 그리하여 반드시 다정하게 지내지 않으면 안 되는 사람들처럼 승객들은 서로 쉽게 친해졌다.

그렇다. 우리는 너무나 쉽게 친해졌다…….

전날까지만 해도 낯설고 서먹했으나 끝없는 하늘과 바다, 대양의 분노와 무서운 파도와 죽은 듯이 흐르는 밤바다의 음험한 정적에 젖어들기 시작하면서, 우리는 전혀 바라지 않는 이채로운 사건에 휘말려들 수 있다는 것을 절감했고, 그러니 서로 간에 자연 가까워질 수밖에 없게 되었다.

인생의 축소판이랄까. 인생의 비극과 위대함, 또한 단조로움과 복잡함이 얽혀 있는…… 그러므로 사람들은 시작과 결말이 뻔한 여행인데도 대단한 열정의 고조 속으로 그만 흠뻑 빠져드는 것이 아니겠는가.

그런데, 몇 년 전부터 이 흥미로운 여행에 한층 더 흥미를 돋워주는 요소가 덧붙여졌다. 바다를 떠도는 이 조그마한 섬은 스스로 도망쳐 온 현실세계와 묘하게도 연결되어 있었던 것이다! 망망대해에서 한없이 풀어졌던 세상과의 끈은 어느 순간 또다시 연결되고! 아, 무선 전신! 생각지도 못 했던 소식들이 홀연히 날아든다. 눈에 보이는 전선 같은 건 이제 머릿속에 그려볼 필요조차 없어졌다. 그야말로 이것은 불가사의하고 시적(詩的)인 상상력이 아니겠는가!

그 때문에 우리는 속삭이는 듯한 먼 나라 언어의 호위를 받으며 여행을 하는 기분이었다. 처음에 나한테는 두 명의 친구가 연락을 보내왔다. 그리고 곧 열 명, 스무 명이 넘는 사람들이 공간을 거슬러 아쉽고도 따뜻한 작별의 말을 보내왔다.

그러던 어느 날, 폭풍우가 몰려올 것 같은 오후, 프랑스 해안에서 5백 마일쯤 떨어졌을 때 다음과 같은 전보 한 통이 날아들었다.

귀선 일등칸에 아르센 뤼팽 승선하였음.
금발머리. 오른팔에 상처. 동행자 없이 혼자 여행 중.
현재 가명은 R.....

바로 그때, 어두운 하늘에서 귀를 찢는 뇌성이 울렸다. 그와 함께 전파는 중단되었고, 전보의 마지막은 불통이 되고 말았다. 그러니 아르센 뤼팽의 가명은 머리글자밖에 알 수가 없게 된 셈이다.

다른 뉴스였다면, 무선 통신사도 수상 경찰관도 선장도 엄중하게 비밀을 지켰을 일이다. 그러나 아무리 면밀하고 용의주도하다 해도 숨길 수 없는 사건이 있는 법이다. 어떻게 해서 새어 나갔는지는 모르지만, 그날 안으로 우리는 한 사람도 빠짐없이 그 유명한 아르센 뤼팽이 승객 중에 섞여 있다는 것을 알게 되었다.

아르센 뤼팽이 함께 타고 있다니! 몇 달 동안 연일 신문에 오르내리고 있는 바로 그 유명한 괴도가 말이다! 최고의 민완 경찰로 알려진 가니마르 노경감과 사투를 벌였던 수수께끼의 인물! 성(城)이나 살롱만을 털어가는 이상한 도둑. 이 사나이는 어느 날 밤 쇼르망 남작의 저택에 숨어들어가 아무것도 훔치지 않은 채 메모 한 장만을 달랑 남겼다고 한다.

물건이 진품으로 제대로 갖춰졌을 때 다시 방문하겠음.
_괴도신사 아르센 뤼팽

운전사, 테너 가수, 마권업자, 좋은 집안의 자제, 젊은이, 노인, 마르세유의 떠돌이, 러시아인 의사, 스페인의 투우사 등등 그 무엇으로도 모습을 바꿀 수 있다는 변신의 천재, 아르센 뤼팽! 생각해 보라! 그러한 뤼팽이 정해진 대서양 항로를 오고가는 이 좁은 배 안에 머물고 있다는 사실을! ······일등칸 선실의 한 구석, 식당, 살롱······ 아니면 흡연실, 어쩌면 이 신사일지도······ 그렇지 않으면 저 신사······ 식탁에서 내 곁에 앉았던 사내······ 선실에서 함께 지내고 있는 낯선 승객? ······아아, 이런 상태가 앞으로도 한동안 계속된다니!

"도저히 견딜 수 없어! 아직 닷새나 더 여행을 해야 하는데······ 도대체 왜 빨리 그를 체포하지 못하는 거죠?"

전보가 도착한 다음 날, 넬리 언더다운 양이 내게 말했다.

"앙드레지 씨, 당신은 선장과 꽤 친한 사이잖아요. 뭐 아는 것 없으세요?"

사실 나는 할 수만 있다면 넬리 양을 만족시켜 주고 싶었다. 넬리 양은 어디를 가나 금방 사람들의 주목을 끄는 꽤 멋진 여자였다. 아름다운 미모뿐만 아니라 엄청난 재산의 소유자이기도 했다. 그렇기에 주위엔 그녀의 열렬한 추종자들로 늘 북적거렸다.

파리에서 프랑스인 어머니의 손에 자란 그녀는 지금 제를랑 부인과 함께 시카고의 대부호인 아버지 언더다운 씨를 찾아가는 중이었다.

처음 그녀를 보았을 때, 솔직히 나는 치기로 그녀에게 접근했다. 그러나 한정된 공간 속에서의 잦은 만남은 곧 그녀를 친밀하게 느끼도록 했고, 그녀의 커다란 눈이 나를 향할 때면 지나치리만큼 가슴이 쿵쾅거리며 두방망이질쳤다. 그녀도 내가 추어주는 말에 대해 비교적 호의적으로 반응해 주었다. 재치 있는 말을 하면 방긋 웃어 주었고, 내가 주절거리는 세상 이야기에도 꽤나 흥미 있어 했다. 그녀는 나의 은근한 친밀감의 표시에 대해서도 어렴풋하게나마 공감을 보여주었다.

허나 마음에 걸리는 연적(戀敵)이랄 수 있는 자가 한 사람 있었다. 그는 꽤 잘생겼는데다가 우아하고 점잖았으며 품위 있게 행동하는 젊은이였다. 그녀는 파리지앵 특유의 노골적인 내 태도보다는 이 젊은이의 과묵한 태도에 좀더 후한 점수를 주고 있는 것 같은 눈치였다.

아무튼 그녀가 내게 질문을 던졌을 때, 그자 역시 넬리 양의 추종자들 사이에 끼여 있었다. 그때 우리는 갑판의 흔들의자에 앉아 있었는데, 전날 폭우로 하여 말갛게 갠 하늘 때문인지 무척이나 상쾌하게 느껴지는 날씨였다.

"넬리 양, 나 역시 확실하게 아는 건 별로 없습니다. 하지만 뤼팽의 숙적인 가니마르 경감처럼 우리가 직접 수사를 해볼 수도 있겠죠."

"어머나, 어떻게 그런 생각을 다…… 허나 쉽게 생각하는 거 아니에요?"

"글쎄요…… 우리라고 하여 불가능하다고는 생각지 않는데요."

"이건 매우 복잡한 문제예요."
"그건 당신이 문제 해결의 요점을 잊고 있기 때문에 그렇게 생각하는 겁니다."
"요점이라니요?"
"첫째, 뤼팽은 현재 R…… 이라는 이름을 사용하고 있습니다."
"그것만으로는 너무 막연하지 않아요?"
"둘째, 혼자서 여행하고 있다는 것."
"하지만 그것도 너무 부분적이에요!"
"셋째, 금발이라는 것!"
"그래서요?"
"그럼 뻔하지 않습니까? 선객 명부를 조사하여, 이 세 가지에 해당되지 않는 사람의 이름을 하나씩 제외시켜 나가면 되는 거 아닙니까?"

이왕 내친 김인지라 나는 주머니 속에 들어 있던 승객 명부를 꺼내어 살펴보기 시작했다.

"머리글자가 들어맞는 사람은 열세 사람이로군요."
"겨우 열세 사람?"
"일등칸 승객 중엔 분명 그렇습니다. 또한 이중 아홉 사람은 부인과 아이들 또는 하인을 동반하고 있습니다. 혼자서 여행하는 사람은…… 겨우 넷뿐이로군요. 우선 라베르당 후작……."
"대사관의 서기관이시죠. 제가 잘 알고 있는 분입니다."

넬리 양이 말참견을 했다.

"그럼, 로슨 소령……."
"저의 숙부입니다."
누군가가 또 끼여들었다.
"리볼타 씨……."
"접니다!"
한 사람이 대답했다. 그는 얼굴이 새까만 수염 속에 파묻혀 있는 이탈리아인이었다.
넬리 양이 웃음을 터뜨렸다.
"이분은 금발이 아닌걸요!"
"그렇다면…… 범인은 마지막 사람이라고 결론내릴 수밖에 없겠군요."
"그렇다면 결국?"
"그렇습니다. 로젠느 씨입니다. 누구 로젠느 씨를 아시는 분 계십니까?"
아무도 대답이 없었다. 그러자 넬리 양이 늘 그녀를 따라다니면서 나로 하여금 질투를 느끼게 했던 과묵한 젊은이에게 이렇게 말하는 것이었다.
"로젠느 씨, 어째서 대답하지 않으시는 거죠?"
순간 사람들의 시선이 일제히 그에게로 쏠렸다. 더욱이 그는 금발이었다.
솔직하게 말해서 나는 충격을 받았다. 모두들 짓눌린 듯 잠자코 있는 것을 보면 다른 사람들도 나와 같은 충격을 받았음에 틀림없었다. 그러나 그것은 우습기 짝이 없는 일이었다. 왜냐하면 이 신사의 태도에는 어느 한 구석도 의심을 받을 만한 점이 없었기 때문이다.

"어째서 대답하지 않냐고요? 나는 이미 이런 조사를 혼자 해보았었는데…… 이름이나, 혼자서 여행하고 있는 점이나, 머리카락 색깔을 근거로 범인을 따지고 들면 지금의 결론과 별다르지 않더라 이 말이오. 그러니 당신들이 나를 체포하면 되지 않겠소?"

그는 이상한 태도를 취하고 있었다. 두 개의 직선처럼 얇은 입술은 한층 더 가늘어졌고 파랗게 질려 있었다. 눈에는 빨갛게 핏발이 섰다. 그의 말은 분명히 농담이었다. 그러나 그의 표정과 태도는 인상적이었다. 넬리 양은 부드럽게 물었다.

"그렇지만 다치진 않으셨지요?"

"네. 부상은 입지 않았습니다."

그는 신경질적인 몸짓으로 소매를 걷어올리고 팔을 내밀어 보였다. 나는 흠칫 놀랐다. 그리고 넬리 양의 눈을 마주 보았다. 그는 왼쪽 팔을 보였던 것이다.

그런데 내가 그것을 말하려고 한 바로 그 순간, 우연히도 우리의 주의를 다른 곳으로 돌리게 하는 일이 일어났다. 넬리 양의 친구인 제를랑 부인이 달려온 것이었다.

그녀는 매우 당황해하고 있었다. 사람들은 그녀의 주위로 몰려들었다. 그녀는 간신히 입을 열었다.

"저의 보석, 저의 진주를! ……모두 훔쳐가 버렸어요!"

나중에 안 일이었지만 모두 훔쳐간 것은 아니었다. 도둑은 그중에서 특별히 좋은 것만 골라서 훔쳐갔다!

별 모양의 브로치에 달린 다이아몬드, 목걸이에 달린 루비 메달, 뜯겨진 목걸이나 팔찌에서 가장 큰 보석이 아니라 귀중한 것, 무게는 나가지 않지만 값이 비싼 것만 훔쳐간 것이었다. 테이블 위에 거미발을 남겨두고 있었다. 우리는 모두 아름답고 눈부신 꽃잎이 뜯겨진 꽃처럼 보석을 빼간 장신구를 멍청히 바라보았다.

이 일을 해치우기 위해서는 제를랑 부인이 차를 마시고 있는 한낮 동안, 사람 왕래가 많은 복도에서 선실 도어를 비틀어 열고 들어가 모자 상자 바닥에 감추어 두었던 손가방을 찾아내어 보석을 고르지 않으면 안 되었을 것이다!

우리는 모두 놀라서 입을 딱 벌렸다. 이 도난 사건이 알려지자 승객들은 모두 이렇게 생각했다. 이것은 아르센 뤼팽의 짓이다. 사실 그것은 바로 뤼팽의 잔손질이 많이 간 불가사의하고도 조리에 맞는 수법이었다. 왜냐하면 보석 모두라면 부피가 커서 감추기 어렵겠지만, 여기저기에서 뽑아낸 진주나 에메랄드나 사파이어 같은 자잘한 것들이라면 훨씬 편할 것이기 때문이다.

그 일이 있은 뒤 저녁 식사 때, 로젠느의 양옆에는 두 사람이나 자리가 비어 있었다. 그리고 그날 밤, 그가 선장에게로 불려갔다는 것을 알았다.

모든 사람들은 로젠느가 체포된 것이라고 믿고 그제야 겨우 숨을 돌렸다. 그리하여 그날 밤은 모두들 한껏 놀이를 즐겼다. 춤도 추었다. 그중에서도 넬리 양은 매우 쾌활한 얼굴이어서 로젠느에 대한 마음 씀씀이가 이젠 모두 사라진 것이라고 믿었다. 물론 그녀의 우아함에 더욱더 나는 도취되고 말았다. 밤이 깊었을 때, 밝은 달빛 아래에서 나는 그녀에게 정열적으로 내 평생을 바치겠다고 맹세했다. 그녀도 싫지는 않은 모양이었다.

다음 날 로젠느가 증거 불충분으로 풀려났다는 것을 알게 되었을 때, 모든 사람들은 어이가 없었다.

그는 굉장한 규모의 보르도 포도주 상인의 아들로서, 완벽하게 갖추어진 서류를 제출하였다. 뿐만 아니라 그의 양쪽 팔에서는 상처 자국 같은 것은 전혀 찾아볼 수가 없었다.

"서류? 출생 증명서?" 로젠느의 적들은 아우성쳤다. "아르센 뤼팽이라면 그런 것쯤 얼마든지 거짓으로 만들 수 있어. 부상 같은 건 입지도 않았거나, 아니면 상처 자국을 지워버렸을걸."

그러나 도난이 있었던 그 시간에 로젠느가 갑판을 산책 중이었다는 사실이 밝혀졌다.

"나 원 참, 아르센 뤼팽 정도의 인물이 현장에 직접 들어가 물건을 훔쳤겠어?"

이런 반론이 또다시 사람들 사이에 드세게 일어났다.

아무튼 이런 모든 문제를 제쳐놓더라도, 한 가지 쉽게 납득이 되지 않는, 그러니까 많은 사람들이 그가 뤼팽이 아니라고 주장할 수 없는 한 가지 사실이 있었다. 그것은 로젠느 말고, 혼자 여행하며 금발인데다가 머리글자가 R인 사람이 또 누가 있느냐는 것이다. 전보로 지명한 사람이 로젠느가 아니라면 또 누구란 말인가?

점심 식사가 시작되기 전 로젠느가 태연하게 우리 쪽으로 다가왔다. 넬리 양과 제를랑 부인이 벌떡 일어나 다른 곳으로 자리를 옮겼다.

그것은 분명히 거부의 표시였다.

한 시간 뒤 필기된 회람(回覽)이 배의 사무원과 선원, 각 선실의 승객들의 손에서 손으로 건네졌다. 루이 로젠느 씨에게서 아르센 뤼팽의 누명을 벗겨주거나, 또는 도둑맞은 보석을 가지고 있는 사람을 발견한 이에게는 1만 프랑의 현상금을 준다는 내용이었다.

또한 로젠느는 선장에게 이렇게 장담했다.

"아무도 내게 협력해주지 않는다고 해도, 난 그를 붙잡아 여러분들에게 보여드릴 것을 약속합니다."

아르센 뤼팽 대 로젠느라기보다는, 오히려 모든 사람의 소문처럼 아르센 뤼팽 대 아르센 뤼팽이니, 그 경쟁은 자못 흥미로울 것이었다.

로젠느의 수사는 이틀 동안 계속되었다. 로젠느는 이곳저곳 돌아다니며 캐묻고 다녔다. 밤에도 이곳저곳을 돌아다니는 그의 그림자를 그리 어렵지 않게 볼 수 있었다.

선장도 여러 가지 온갖 수단을 다 동원하여 수색을 하였다. 그야말로 프로방스 호의 위에서 아래까지 구석구석 살피지 않은 곳이 없었다. 핑계는 적당했고, 간단했다. '범인은 자기 선실이 아닌 어딘가 다른 곳에 훔친 물건을 숨겨두었을 것입니다. 그러니 예외 없이 모든 것을 살펴보아야만 합니다.' 참으로 그럴듯한 구실이었다.

넬리 양이 내게 넌지시 물었다.

"뭔지 몰라도 반드시 찾아내겠지요? 아무리 마술쟁이라 하더라도 다이아몬드며 진주를 보이지 않게 감출 순 없을 테니까요."

"맞습니다. 허나 그래도 나오지 않는다면 모자 속이나 웃옷 안감 등 우리 몸에 붙이고 있는 모든 것을 조사하지 않으면 안 될 것입니다."

나는 그녀의 갖가지 포즈를 찍은 9×12 사이즈의 코닥 카메라를 보이면서 말했다.

"이렇게 조그마한 카메라라고 해도 제를랑 부인의 보석을 모두 감출 수는 있을 겁니다. 사진 찍고 있는 척하면 그 누가 알겠어요."

"하지만 무언가 단서를 남기지 않는 도둑은 없다고 하던데……."

"한 사람 있습니다…… 그가 바로 아르센 뤼팽입니다."

"왜 그렇죠?"

"왜라니요? 아르센 뤼팽은 자기 자신의 범행뿐만 아니라, 정체를 드러낼 것 같은 모든 상황에 대해 신경을 쓰는 자입니다."

"처음에 당신은 자신이 있지 않았어요?"

"하지만 그 뒤 나는 그의 수법을 알았거든요."

"그래서 어떤 의견이시지요?"

"이 수사는 시간 낭비일 뿐이라고 생각합니다."

사실 수사는 아무런 성과도 없었다. 적어도 이 경우에만은 성과가 노력에 따라 보답되는 것이 아니었다. 또 선장의 시계가 없어졌던 것이다.

선장은 불같이 화가 나서 날뛰었고, 전에 몇 번이나 추궁했던 로젠느의 주위를 더욱 철저하게 감시했다. 그런데 다음 날 아이러니컬하게도 그 시계가 부선장의 양복 칼라 사이에서 발견되었다.

그것은 마치 기적과도 같은 일로서, 희롱하는 아르센 뤼팽의 수법을 잘 드러내고 있었다. 뤼팽은 도둑이기는 했으나 동시에 딜레탕트(풍류인)였던 것이다. 도둑질은 그의 천직이자 취미였던 것이다. 마치 그것은 자기 작품을 상연시켜 놓고, 무대 뒤에서 자신의 재치며 극중 장면 같은 것을 지켜보며 한껏 웃고 있다고나 할까.

그는 분명히 독특한 예술가였다. 말이 없고 고집스러운 로젠느를 관찰해 볼 때, 그리고 이 기괴한 인물이 연극을 하고 있음에 틀림없는 1인 2역에 대해 생각해볼 때 나는 일종의 감탄을 느끼지 않을 수 없었다.

그런데 그저께 밤에 당직 경비원이 갑판의 가장 후미진 곳에서 신음소리를 들었다. 그는 그곳으로 다가갔다. 두꺼운 회색 천으로 머리를 감싼 한 사내가 손목을 끈으로 묶인 채 쓰러져 있었다.

묶여 있는 끈을 풀고 일으켜 세운 다음, 정성 들여 치료를 했다.

그 사나이는 바로 로젠느였다.

로젠느는 수사 중에 습격을 받아 얻어맞고 쓰러졌으며, 돈을 빼앗긴 것이다. 그의 옷에 핀으로 꽂힌 명함에는 이렇게 씌어 있었다.

로젠느의 현상금 1만 프랑을 고맙게 받아감.

— 아르센 뤼팽

그때 로젠느의 지갑에는 1천 프랑짜리 지폐가 스무 장이나 들어 있었다.

물론 나는 범인 자신이 연극한 것이 아닌가 생각했다. 그러나 자기 스스로 그렇게 묶는다는 것은 불가능했고, 명함의 필적이 로젠느의 글씨체와는 전혀 달랐으며 배 안에 있는 낡은 신문에서 본 뤼팽의 필적과 똑같았다.

그리하여 로젠느는 아르센 뤼팽이 아니라는 결론에 이르렀다. 로젠느는 로젠느이다. 보르도 상인의 아들인 것이다. 그리고 아르센 뤼팽이 이 배 안에 있다는 것이 다시 한 번 확인된 셈이었다. 이 가공할 사건으로 말미암아 모두들 공포에 떨었다. 사람들은 이제 선실에서 혼자 있을 수도, 그리고 떨어진 장소에 혼자 가는 일 같은 건 더더구나 할 수 없게 되었다. 승객들은 서로 믿을 수 있는 사람들끼리 그룹을 만들었다. 그러나 본능적인 경계심은 가장 다정한 사람들까지도 분열시켰다. 왜냐하면 위협은 고립된 개인에게서 나오는 것이 아니었기 때문이다. 이제야말로 아르센 뤼팽…… 그러니까 누구나 다 아르센 뤼팽이 되고 만 셈이다. 우리의 흥분된 상상력은 기적적인 무한한 힘을 뤼팽에게 부여하고 있었다. 어떤 변장이라도 할 수 있으니 존경할 만한 로슨 소령으로도, 점잖은 라베르당 후작으로도, 뿐만 아니라 처자나 심부름꾼을 거느린 사람으로도 둔갑할 수도 있다고 믿게 되었다. 어쨌든 머리글자 따위는 믿을 수 없다고 생각하게 되었다.

첫번째 무전으로는 아무것도 알 수 없었다. 그리고 선장은 우리에게 아무것도 알려주지 않았다. 이런 침묵이 우리를 더욱 불안하게 만들었다.

그래서인지 마지막 날은 몹시 지루하게 느껴졌다. 사람들은 늘 불행을 두려워하며 하루를 보내곤 했다.

이번에는 도난 같은 것은 아닐 것이야, 단순한 습격 따위 역시 아닐 것이야. 흉악한 범죄! 살인일지도 몰라. 아르센 뤼팽이 이런 쩨쩨한 도둑질 두 번만으로 얌전히 있을 리 없지. 당국이 아무런 힘을 발휘할 수 없는 이 배의 절대적인 지배자는 아르센 뤼팽이야. 그는 무엇이든지 하고 싶은 대로 할 수가 있는 거야. 생명이든, 재산이든, 모두 다 자유로이, 제 마음대로 말이야.

솔직히 이번 여행은 내게 있어서 매우 즐거웠다. 그동안 넬리 양이 나를 의지하게 되었기 때문에 더욱 그러하다. 본디 조심성이 많은 그녀는 이번 사건 때문에 겁을 집어먹고 자연히 내게 보호와 안전을 요구하게 되었으며, 나는 그녀에게 도움을 주는 것이 매우 기뻤다.

마음속으로 나는 아르센 뤼팽을 축복하고 있었다. 우리 두 사람을 가깝게 만들어준 것은 바로 그가 아니던가? 내가 가장 아름다운 꿈에 젖어들 권리를 얻은 것도 그의 덕분이 아닌가? 사랑의 꿈과 좀더 현실성이 있는 꿈-앙드레지 집안은 포와트 지방의 명문이지만 그 가문이 얼마쯤 빛을 잃었으므로, 그 잃어버린 빛을 되찾으려는 것이 귀족에게 어울리지 않는 일로 여겨지지는 않았다.

그리고 나의 이 꿈이 넬리에게 있어서 조금도 불유쾌한 것이 아님을 나는 느끼고 있었다. 그녀의 상냥한 눈은 나에게 그 꿈을 지닐 것을 허용해 주었다. 그녀의 목소리에서 느껴지는 다정다감함은 나에게 희망을 가지라고 말해주는 것 같았다.

우리는 마지막 시간까지 난간에 팔꿈치를 괴고 바싹 붙어 있었다. 미국 해안이 우리의 눈앞에 펼쳐지고 있었다.

수신도 끊겼다. 사람들은 기다리고 있었다. 일등실로부터 이민자들이 우글거리는 삼등실에 이르기까지, 풀리지 않는 수수께끼가 겨우 풀릴 수 있는 마지막 순간을 기다리고 있었다. 아르센 뤼팽은 과연 누구일까? 그 유명한 아르센 뤼팽은 어떤 이름, 어떤 가면 아래 숨어 있는 것일까?

그리고, 그 마지막 순간이 왔다!

나는 앞으로 백 년을 더 산다 해도 그때의 사건을 아주 보잘 것없는 조그마한 점까지 잊어버릴 것 같지 않다.

"넬리 양, 얼굴이 몹시 창백해 보이는군요?"

나는 녹초가 된 듯이 내 팔에 기대어 있는 그녀에게 물었다.

"당신도 처음하곤 많이 다른 것 같은데요!"

"생각을 좀 해보십시오. 이 순간이야말로 정말로 제겐 극적입니다. 이 순간 당신과 함께 있다는 것이 진실로 기쁩니다. 넬리 양, 나는 당신에 대한 추억을 잊지 못할 겁니다."

그러나 그녀는 매우 지친 사람처럼 내 말은 하나도 듣지 않고 있었다. 이윽고 트랩이 내려졌다. 그러나 우리들이 내리기 전에 세관 직원, 제복을 입은 경관, 짐꾼들이 먼저 배 위로 올라왔다.

넬리 양이 중얼거렸다.

"아르센 뤼팽이 항해 중에 도망쳐버렸다고 해도 나는 놀라지 않을 거예요."

"하긴 그는 불명예보다는 죽음을 택할 위인이죠. 아마도 그랬다면 대서양으로 뛰어들었을 겁니다."

"농담은 그만두세요."

그녀가 가볍게 웃으며 대꾸했다.

그때 갑자기 내가 숨을 멈추고 한 곳을 주시하자 깜짝 놀란 그녀가 이유를 물어왔다.

"트랩 끝에 서 있는 저 키 작은 노인이 보이지요?"

"우산을 들고, 올리브색 프록코트를 입은 사람 말인가요?"

"그가 바로 가니마르입니다."

"가니마르?"

"네, 유명한 경찰관으로 아르센 뤼팽을 자기 손으로 잡아 보이겠노라고 선언한 사나이입니다. 그러고 보면 미국측에서도 아르센 뤼팽에 대해 아무런 정보가 없었던 것 같군요. 그런데 가니마르가 이곳에 와 있다는 건 좀 뜻밖인데요. 하긴 그의 일 처리 스타일이 그렇긴 합니다만…….”
"그럼 이제 아르센 뤼팽은 붙잡히는 건가요?”
"그건 알 수 없지요. 가니마르도 뤼팽이 변장한 모습밖에는 본 일이 없다고 했으니까요. 뤼팽이 현재 사용하고 있는 가짜 이름을 알지 못하는 한 조금은 힘들 것 같은데요…….”
"아아! 아르센 뤼팽이 붙잡히는 걸 제 눈으로 꼭 보고 싶어요.”
그녀는 여자들에게서 흔히 볼 수 있는 조금 잔혹한 호기심으로 눈빛을 빛내며 말했다.
"기다려 보면 알게 되겠죠. 아마도 아르센 뤼팽은 벌써 적이 이곳에 있다는 것을 눈치챘을 겁니다. 그러니 저 노인의 눈이 지쳐 있을 때를 노렸다가 맨 나중에 배에서 내리지 않을까요?”
사람들이 배에서 내리기 시작했다. 가니마르는 우산에 기댄 채 한가한 모습으로 난간 사이를 서로 밀고 밀리며 내려가는 군중을 무심한 눈빛으로 바라보았다. 그들에게는 전혀 관심조차 없는 듯해 보였다. 자세히 보니 그의 뒤쪽에 승무원 한 사람이 달라붙어 있었다.
라베르당 후작, 로슨 소령, 이탈리아인 리볼타가 내려갔다. 그리고 수많은 승객들이 뒤를 따랐다. 그리고 급기야 로젠느가 모습을 드러냈다.
가엾은 로젠느! 그는 아직도 자신에게 닥쳤던 불운의 후유증을 극복하지 못한 것 같았다.

"틀림없이 저 사람이에요. 어떻게 생각하시죠?"

넬리 양이 속삭였다.

"나는 가니마르와 로젠느가 함께 있는 것을 사진 찍으면 재미있을 거라고 생각합니다. 난 짐이 많으니 당신이 좀 찍어봐요. 난 두 손을 다 움직일 수가 없으니까요."

나는 카메라를 그녀에게 주었으나 그녀가 그것을 사용하기에는 이미 너무 늦었다. 로젠느가 이미 지나쳐버린 것이다. 사관이 가니마르의 귀에 속삭였다. 가니마르는 슬쩍 목을 움츠렸다. 그리고 로젠느는 가버렸다.

그러면 대체 아르센 뤼팽은 누구란 말인가?

"그가 아니면 누구죠?"

이제 스무 명 정도밖에 남아 있지 않았다. 그녀는 스무 명 속에 뤼팽이 있지 않을까 하여 막연한 불안을 느끼며 한 사람 한 사람을 살펴보았다.

"이제 우리도 내려가죠."

그녀는 앞장서서 걷기 시작했다. 나는 그녀의 뒤를 따랐다. 그러나 채 열 발자국도 걷기 전에 가니마르가 우리의 앞을 가로막고 섰다.

"뭡니까?"

내가 따지듯이 소리쳤다.

"잠깐 기다려 주시오. 바쁘신가요?"

"나는 이 아가씨와 일행입니다."

"그래도 잠깐만 기다리시오!"

그의 목소리가 명령적으로 변했다. 그가 빤히 내 얼굴을 바라보다가 정색하며 말했다.

"어허, 이거 아르센 뤼팽 아니시오!"

나는 웃음을 터뜨렸다.

"아니오. 나는 베르나르 앙드레지입니다."

"베르나르 앙드레지는 3년 전에 마케도니아에서 사망했소."

"베르나르 앙드레지가 죽었다면, 내가 이 세상에 있을 리가 없지요. 그렇지 않습니까? 자아, 이것이 제 서류입니다."

"그 서류는 분명 진짜요. 어떻게 해서 당신이 이것을 지니게 되었는지는 내가 설명해 드릴 수 있는데……."

"당신 정신이 돈 것 아니오? 아르센 뤼팽은 R이라는 가명으로 배에 탔단 말입니다!"

"그것도 자네의 수법이었지. 그렇게 해서 정체를 감추었던 거야. 어쨌든 놀라운 솜씨였어. 그러나 이번에야말로 마지막이야. 자아, 뤼팽, 팔을 보여주게나!"

나는 순간 머뭇거리지 않을 수 없었다. 그러나 이미 늦었다. 그가 갑자기 내 오른팔을 손으로 내리쳤다. 나는 심한 고통에 외마디 비명을 내질렀다. 상처는 아직 완전히 나은 상태가 아니었다.

이젠 어쩔 수 없는 상황이 되었다. 나는 넬리 양에게로 시선을 던졌다. 그녀는 파랗게 질린 얼굴로 금방이라도 쓰러질 것 같은 모습이었다.

그녀의 눈과 내 눈이 어느 순간 부딪쳤다. 그런 후 그녀는 내가 준 카메라 위로 시선을 떨구었다. 그녀의 태도로 보아 이미 모든 것을 알았다는 것을 나는 눈치챘다. 아니, 나는 확신을 가졌다. 그렇다! 내가 가니마르에게 잡히기 전에 그녀의 손에 맡긴 조그마한 물건! 검은 상자 속에는 로젠느의 1만 프랑과 제를랑 부인의 진주와 다이아몬드가 들어 있었던 것이다!

아, 맹세하건대 지금 이 순간, 가니마르와 그의 두 부하가 나를 둘러싸고 있는 이 순간에도 나는 그런 것 따위에는 조금의 관심조차 없었다. 나의 체포나, 사람들의 적개심 어린 시선, 그 모든 것에 말이다. 다만 나는 넬리 양의 선택이 중요했다. 내가 맡긴 물건을 그녀가 어떻게 처리하느냐 하는 것 말이다.

나는 이 움직일 수 없는 증거를 압수당하는 것쯤은 조금도 두렵지 않았다. 다만 넬리 양의 마음이 문제였다. 그들에게 넘겨줄 것인가? 나는 그녀에게 배신당할 것인가? 파멸당할 것인가? 그녀는 나를 용서할 수 없는 적으로서 경멸할 것인가? 그렇잖으면 추억을 지닌 여자로서 얼마쯤의 너그러움과 얼마쯤의 무의식적인 동정을 가지고 행동할 것인가?

그녀는 아무 말 없이 내 앞을 지나갔다. 나 역시도 정중하게 머리 숙여 그녀에게 인사했다.

그녀는 다른 여행자들 사이에 섞여, 내 카메라를 든 채 트랩 쪽으로 발걸음을 옮겼다.

'어쩌면 그녀는 조금 시간이 지난 뒤 그 물건을 가니마르에게 넘겨줄지도 모른다. 지금 당장은 사람들의 시선 때문에 꺼려하는지도 모르기 때문이다.'

그런데 그것이 아니었다. 그녀가 트랩 중간쯤에 이르렀을 때, 그녀는 잘못하여 발을 헛디딘 사람처럼 삐끗거리더니 선창의 암벽과 배의 동체 사이의 물 속으로 카메라를 은근슬쩍 떨어뜨렸다. 그리고 그녀는 점점 멀어져 갔다. 그녀의 아름다운 모습이 군중 속에 감추어졌다가 다시 나타났다. 그러고는 보이지 않게 되었다. 마지막, 영원한 마지막이었다.

나는 한동안 잠자코 군중 속으로 시선을 떨궈두고 있었다. 슬프고 동시에 숙연해진 느낌이었다. 그러다가 나는 한숨을 뱉어 냈다.

"아무튼 이번 일은 나로서도 유감이오, 가니마르 경감."

아르센 뤼팽은 어느 겨울날 밤, 그가 체포된 경위를 나에게 이렇게 이야기해 주었다. 우연한 일 - 그 이야기를 나는 언젠가 쓸 작정이지만 - 이 우리를 끈끈하게 묶어주었다. 우정이라고 할까? 그렇다! 나는 아르센 뤼팽이 내게 얼마쯤의 신의를 가지고 친구로서 대해 주었노라고 믿는다. 그가 갑자기 우리 집 조용한 서재에 나타나 밝고 쾌활한 태도로 열정과 눈부신 광채로 행운을 타고난 사나이의 유쾌함을 드러내는 것 역시 그것에 대한 증거라고 생각한다.

그의 생김새? 내가 어떻게 그의 모습을 그릴 수 있을까? 나는 여러 차례 뤼팽을 만났으나 그때마다 그는 다른 사람처럼 보였다. 아니, 그보다는 각각 다른 거울이 있어서 같은 인간의 다른 영상을 반사하는 듯싶었다. 그때마다 그는 이채로운 눈의 표정,

새로운 얼굴 모습, 독특한 몸짓, 그리고 그의 고유한 모습과 성격을 가지고 있었다.

그는 내게 이렇게 말했다.

"내 자신조차도 이제 내가 누구인지 전혀 알 수가 없소. 거울을 보아도 내 자신을 알 수 없게 되었단 말이오."

물론 농담이겠지. 그러나 그를 만나는 사람들 - 그의 무한한 비책과 그의 인내, 그의 변장술, 얼굴 모양을 바꾸고 얼굴의 조작된 부분 사이의 모습까지도 변화시키는 그의 놀라운 능력을 모르는 사람들에게는 그것이 진실이고 진리일 것이다.

그는 또한 이렇게 말하기도 했다.

"무엇 때문에 같은 모습을 갖고 있어야 하죠? 왜 늘 같은 성격으로 살아가야 하느냐 이 말입니다. 어차피 내가 저지른 행위만으로도 나라는 것을 알 수 있지 않을까요?"

그런 다음 조금 자랑스러운 듯이 그가 내게 말했다.

"바로 이 사람이 아르센 뤼팽이다라고 아무도 단언할 수 없다는 건 참으로 즐거운 일입니다. 다만, 이런 기막힌 행위는 바로 아르센 뤼팽만이 가능한 일이다라고 사람들에게 인식되는 것이겠지요."

나는 그가 저지른 기막힌 일들에 대해 재구성하여 사람들에게 털어놓을 생각이다. 겨울날 밤, 나의 조용한 서재를 찾아와 숨김없이 털어놓은 그 이야기들, 모험담을 말이다.

감옥 속의 뤼팽

　여행가라고 할 만한 사람으로서 세느 강변을 모르거나, 쥬미에주에서 생 방드리유 폐허로 가는 도중 강 한복판 바위 위에 우뚝 솟아 있는 말라키의 낡고 기묘한 작은 성을 보지 않는 사람은 없을 것이다. 그 성은 다리의 아치에서 큰길로 통해 있다. 어두운 탑 아랫부분은 그 밑받침이 되어 있는 화강암 - 어느 산에서 굴러와 무서운 지진으로 인하여 그곳에 내던져진 듯한 커다란 돌덩이와 한 덩어리가 되어 있다. 언저리에는 큰 강물이 갈대 사이를 조용히 흐르고 있고, 할미새가 축축하게 젖은 돌멩이 위에서 떨고 있다.
　말라키의 역사는 그 이름의 어감만큼이나 왠지 기분이 나쁘다. 그것은 전투, 포위 공격, 습격, 약탈, 학살의 역사인 것이다. 코우 지방의 야화 가운데 그곳에서 있었던 전율할 만한 범죄가 기괴한 전설로 전해져 내려오고 있다. 옛날 쥬미에주의 수도원이며 샤를 7세의 애첩 아녜스 소렐의 대저택으로 연결되어 있었다는 그 유명한 지하통로의 이야기도 물론 들어 있다.

영웅이나 도둑들의 소굴이었던 이 성에 지금은 나탕 카오른 남작이 살고 있다. 그는 '사탄 남작'으로 불릴 만큼 냉혈한이다. 물론 그는 야멸찬 방법으로 일시에 큰 재산가가 된 사람이다. 말라키의 영주는 파산하여 선조 대대의 저택을 헐값으로 그에게 팔지 않으면 안 되었다. 남작은 그곳을 가구며 그림이며 도자기며 조각 등의 훌륭한 수집품으로 장식하였다. 하지만 그는 두 늙은 하인을 둔 채 홀로 살고 있었다. 그러니 낡고 큰 바에 있는 세 점의 루벤스 그림, 두 점의 와토 그림, 장 구종의 의자, 그 밖의 경매 단골인 부자들에게서 지폐 뭉치를 듬뿍 안겨주고 사들인 수많은 귀중품을 본 사람은 아무도 없었다.

사실 사탄 남작은 두려워하고 있었다. 자기 자신의 집요한 정열로써, 제아무리 교활한 장사꾼이라도 속지 않는 감식안으로 모은 수집품들의 안위 때문이었다. 그는 자신의 보물들을 사랑했다. 구두쇠처럼 탐욕스럽게, 여자에게 홀딱 반한 사나이처럼 강렬한 질투심으로 그것들을 사랑했다.

해가 질 무렵이면 다리 양쪽의 무쇠를 입힌 네 개의 문과 안뜰의 출입구가 닫혀지고 빗장이 질러진다. 조금만 건드리면 정적 속에서 벨소리가 울려 퍼진다. 그러나 세느 강의 다른 한쪽은 아무 걱정을 안 해도 괜찮았다. 바위가 절벽이 되어 우뚝 솟아 있기 때문이었다.

9월의 어느 금요일, 우편배달부가 여느 때처럼 다리 끝에 나타났다. 무거운 문을 절반쯤 연 것은 평상시와 마찬가지로 남작이었다.

우편배달부는 사람 좋아 보이는 인상과 농군처럼 선량한 눈빛을 가지고 있었다. 남작은 그 사내를 이미 수년 전부터 알고 있었음에도 불구하고 마치 낯선 사람을 보듯 빤히 쳐다보았다.

우편배달부는 변함없이 상냥하게 웃으면서 말했다.

"접니다, 남작 나리. 다른 녀석이 제 옷과 모자를 쓰고 온 것이 아닙니다."

"흥, 그건 모르는 일이지."

남작이 중얼거리듯 대꾸했다.

배달부는 신문다발을 건네준 다음 이렇게 덧붙였다.

"그런데 말입니다, 남작 나리, 다른 것이 또 있습니다."

"다른 거라니?"

"편지인데요. 더구나 등기편지인데요……."

친구는 물론 관심을 가져주는 사람도 없이 혼자 살고 있는 남작은 한 번도 편지를 받아본 적이 없었다. 그래서 그는 그 편지가 걱정거리가 될 불길한 사건인 것 같은 느낌이 들었다. 이 은둔처까지 바짝 쫓아온 기괴한 발신자는 과연 누구란 말인가?

"서명을 부탁합니다, 남작 나리."

남작은 투덜거리면서 서명을 했다. 그러고 나서 편지를 받아들고 배달부의 모습이 길모퉁이로 사라질 때까지 기다렸다가 천천히 발걸음을 옮겼다. 그는 다리 난간에 몸을 기대고 봉투를 뜯었다. 속에 들어 있는 편지에는 '라 상테 감옥, 파리'라는 주소가 쓰여 있었다. 서명을 보니 아르센 뤼팽이라고 되어 있었다. 그는 깜짝 놀라 편지를 읽어내려 갔다.

남작 귀하.

귀하의 두 개의 응접실을 잇는 복도에는 필립 드 샹파뉴의 훌륭한 그림이 있는데, 그것이 몹시 제 마음에 듭니다. 귀하가 갖고 계신 루벤스도, 와토의 소품도 역시 제 취미에 맞는 것입니다. 오른쪽 응접실에는 루이 13세 식 찬장, 부베의 벽걸이, 야콥의 서명이 있는 앙피르풍 원탁, 르네상스 시대의 궤짝이 눈에 띄었습니다. 그리고 왼편 응접실에는 보석과 세밀화(細密畵)가 눈에 띄더군요.

이번에는 비교적 처리하기 쉬운 이런 물건들만 취하는 걸로 하겠습니다. 그러므로 이것을 적당하게 꾸려서 8일 안에 바티뇰 역 사서함으로 보내주시기 바랍니다. 만일 그렇지 않을 경우에는 9월 27일 수요일에서 28일 목요일 사이의 밤에 제가 직접 가서 물건들을 챙기도록 하겠습니다. 그리고 그때는 당연히 이러한 물건들만으로는 안 된다는 것을 미리 알아두셨으면 합니다.

그럼 공연한 심려를 끼쳐드려 죄송하다는 말 전하며 이만 줄입니다. 남작께 경의를 표합니다.

_ 아르센 뤼팽

추신 : 와토의 작품 가운데 가장 큰 것은 보내지 마십시오. 귀하가 경매 회관에서 3만 프랑을 주고 구입한 것입니다만, 그것은 모사품입니다. 원작은 집정관 정부(1795~1799년) 시절에 야단법석이 일어난 어느 날 밤, 바라스가 광란의 연회를 즐기다가 그만 불태우고 말았습니다. 가라트의 〈회상록〉을 참조하시면 알게 될 것입니다.
　또한 루이 15세의 띠장식 고리도 바라지 않습니다. 어쩐지 진짜 같지가 않으니 말입니다.

　이 편지는 카오른 남작을 몹시 놀라게 하였다. 다른 서명으로 되어 있어도 어지간히 놀랐을 텐데 아르센 뤼팽이라니!
　열심히 신문을 읽는 편이므로 절도나 범죄에 대한 사건을 상세히 알고 있는 그가 이 극악무도한 괴도의 소행을 모를 리 없었다. 물론 그는 미국에서 가니마르에게 붙잡힌 뤼팽이 분명히 감금되어 있으며 예심재판이 진행 중이라는 것도 잘 알고 있었다. 하지만 그는 뤼팽 같은 인물은 언제 어느 때 무슨 일을 저지를지 알 수 없다는 것도 알고 있었다. 더구나 이 성의 그림이며 가구의 배치에 대해 이렇게 정확하게 알고 있다는 것이 그 무엇보다도 두려웠다. 아무도 본 일이 없는 물건에 대해 누가 그에게 정보를 흘린 것일까?
　남작은 눈을 들어 말라키의 기분 나쁜 그림자 – 우뚝 솟은 받침돌과 그것을 둘러싼 깊은 물살을 바라본 다음 다시 목을 움츠렸다.
　'그래, 위험 같은 것은 있을 수 없어.'

이 세상 그 어느 누구도 수집품이 있는 방 안에까지 숨어 들어올 수 없다!
 하지만, 아르센 뤼팽이라면……? 아르센 뤼팽에게 걸린다면 문짝이나 도개교나 담장이 제 구실을 할 수 있을까? 만약 아르센 뤼팽이 목적을 이루려고 결심했다면 아무리 큰 장애라도, 아무리 세심한 주의를 기울인들 무슨 소용이 있을까?
 그날 밤 남작은 르왕 시의 검사 앞으로 편지 한 통을 보냈다. 협박장을 함께 보내며, 도움과 보호를 요청한 편지였다.
 답장은 곧 왔다.
 아르센 뤼팽은 지금 라 샹테 감옥에 구금되어 엄중하게 감시당하고 있으므로 편지를 쓸 수 없다. 그러므로 그 편지는 다른 사람이 썼음에 틀림없다. 논리적, 상식적으로 판단해도 역시 결과는 같다. 그래도 만일을 위해 전문가에게 필적을 감정토록 의뢰했다. 그 결과, 필적은 일부 유사한 점이 있으나 뤼팽의 것은 아니었다라는 내용이었다.
 '일부 유사한 점'이 있다고! 남작은 이 무서운 글귀만을 머릿속에 기억했다. 이것만으로도 경찰 당국이 개입해야 할 충분한 이유가 된다고 생각했다. 그의 불안은 점점 더 커져갔다. 예의 편지를 몇 번이나 되풀이해서 읽었다. 뤼팽이 직접 방문하여 챙겨 가겠다는 확신에 찬 발언! 더구나 확실한 날짜, 9월 27일 수요일부터 9월 28일 목요일 사이의 밤이라고 명시하고 있지 않은가!
 의심 많고 음험한 남작은 하인들에게 이런 사실을 솔직하게 털어놓고 싶지 않았다. 하인들 역시 믿을 수 없다고 생각하기 때문이다. 그러나 그는 요 몇 년 이래 처음으로 누구에게든 이런 이야기를 털어놓고 조언을 듣고 싶은 마음이 간절했다. 경찰 당국은 지금의 사태를 아랑곳하지 않고 있으니 소용없고, 그렇다고 스스로 재산을 지킬 자신 역시 없었다. 그러니 당장 파리로 달려가 퇴물 경찰관이라도 한 명 불러오고 싶은 게 솔직한 그의 심정이었다.

아무튼 이틀이 지나고 사흘째 되는 날, 그는 신문을 읽다가 너무 기뻐 몸을 부르르 떨며 환호성을 내질렀다. 코드베크에서 발행하는 르 레베이 신문이 다음과 같은 기사를 사회면에 싣고 있었던 것이다.

3주일쯤 전부터 이 지방에 가니마르 경감이 머무르고 있다는 것은 우리들의 기쁨이 아닐 수 없다. 가니마르 씨는 경시청의 노련한 경감 중 한 사람으로, 최근에는 아르센 뤼팽을 체포한 수훈으로 말미암아 온 유럽에 명성을 떨친 바 있다. 오랫동안의 피로를 씻기 위해 지금 그는 잉어 낚시를 즐기며 소일하고 있다.

가니마르! 카오른 남작에게는 최고의 원조자였다! 노련하고 인내심이 강한 가니마르 외에 뤼팽의 계획을 수포로 돌아가게 할 사람이 달리 또 누가 있겠는가?

남작은 망설이지 않았다. 성에서 코드베크까지는 6킬로미터의 거리였다. 그는 구원될 수 있다는 유일한 희망을 안고 흥분해 있는 사람답게 경쾌한 발걸음으로 6킬로미터를 냅다 내달려 갔다.

경감의 주소를 알기 위한 몇 번의 수고가 실패로 끝나고, 그는 강변 중간쯤에 있는 르 레베이 신문사의 사무실로 향했다. 그는 거기서 문제의 기사를 쓴 기자를 만났다. 기자는 창가로 걸어가며 이렇게 말했다.

"가니마르 씨를 찾으신다고요? 강가에 가면 틀림없이 낚시질하고 있는 그를 만날 수 있을 겁니다. 나도 강가에서 친해졌지요. 낚싯대에 그의 이름이 새겨져 있는 것을 우연히 발견했거든요. 저기 저 산책길의 가로수 아래에 몸집이 작은 노인이 있지요?"

"프록코트에 밀짚모자를 쓴 사람 말이오?"

"맞습니다! 그런데 말이 없고 성미가 까다로운 괴짜더군요."

그로부터 오 분 후 남작은 가니마르에게 다가가 자기소개를 한 다음, 이야기를 시작하려 했다. 그런데 생각처럼 잘 안 되어 그는 단도직입적으로 문제를 꺼내 사정을 설명했다.

상대편은 낚싯줄에서 눈을 떼지 않은 채 꿈쩍 않고 듣고 있었으나, 이윽고 그의 쪽으로 고개를 돌려 가엾다는 듯한 표정으로 발끝에서 머리끝까지 훑어보았다.

"선생, 훔치려고 하는 상대방에게 미리 예고부터 한다는 건 어리석은 일이 아니겠소. 아르센 뤼팽이 그렇게 바보 같은 짓을 할 리 없습니다."

"하지만……."

"선생, 조금이라도 의심스럽다면 나는 다른 일을 제쳐 두고라도 뤼팽을 체포하는 쪽을 택할 겁니다. 그러나 유감스럽게도 그는 지금 감금되어 있어요."

"만약 탈옥한다면……?"

"라 샹테에서는 탈옥이 불가능합니다."

"하지만 그러면……."

"그든 누구든 마찬가지입니다."

"그러나……."

"뭐, 탈옥하려거든 하라지요. 또 잡아넣으면 되니까요. 그때까지는 베개를 높이 하고 주무십시오. 그리고 잉어 낚시를 방해하지 않도록 부탁드립니다."

대화는 이렇게 끝이 났다. 가니마르가 너무나 태연했으므로 남작은 조금은 안심하고 저택으로 돌아갈 수 있었다. 그는 자물쇠를 다시 한 번 살펴본 다음 하인들의 태도를 살폈다.

이렇게 이틀이 지나는 동안 결국 자신의 걱정은 기우에 지나지 않았다고 생각하게 되었다. 그렇다. 가니마르가 말한 것처럼 훔치려고 하는 상대방에게 예고 같은 것을 할 리가 없지 않은가.

그날이 다가왔다. 27일의 전날인 화요일 오전에는 아무 일도 일어나지 않았다. 그러나 3시가 되자 한 소년이 벨을 눌렀다. 전보를 가지고 온 것이다.

바티뇰 역에 짐이 없음. 내일 밤, 방문하겠소.

_아르센

남작은 또다시 공포에 사로잡혔다. 차라리 아르센 뤼팽의 요구대로 해줄 걸 괜한 고집을 부렸다는 후회가 들 정도였다.

남작은 코드베크로 당장 달려갔다. 가니마르는 접었다 폈다 하는 의자에 걸터앉아 같은 장소에서 낚시를 하고 있었다. 남작은 아무 말도 하지 않고 전보를 내밀었다.

"그래서요?"

경감이 말했다.

"그래서라뇨? 바로 내일이란 말이오!"

"뭐가요?"

"강도요! 강도가 내 수집품을 훔쳐 가겠다는 것 말이오!"

가니마르는 갑자기 낚싯대를 놓고 남작 쪽으로 돌아앉으면서 팔짱을 끼고 신경질적으로 소리쳤다.

"아니, 내가 그런 바보 같은 이야기에 속을 것 같소?"

"좋소. 9월 27일부터 28일 사이의 밤에 와 주시는 데 얼마를 드리면 되겠소?"

"한푼도 필요 없소. 그저 나를 가만히 내버려두시면 되오."

"사례금을 말해 주시오. 나는 부자입니다. 돈이 많아요!"

이 당돌한 요청에 가니마르는 당황했으나 곧 침착성을 되찾고 조용히 그를 타일렀다.

"나는 휴가를 보내기 위해 이곳에 온 것이오. 그러니 그런 일에 관여할 입장이 못 됩니다."

"누구에게도 알리지 않겠습니다. 어떤 일이 있어도 비밀을 지킬 것을 약속합니다."

"별 말씀을! 아무 사건도 일어나지 않을 겁니다."

"3천 프랑이면 어떻겠소?"

경감은 담배를 한 대 피우고 나더니 못 이기는 척 이렇게 말했다.

"좋습니다. 원하는 대로 하도록 하지요. 하지만 괜한 짓에 돈을 버리는 것이나 마찬가지일 겁니다."

"그건 상관없소."

"정히 그렇다면…… 생각 좀 해봅시다. 뤼팽 같은 악당이라면 반드시 한패가 있을 거요. ……어때요, 댁의 하인들은 믿을 만합니까?"

"글쎄요……."

"그렇다면 기대를 걸지 않겠습니다. 신중하게 하기 위해 전보로 내 동료를 두 사람 부르겠습니다. 그럼, 가 보세요. 함께 있는 것을 다른 사람이 보면 안 되니까요. 그럼, 내일 9시쯤에 만납시다."

아르센 뤼팽이 지정한 날, 카오른 남작은 벽에 장식해 두었던 무기를 꺼내어 닦은 다음 말라키 부근을 둘러보았다. 수상한 것은 아무것도 눈에 띄지 않았다.

그날 밤 8시 30분에 남작은 하인들을 일찌감치 물러가도록 지시했다. 하인들은 큰길에서 조금 들어간 성 끝에 있는 별채에 살고 있었다. 그는 처음으로 혼자서 네 개의 문을 조용히 열었다. 잠시 뒤 발소리가 가까이 오는 것이 들렸다.

가니마르는 두 사람의 조수를 소개했다. 굵은 목에 억센 팔을 한 튼튼한 젊은이들이었다. 그러고 나서 그는 약간의 설명을 요구했다. 저택의 내부 구조를 알게 되자 그는 문제의 방으로 통하는 모든 출입구를 조심스럽게 단속했다. 벽을 조사해 보고 벽걸이도 들어올려 살펴본 다음 마지막으로 두 부하를 가운데 복도에 대기시켰다.

"실수하면 안 돼. 알았나? 여기서 자면 안 돼. 조금이라도 수상한 일이 있으면 안뜰 쪽으로 난 창을 열고 나를 부르게. 강 쪽에도 조심해야 해. 10미터쯤의 낭떠러지는 녀석 같은 악한들에게는 아무것도 아니니까."

그는 두 사람을 그곳에 남겨두고 열쇠를 가지고 가면서 남작에게 물었다.

"자, 이번에는 우리가 지킬 장소입니다."

그는 밤을 지낼 장소로 주위의 두꺼운 성벽 가운데 있는 커다란 두 문 사이의 작은 방을 골랐다. 그전에는 숙직을 하던 방이었다. 다리 쪽과 안뜰 쪽으로 각각 하나씩 밖을 내다볼 수 있는 구멍이 뚫려 있었다. 한쪽 구석으로는 우물 입구 같은 것이 보였다.

"분명 이 우물은 지하도의 유일한 입구로서 옛날부터 막혀 있었다고 말씀하셨지요?"

"그렇습니다."

"그렇다면 아무도 모르는 다른 출구가 없는 이상, 아르센 뤼팽이 아무리 대단하다 하더라도 안심입니다."

그는 의자 세 개를 나란히 놓고 편안히 몸을 눕힌 다음 파이프에 불을 붙여 물었다.

"남작, 내가 이번 일을 맡은 건 말년에 남은 여생을 지낼 집 한 칸이나마 준비하기 위한 겁니다. 이런 얘기를 뤼팽에게 해주면 아마 배꼽을 잡고 웃을 거요."

그러나 남작은 웃지 않았다. 오히려 그는 더욱 바짝 어둠 속을 향해 귀를 곤두세웠다. 이따금 우물 구멍을 통해 불안한 눈초리로 어둠 속을 주시하였다.

11시, 12시, 1시…… 종소리가 연이어 울려 퍼졌다. 갑자기 남작이 가니마르의 팔을 잡는 바람에 경감은 놀라서 눈을 떴다.

"들립니까?"

"들립니다."

"무슨 소리입니까?"

"내가 코고는 소리요."

"아니오, 잘 들어보시오."

"아, 저건 자동차의 경적소리요."

"그렇다면?"

"이봐요, 남작. 뤼팽은 당신의 성을 파괴하기 위해 쇠망치 대신 자동차를 사용하지는 않을 겁니다. 그러니 남작, 나 같으면 차라리 편히 잠이나 자겠소. 그럼, 나는 다시 한잠 자야겠소. 당신도 편히 쉬구려."

더 이상 아무 소리도 들리지 않았다. 가니마르는 다시 잠을 잤고, 남작도 다시는 그의 규칙적이고 떠들썩한 코고는 소리 말고는 아무것도 듣지 못했다.

동이 틀 무렵, 두 사람은 작은 방에서 나왔다. 평화롭고 상쾌한 강기슭을 덮친 아침의 조용함이 성을 감싸고 있었다. 두 사람은 층계를 올라갔다. 아무 소리도 나지 않았다. 조금도 수상한 것은 없었다.

"내가 말한 대로지요, 남작? 요컨대 나는 이 일을 맡을 필요가 없었다 이겁니다. 아, 이거 염치가 없군 그래."

그는 열쇠를 손에 들고 복도로 들어갔다.

두 형사는 의자 위에서 몸을 웅크리고 팔을 축 늘어뜨린 채 잠에 취해 있었다.

"일어나!"

경감이 고함을 쳤다.

순간 남작이 소리쳤다.

"그림이! 식기장이!"

남작은 더듬거리면서 숨이 막힌 듯 물건이 없어진 장소, 못만 남아 있고 끈이 늘어져 있는 벽 쪽으로 손을 내밀었다. 와토의 그림이 없어졌다! 루벤스도 훔쳐갔다! 벽걸이도 걷어갔다! 유리 선반의 보석은 흔적조차 없다!

"게다가 루이 16세의 띠장식도! 아아…… 섭정 시대의 샹들리에도! 12세기의 성모상도!"

경감은 깜짝 놀라고 낙담하여 이쪽저쪽으로 뛰어다녔다. 남작은 사들였던 값을 기억해내며 손해를 계산하고 숫자를 늘어놓았다. 그러나 뒤죽박죽 토막토막 종잡을 수 없는 말들뿐이었다. 분노와 슬픔으로 미친 사람처럼 비틀거리며 몸부림쳤다. 마치 파산하여 권총자살이라도 하는 수밖에 다른 길이 없는 사람처럼 보였다.

만일 그를 위로할 수 있는 그 무엇인가가 있었다면, 그것은 가니마르의 어리둥절한 모습을 보는 일이었을 것이다. 그러나 경감은 남작과는 달리 꼼짝도 하지 않았다. 마치 화석이라도 된 듯 멍한 시선으로 벽을 보고 있었다. 창은 닫혀 있었다. 자물쇠는? 그대로 있었다. 천장도 파괴되어 있지 않았다. 마루에도 구멍은 뚫려 있지 않았다. 완전히 정돈되어 있었다. 냉정하고 엄밀한 계획에 따라 조직적으로 일을 진행시켰음이 틀림없었다.

"아르센 뤼팽…… 아르센 뤼팽!"

경감은 미친 듯이 이렇게 중얼거렸다.

그러다 그는 갑자기 분통이 터지는지 두 부하에게로 달려가 험하게 욕지거리를 퍼부었다.

"도대체 감시를 어떻게 했기에 이 모양이야!"

그러나 두 부하는 여전히 잠에서 깨어나지 못했다.

"빌어먹을! 어쩌면 이건……."

그제야 가니마르는 사태의 심각성을 이해한 듯싶었다. 그는 두 사람 위로 허리를 굽혔다. 그런 다음 차례차례 주의해서 관찰했다. 그들은 깊은 잠에 빠져 있었다. 그러나 그 잠은 결코 자연스러운 것이 아니었다.
 그가 남작에게 말했다.
 "마취되었군요!"
 "누구한테 말입니까?"
 "그자의 짓입니다! 그렇지 않으면 그의 패거리들 짓일 겁니다. 어쨌든 이번 일을 지휘한 자는 바로 그자가 틀림없소. 그 녀석의 수법이 분명하니까."
 "그럼, 손도 써보지 못하고 당한 거란 말이오?"
 "그거야…… 그렇소."
 "이런 끔찍한 일이 내게 발생하다니……."
 "남작, 이제라도 경찰에 신고하는 게 좋겠소."
 "이제 다 소용 없는 짓이오."
 "어쨌든 해봐야 하지 않겠소. 당국에서 무슨 조치를 취할 거요."
 "당국이라고요? 당신이 직접 조사하는 건 어떻겠소? 지금이라도 증거를 찾으려고 하면 무언가 발견할 수 있을 텐데 당신은 그저 우두커니 서 있기만 하는군요."
 "그건 모르는 말이오. 상대는 다름 아닌 아르센 뤼팽이오. 그런데 그 어떤 증거가 발견되겠소? 남작, 아르센 뤼팽은 절대로 증거를 남기지 않는 자입니다. 상대방이 아르센 뤼팽이라면 우연 따위를 기대하는 건 어리석어요. 미국에서 나에게 붙잡힌 것도 일부러 그런 게 아닌가 싶을 만큼, 지금 그런 생각이 들고 있다고요!"

"그렇다면 나는 그림이고 뭐고 몽땅 단념해야 한다 이 말이오? 도둑맞은 것들은 내 수집품 중에서도 가장 귀중한 것들인데? 찾아낼 수만 있다면 사례는 톡톡히 치르겠소. 어떻게도 할 수 없다면, 하다못해 뤼팽이 도로 나에게 그것을 팔게끔 할 방법이라도 내게 알려주시오!"

가니마르는 남작을 가만히 지켜보았다.

"그거 좋은 생각입니다. 당신이 지금 한 말 결코 농담을 한 건 아니겠지요?"

"아닙니다. 절대로! 한데 무슨 좋은 수라도 생각난 거요?"

"내게 묘안이 하나 떠올랐는데……."

"그게 무엇이오?"

"수사가 진척되지 않으면 말씀드리지요. 다만 내가 성공하기를 바라거든, 나에 관해서는 한마디도 이야기하지 말아주시오."

그리고 조용히 덧붙였다.

"실은 이것은 별로 자랑스러운 일이 못 될 테니까요."

두 형사가 차츰 의식을 되찾았다. 최면술에서 깨어난 사람처럼 어리둥절한 모습으로 깜짝 놀라 눈을 뜨더니 어젯밤 어떤 일이 벌어졌는지 생각을 더듬었다. 가니마르가 질문해 보니 두 사람은 아무것도 기억하고 있는 것이 없었다.

"하지만 누군가는 보았겠지?"

"아닙니다."

"생각나지 않나?"

"전혀."

"술을 마신 것 아닌가?"

두 사람은 한참 생각하더니 그중 한 사람이 대답했다.

"저는 물을 조금 마셨습니다."

"이 물병에 들어 있던 물인가?"

"그렇습니다."

"저도 마셨습니다."

다른 한 형사도 말했다.

가니마르는 물의 냄새를 맡고 그 맛을 보았다. 별로 다른 맛도 냄새도 없었다.

그는 말했다.

"그럼, 이러고 있는 건 시간 낭비야. 아르센 뤼팽에 대한 문제라면 지금부터가 시작인 셈이지. 빌어먹을, 어떻게든 붙잡고 말 테다. 이번에는 당했지만 다음에는 널 꼭 체포하고 말 테다."

그날, 카오른 남작은 라 상테 감옥에 갇혀 있는 아르센 뤼팽을 상대로 도난 소송을 제기했다.

하지만 남작은 말라키의 저택 안으로 경관, 검사, 예심판사, 신문기자, 게다가 호기심에 찬 주민들까지도 멋대로 드나드는 것을 보곤 소송을 한 것을 후회했다.

이 사건은 곧 세상의 화젯거리가 되었다. 상황이 독특했고, 아르센 뤼팽의 이름이 자극적이었기 때문에 신문들은 터무니없는 기사를 실었고, 또한 독자들은 그것을 믿었다.

그런데 아르센 뤼팽의 첫번째 편지가 에코 드 프랑스 지에 실렸다. 누가 그 편지를 보여주었는지 아무래도 알 수가 없었다. 카오른 남작을 협박한 그 편지는 상당한 동요를 불러일으켰다. 편지의 내용은 순식간에 황당무계하게 과장되었다. 사람들은 유명한 지하통로에 대해 떠들어댔다. 그러자 검찰 당국도 내버려둘 수가 없어 그쪽으로 조사를 진행했다.

맨 위에서 아래까지 성을 조사했다. 돌멩이까지 하나하나 살펴보았다. 조각이며 벽난로, 거울의 테두리로부터 천장의 대들보에 이르기까지 샅샅이 살펴보았다. 옛날 말라키의 영주들이 탄약이며 식량을 넣어두었던 넓은 지하실도 횃불을 켜들고 조사했다. 바위의 내부까지도 조사했다.

그러나 헛수고였다. 지하통로 같은 것은 흔적조차 발견할 수 없었다. 몰래 빠져나갈 수 있는 구멍 같은 것은 있지도 않았던 것이다.

"좋아!"

누군가가 소리쳤다. 그러나 가구며 그림이 유령처럼 사라졌을 리는 없다. 출입구나 창으로 옮겨간 것이다. 대체 어떤 인간일까? 어떻게 해서 숨어들어 왔을까? 어떻게 해서 빠져나간 것일까?

르왕 경찰국은 감당하기 어려운 사건이라 깨닫자 파리 형사들의 도움을 요청했다. 치안국장인 뒤듀 씨는 민완형사들을 곧 파견해 주었다. 뒤듀 씨 자신도 꼬박 이틀 동안이나 말라키에 머물렀으나 별다른 성과는 얻지 못했다.

그리하여 그는 이제까지도 여러 차례 그 수완을 인정했던 가니마르 경감에게 사건을 맡기기로 하였다.

상관의 지시를 잠자코 듣고 있던 가니마르는 머리를 갸웃거리면서 은근슬쩍 이렇게 말했다.

"제 생각에는 성에 한정하여 수사를 벌이는 건 잘못됐다고 여겨집니다. 해결책은 다른 데 있는 것 같습니다."

"대체 어디에 있다는 말인가?"

"바로 아르센 뤼팽입니다."

"아르센 뤼팽이라고? 그렇게 생각하는 것은 뤼팽이 범인이라고 인정하는 게 아닌가?"

"저는 그렇게 생각합니다. 아니 확신하고 있습니다."

"아니, 가니마르, 그건 어처구니없는 말이야. 아르센 뤼팽은 감옥에 갇혀 있지 않나?"

"아르센 뤼팽은 물론 감옥에 갇혀 있지요. 그리고 철저하게 감시당하고 있다는 것도 인정합니다. 그러나 그가 수갑과 족쇄를 차고 입에 재갈이 물려 있다고 해도 저의 의견에는 변함이 없습니다."

"무슨 까닭으로 그렇게 강경하게 주장하는 건가?"

"이렇게 큰 규모의 일을 계획하고, 더구나 성공시킬 수 있는 사람은 이 세상에 오로지 아르센 뤼팽밖에 없기 때문입니다."

"그건 말도 안 되는 고집이야, 가니마르!"

"사실 그렇긴 합니다만, 어쨌든 지하통로니 돌 뚜껑이니 하는 쓸데없는 짓은 그만두었으면 합니다. 범인은 그렇게 낡은 수법을 쓰지 않았습니다. 현대식, 아니 미래식 수법을 쓰고 있을 겁니다."

"그렇다면, 자네의 결론은?"

"제 결론은 한 시간쯤 뤼팽과 함께 있도록 허락해 주셨으면 하는 것뿐입니다."

"녀석이 있는 감옥에서 말인가?"

"네, 미국에서 돌아오는 항해 도중 우린 약간 친해졌습니다. 굳이 말하자면 녀석은 자기를 체포한 사람에 대해 얼마쯤 호의를 가지고 있을 것입니다. 이번의 일만 해도 자신의 명예에 저촉되지만 않는다면, 제가 헛수고하지 않도록 그는 기꺼이 나를 도와줄 것입니다."

가니마르가 아르센 뤼팽의 감옥으로 안내된 것은 정오를 약간 지나서였다. 뤼팽은 침대에 누워 있다가 머리를 들고 기쁜 듯이 소리쳤다.

"오! 이거 놀랍군요. 가니마르 씨가 이런 곳에 다 오시다니!"

"그렇네."

"이 은신처에 들어와 따분하기는 했지만…… 당신을 만나게 되리라고는 생각도 못했소."

"고맙군."

"아니오. 나는 당신에게 깊은 경의를 품고 있습니다."

"영광인걸."

"나는 항상 이렇게 말하고 있지요. 가니마르는 우리나라에서 첫째가는 명형사라고요. 나는 정직합니다. 당신은 거의 셜록 홈즈에 필적합니다. 그런데 사실 이 의자밖에 권해 드릴 게 없어 유감이군요! 마실 것도 없고 한 잔의 맥주조차 없어요! 죄송합니다만 그야말로 임시 거처니까요!"

가니마르는 싱긋 웃으면서 의자에 걸터앉았다. 죄수는 신이 나서 말을 계속했다.

"정말이지 정상적인 사람의 얼굴을 보면서 눈을 쉬게 하는 것은 고마운 일입니다! 하루에도 열 차례나 저의 주머니와 이 감옥 안을 살펴보러 오는 간수며 경관들 얼굴에는 이제 진절머리가 나거든요. 제가 탈옥이라도 하리라 생각하는 모양입니다. 정말 정부가 저를 어찌나 소중히 다루는지……."

"그건 무리도 아니지."

"천만에요! 전 이곳 한쪽 구석에 가만히 내버려두기만 하면 그저 고맙고 기쁠 겁니다."

"이곳은 국민의 세금으로 운영되는 것이오."

"물론 그렇지요. 그러니 더욱 가능한 것 아닙니까? 아 참, 참말로 바보 같은 이야기만 늘어놓고 있었군요. 보아하니 당신은 내게 급한 용건이 있는 것 같은데…… 자, 방문하신 목적을 말해 보시지요?"

"카오른 사건 때문이오."

가니마르는 솔직하게 말했다.

"잠깐 기다려 주시오. 제겐 여러 가지 사건이 있어서요. 우선 머릿속에서 카오른 사건의 서류를 찾아내지 않으면…… 그렇지! 알았습니다. 카오른 사건, 세느 강 하류 쪽 강변의 말라키 성…… 루벤스 두 점, 와토 한 점, 그리고 자질구레한 물건들…….”

"자질구레하다고!"

"뭐, 모두 시시한 물건들이지요. 그뿐입니까? 그러나 어쨌든 사건에 흥미를 갖고 계시는군요. 계속 말씀해 주십시오, 가니마르 씨."

"조사 진행에 대해 얘기해 달라는 거요?"

"그럴 것까지는 없습니다. 아침에 신문을 읽었으니까요. 사건의 수사가 진척되지 않고 있다는 걸 이미 알고 있습니다."

"그래서 당신의 도움을 구하러 온 거요."

"바라신다면 그렇게 하지요."

"우선 첫째, 사건은 자네가 지휘했소?"

"처음부터 끝까지."

"협박장은? 전보는?"

"이렇게 말하고 있는 제가 했습니다. 어딘가에 영수증도 있을 겁니다."

아르센 뤼팽은 침대와 걸상 말고는 감옥 안의 유일한 가구인 칠하지 않은 조그마한 테이블의 서랍을 열고 두 장의 종이쪽지를 꺼내 가니마르에게 건넸다.

"아니! 당신의 일거수일투족이 모두 감시당하고 있는 줄로 알았는데…… 신문을 읽고 우편물 영수증까지 가지고 있다니……."

"이자들은 모두 바보들이죠. 이자들은 쓸데없이 제 양복 안감을 뜯는가 하면 구두 밑창을 벗겨보기도 하고, 또 감옥의 벽에 귀를 대 보기도 합니다. 하지만, 아르센 뤼팽이 그런 곳에 물건을 숨겨둘 정도로 멍청하다고는 아무도 생각하지 않을 겁니다. 그것이 바로 제가 노리는 점이지요."

가니마르는 재미있어 하며 소리를 쳤다.

"이상한 친구로군! 어처구니가 없어. 자, 어서 일에 대한 이야기나 계속 해보시오."

"아니, 그러고 보니 당신은 능청스럽군요! 제 비밀을 모두 알아내려 하고 있으니 말입니다. 내 수법을 다 털어놓으라고요? 일이 커졌는걸!"

"자네의 친절에 기대를 건 것이 잘못이었나?"

"아니오, 아닙니다. 가니마르 씨. 그렇게까지 말씀하신다면……."

아르센 뤼팽은 감옥 안을 두서너 걸음 성큼성큼 걷더니 발을 멈추고 말했다.

"남작에게 보낸 편지를 어떻게 생각합니까?"

"장난삼아 세상을 깜짝 놀라게 하려고 그런 것 아니오?"

"세상을 깜짝 놀라게 하기 위해서라고요? 사실 가니마르 씨, 솔직히 말해 나는 당신을 좀더 무서운 존재로 생각하고 있었지요. 내가 그렇게 아이들 같은 짓을 할 것 같습니까? 아르센 뤼팽쯤 되는 사람이 편지를 보내지 않아도 남작한테서 훔칠 수 있었다면 굳이 그런 편지를 썼을까요? 당신도, 다른 사람들도 생각 좀 해보십시오. 그 편지는 없어서는 안 될 출발점, 기계 전체를 움직이게 한 용수철입니다. 그럼, 원하신다면 말라키 성의 강도 사건을 순서대로 생각해 봅시다."

"들어보도록 하겠소."

"카오른 남작의 성처럼 엄중하게 지켜지고 있는 성이 있다고 가정합시다. 제가 갖고 싶다고 생각한 보물을 간직한 성에 가까이 갈 수 없다고 해서 내가 체념하고 말겠습니까?"

"물론 체념할 리 없겠지."

"그럼, 목숨을 아낄 줄 모르는 패들의 선두에 서서 침입을 시도할까요?"

"그건 유치한 짓이겠지!"

"그러면 몰래 잠입하겠습니까?"

"그건 불가능하오."

"그렇게 되면 제 생각으로는 남는 것은 오직 한 가지 방법뿐이지요. 그 성의 소유자로부터 초대를 받는 것입니다."

"독창적이군."

"그것은 지극히 쉬운 일이지요! 어느 날 남작이 유명한 괴도 아르센 뤼팽이 침입할 계획을 꾸미고 있다는 편지를 받았다고 가정합시다. 그는 어떻게 할까요?"

"그 편지를 검사에게 보내겠지요."

"그러나 검사는 상대도 해주지 않겠지요. 왜냐하면 뤼팽은 현재 수감 중이니까요. 거기서 남작은 낭패한 기분을 느낍니다.

누구에게든 도움을 얻었으면 하고 생각하겠지요. 그렇지 않겠습니까?"

"물론 그럴 거요."

"그런데 만일 지방신문에서 이름난 형사가 휴가 삼아 근처에 와 있다는 기사를 읽게 된다면?"

"그 형사를 찾아가겠지."

"맞았습니다. 그러므로 그 필요한 조치를 취하기 위해서 아르센 뤼팽이 가장 능력 있는 동료에게 부탁하여 코드베크에 눌러앉아 남작이 구독하는 레베이 신문기자와 가까워지게 하고, 자기가 그 유명한 형사라고 상대방이 생각할 수 있도록 행동하게 한다면 어떤 결과가 될까요?"

"기자는 레베이 신문에 그 형사가 코드베크에 머물고 있다고 쓰겠지요."

"바로 그렇습니다. 그리고 두 가지 가운데 하나 - 물고기라는 것은 카오른을 가리키는 말입니다만 - 민물고기는 미끼를 물어뜯지 않습니다. 그렇게 된다면 아무 일도 일어나지 않겠지요. 하지만 그렇지 않을 경우 - 이쪽이 더 확률이 높습니다만 - 헐레벌떡 뛰어옵니다. 거기서 카오른 선생은 내 친구의 도움을 얻게 되겠지요."

"점점 더 독창적으로 변해가는군."

"물론 가짜 형사는 처음에는 협력을 거절합니다. 그때 아르센 뤼팽이 전보를 칩니다. 남작은 두려워서 또다시 내 친구에게 도움을 부탁합니다. 그리고 도와준다면 사례금을 내겠다고 하지요. 친구는 그 제의를 승낙하고 두 부하를 데리고 갑니다. 밤이 되자 가짜 형사가 카오른을 감시하고 있는 동안 물건을 창으로 해서 꺼내다가 빌려 둔 조그마한 배에 싣도록 합니다. 이런 것쯤은 뤼팽에겐 아무것도 아니겠지요."

"참으로 훌륭한 솜씨로군!"

가니마르는 진심으로 감탄하여 외쳤다.

"이처럼 대담한 계획과 교묘한 수법에는 정말로 감탄할 수밖에 없겠어! 그러나 남작에게 그런 생각을 갖게 할 만큼 유명한 형사는 그다지 없으리라 생각되는데요?"

"한 사람 있지요. 꼭 한 사람뿐입니다."

"그게 누구요?"

"가장 유명한 사람, 아르센 뤼팽의 숙적, 즉 가니마르 경감이지요."

"나라고!"

"그렇습니다, 가니마르 씨. 재미있는 것은 다음과 같은 점입니다. 당신이 그곳에 가서 남작의 이야기를 들어보면 당신은 당신 자신을 체포하지 않으면 안 된다는 것을 깨닫게 될 겁니다. 미국에서 나를 체포한 것처럼 말입니다. 재미있는 복수지요. 내가 가니마르로 하여금 가니마르를 체포하게 하다니!"

아르센 뤼팽은 유쾌한 듯이 웃었다. 경감은 화를 내며 입술을 깨물었다. 이 심술궂은 장난은 웃을 일이 아니라고 생각했기 때문이다.

때마침 간수가 왔고 가니마르는 자신의 기분을 추슬렀다. 간수는 식사를 날라왔는데, 식사는 아르센 뤼팽에게는 특별 대우로 근처의 레스토랑에서 가져오게 하고 있었다. 간수는 쟁반을 테이블 위에 놓고 물러갔다. 아르센 뤼팽은 식탁에 앉아 빵을 떼어 두세 번 베어 물고 나서 말을 계속했다.
"그러나 안심하십시오, 가니마르 씨. 당신은 그곳에 가지 않아도 될 겁니다. 깜짝 놀랄 만한 사실을 털어놓지요. 카오른 사건은 이제 해결된 것으로 종결 처리될 겁니다."
"뭐라고?"
"곧 끝날 거란 말입니다."
"방금 전에 치안국장을 만나고 오는 길인데 그럴 리가······ 하여튼 치안국장에게 작별인사나 해야겠군."
"천만에요! 뒤듀 씨가 나보다 이 사건에 대해 잘 알고 있다고 생각하시는 건가요? 당신은 가니마르가······ 아니, 실례. 가짜 가니마르가 남작과 매우 친해졌다는 것을 알아야 합니다. 남작은 나와 거래를 교섭한다는 매우 어려운 임무를 가짜 가니마르에게 맡겼지요. 남작이 아무 말도 하지 않은 이유는 사실 이것 때문입니다. 지금으로서는 이미 어느 정도 돈을 써서 소중한 골동품을 되찾아 갔을 겁니다. 그 대신 남작은 소송을 취하할 것이오. 그러므로 검사국도 결국 이 사건에서 손을 떼야겠지요. 잃어버린 물건이 없으니 당연한 것 아니겠습니까."
가니마르는 어이가 없어 죄수를 지켜보았다.
"한데 당신은 어떻게 해서 이 모든 것을 훤히 읽고 있는 거요?"

"기다리고 있던 전보를 방금 전달해 받았지요."

"전보를 받았다고?"

"바로 지금 받았습니다. 예의상 당신 앞에서 읽지 않았을 뿐이지요. 허락해 주신다면……."

"나를 놀리는군, 뤼팽!"

"그럼, 그 삶은 달걀을 살짝 쪼개 보십시오. 놀렸는지 안 놀렸는지 직접 확인할 수 있을 테니까요."

가니마르는 기계적으로 그의 말대로 칼날로 달걀을 쪼갰다. 놀라움의 소리가 그의 입술 사이에서 새어나왔다. 달걀은 비어 있었고 속에는 파란 전보용지가 들어 있었다. 가니마르는 그 종이를 펼쳤다. 그것은 전보라기보다는 전보국의 지정문이 있는 곳을 오려낸 전문이었다. 경감은 그것을 읽었다.

거래 성립. 10만 프랑 인수. 모든 것이 잘 되었음.

"10만 프랑?"

"그렇습니다. 10만 프랑입니다. 얼마 안 되는 돈이지만 지금은 경기가 좋지 않은 때이니까…… 게다가 나는 지출이 굉장하거든요! 내 예산을 보면…… 대도시의 예산만한 금액일 겁니다."

가니마르가 자리에서 벌떡 일어섰다. 이미 불쾌감은 사라진 뒤였다. 그는 잠깐 생각한 다음 사건의 전모를 종합하고 분석했다. 그리고 그는 전문가답게 감탄 어린 어조로 이렇게 말했다.

"다행하게도 당신 같은 자는 많지 않아. 그렇지 않았다면 우리 같은 사람은 폐업할 수밖에 도리가 없었을 테니 말이오."
아르센 뤼팽은 황송하다는 태도로 대답했다.
"뭘요. 무료함을 달래기 위해 조금 장난친 것에 지나지 않는데…… 그것도 내가 감옥에 갇혀 있으니까 할 수 있었던 일이지요."
가니마르는 어이가 없었다.
"허 참, 이제 곧 재판을 받고 형을 치러야 하는데도 무료하다는 거요?"
"아니, 난 재판에는 나가지 않기로 마음먹었습니다."
"허 참!"
아르센 뤼팽이 다시 한 번 단호하게 말했다.
"난 재판에는 출석하지 않을 것이오."
"그게 무슨 뜻이오?"
"그럼, 당신은 내가 언제까지나 이런 누추한 곳에 처박혀 있을 줄 알았습니까? 그건 너무한데요. 아르센 뤼팽은 감옥 같은 곳에는 마음 내키는 동안만 있습니다. 그렇지 않으면 단 1초라도 머무르지 않습니다."
"처음부터 들어오지 않는 것이 좀더 현명한 처신이었을 텐데?"
경감이 빈정거리는 투로 반박했다.
"나를 비웃는 겁니까? 아하, 나를 체포했다는 자부심에 아직도 빠져 있는 거로군요! ……참고로 말해두겠습니다만, 내게는 좀더 중대한 관심사가 있었기에 일부러 이곳에 들어온 겁니다. 그렇지 않았다면, 당신이든 다른 누구든 나를 잡는다는 건 말도 안 되는 이야기겠죠."

"설마?"

"여자가 나를 보고 있었어요. 게다가 나는 그 여자를 사랑하고 있었습니다. 한 여자의 시선을 받고 있다는 것이 어떤 것인지 압니까? 다른 일 같은 건 내게 있어 아무래도 상관없었습니다. 그래서 이런 곳에 들어오게 된 겁니다."

"허나 이곳에 온 지 꽤 오래된 것 같은데……."

"그저 잊어버리려고 했던 겁니다, 처음에는……. 웃지 마시오. 그 일만은 좋은 기억이었소. 생각만 해도 가슴이 아릿해지는 그런 사랑의 감정……. 게다가 나는 약간 신경쇠약에 걸려 있었소! 현대 생활은 복잡하니까요. 가끔은 이른바 요양이라는 것도 필요한 겁니다. 요양을 하기에는 이곳보다 좋은 데는 없지요. 다시 말하지만 난 지금 철저한 요양 중입니다."

"아르센 뤼팽! 농담이 지나치시군."

가니마르가 주의를 환기시켰다.

"가니마르 씨. 오늘은 금요일입니다. 다음주 수요일, 나는 페르골레즈 가의 당신 댁으로 오후 6시에 시가를 피우러 방문하겠습니다."

"좋소. 기다리고 있겠소."

두 사람은 서로의 가치를 인정하고 있는 친구처럼 악수를 나누었다. 그런 다음 노경감은 문 쪽으로 걸어갔다.

"가니마르 씨!"

가니마르가 뒤돌아보았다.

"뭐요?"

"가니마르 씨, 시계를 잊으셨습니다."

"시계?"

"네, 내 주머니에 잘못 들어와 있군요."

뤼팽은 변명하듯 말하면서 시계를 돌려주었다.

"용서하십시오. 나쁜 버릇이 있어서…… 그러나 이곳에 들어오면서 내 시계를 가져갔다고 하여 당신의 시계를 훔친 것은 아니었소. 더욱이 나는 나무랄 데 없는 좋은 시계가 있으니까요."

뤼팽은 서랍에서 무거운 쇠사슬이 달려 있는 얄팍한 금시계를 꺼냈다.

"그건 또 누구의 주머니에서 나온 것이오?"

아르센 뤼팽은 마음이 내키지 않는 듯이 시계에 새겨져 있는 머리글자를 읽었다.

"J. B라…… 누구더라? ……아, 그렇지! 이제 생각나는군. 쥘 부비에라고 나의 예심판사지요. 참 좋은 사람입니다."

뤼팽의 탈출

아르센 뤼팽이 식사를 마친 다음 주머니에서 금종이로 만든 고급 시가를 꺼내들고 혼자 흐뭇해하며 바라보고 있을 때 감방의 문이 열렸다. 그는 재빨리 시가를 서랍 속에 던져 넣고 테이블에서 떨어졌다. 간수가 들어왔다. 산책할 시간이었다.

"기다리고 있었소."

뤼팽은 여전히 쾌활한 목소리로 소리쳤다.

그들이 밖으로 나가고 복도의 모퉁이를 돌자마자 두 사나이가 감방 안으로 들어와 면밀히 검사를 하기 시작했다. 한 사람은 듀지 형사, 또 한 사람은 포랑팡 형사였다.

사건을 매듭짓고 싶었던 것이다. 어쨌든 다음과 같은 점은 의심할 여지가 없었다. 아르센 뤼팽은 외부와 연락을 취하고 있었고, 일당과 통신하고 있다. 전날에도 르 그랑 주르날 지에 이런 편지가 실렸었다.

> 최근의 기사를 보았는데 귀 신문은 저에 대해서 사실 무근한 내용의 기사를 실었더군요. 재판이 열리기 전에 직접 찾아뵙고 제 의견을 말씀드렸으면 합니다. 그때까지 편안하시길……
>
> _아르센 뤼팽

필적은 분명 아르센 뤼팽의 것이었다. 그러니까 편지를 보내는 것은 물론 받기도 한다는 의미였다. 그러므로 그가 장담한 대로 탈옥도 이미 척척 진행되고 있다는 것이 아닐런가!

상황은 이미 더 이상 용납할 수 있는 단계가 아니었다. 뒤듀 치안국장은 예심판사와 의논한 다음, 자신이 직접 라 샹테 감옥으로 왔다. 교도소장에게 필요한 조치를 지시함은 물론 부하 두 명을 시켜 뤼팽의 감방을 수색하도록 하였다.

그들은 감방의 바닥은 물론 침대도 분해해 보는등 빈틈없는 수색을 시행했다. 허나 이 모든 것이 끝났는데도 아무것도 발견한 것은 없었다. 두 형사는 어쩔 수 없이 수색을 멈춰야만 할 입장이었다. 그런데 그때 간수 한 명이 부랴부랴 달려오더니 이렇게 말했다.

"서랍…… 탁자의 서랍을 뒤져보십시오. 제가 들어왔을 때 뤼팽이 무엇인가를 재빨리 서랍 속으로 집어넣었습니다!"
두 형사는 즉시 서랍을 열었다. 그리고 듀지가 소리쳤다.
"어라! 이건 뭐지?"
포랑팡이 얼른 그를 제지하고 나섰다.
"기다려. 국장님이 직접 와서 봐야 해."
"한데 이건 꽤 고급 시가 같은데……."
"하바나 산이로군. 아무튼 국장님에게 어서 보고하도록 해."
잠시 후 달려온 뒤듀 국장이 직접 서랍을 조사했다.
서랍 속에서 우선 통신사에서 오려낸 아르센 뤼팽에 대한 신문기사 다발이 발견되었다. 그리고 담배통, 파이프, 섬세한 재질의 타이프 용지, 마지막으로 두 권의 책이 그것이었다.
그는 책의 제목을 보았다. 한 권은 칼라일의 《영웅 숭배》 영어판이었고, 또 한 권은 예스러운 장정의 멋진 엘제비르 판으로 《에픽테토스 어록》 독일어 번역본으로 1634년 레이드에서 간행한 것이었다. 책장을 넘겨보니 거의 모든 페이지마다 손톱자국이 나 있고, 밑줄까지 쳐 있었으며, 빽빽이 주석까지 적혀 있었다. 이것은 암호일까, 아니면 열심히 읽었다는 흔적일까?
"다음에 자세히 조사하기로 하세."
뒤듀가 말했다.
그는 이어서 담배통과 파이프를 조사했다. 그러고 나서 그 금종이로 만 시가를 집어들었다.
"제기랄! 녀석은 '헨리 클레이'(유명한 시가 상표)를 피우고 있었어!"

그는 애연가처럼 시가를 귀에 바짝 대고 부드럽게 문질러 보았다. 그런데 시가는 살짝 잡았음에도 불구하고 쪼그라드는 것이 아닌가. 자세히 살펴 보니 담뱃잎 속에 뭔가 흰 것이 끼여져 있었다. 핀으로 조심스럽게 그것을 꺼내보았다. 놀랍게도 그것은 이쑤시개만하게 말린 아주 얇은 종이, 다름 아닌 편지였다. 편지는 여성의 필체로 이렇게 쓰여 있었다.

바구니는 다른 것으로 바꾸어 놓았어요. 10개 중 8개는 준비해 두었습니다. 바깥쪽 다리를 누르면 널빤지가 위에서 아래까지 들어올려집니다. 매일 12에서 16까지 HP가 기다리고 있습니다. 그러나 어디로 할까요? 속히 답장을 주시길. 안심하세요. 당신의 여자친구가 지켜보고 있으니까요.

뒤듀 국장은 잠시 생각을 하다가 이윽고 이렇게 말했다.
"그래 짐작할 수 있겠…… 바구니…… 8이라…… 12에서 16이라는 것은 정오부터 4시까지라는 말이겠지."
"하지만 이 HP가 기다리고 있다는 것은?"
"HP라는 것은 이 경우 자동차임에 틀림없어. HP는 마력(馬力)이라는 용어로 모터의 힘이라는 뜻이 아니겠나? 24HP란 24마력의 자동차라는 뜻이야."
그는 일어서며 물었다.
"죄수는 식사가 끝났겠지?"
"네."

"이 시가의 모양으로 보아 아직 편지를 읽지 않은 것 같군. 금방 받은 모양이야."
"어떻게 해서 들어왔을까요?"
"음식물 속, 빵이나 감자 속에 집어넣었겠지."
"그럴 리가 없습니다. 식사를 밖에서 들여오도록 허가한 것은 함정에 빠뜨리기 위한 것이었습니다만, 이제까지 아무런 이상도 없었습니다."
"아무튼 오늘 밤 뤼팽의 반응이나 지켜보도록 하자구. 그리고 한동안은 녀석을 감방 안에 못 들어오게끔 조치하게. 나는 이걸 예심판사에게 가져가야겠어. 예심판사도 같은 의견이라면 이 편지를 사진으로 찍어놔야겠지. 자네는 똑같은 시가에 진짜 편지를 넣어 서랍 속에 넣어두도록 하게. 범인이 전혀 눈치채지 못하도록 잘 해두어야 해."

그날 저녁, 뒤듀 씨는 큰 기대를 갖고 듀지 형사와 함께 라 샹테 감옥의 사무실로 갔다. 한쪽 구석에 있는 난로 위에는 접시가 세 개 놓여져 있었다.
"그가 먹은 겁니까?"
"네."
교도소장이 대답했다.
"듀지, 남은 마카로니를 얇게 자르고 이 빵도 갈라보게. …… 어때, 뭐 나오는 거 없나?"
"없습니다, 국장님."
뒤듀 국장은 접시며 포크, 스푼, 나이프, 날이 둥근 감방용 나이프를 면밀하게 조사했다. 나이프의 손잡이를 왼쪽으로, 그리고 오른쪽으로 비틀어 보기도 했다. 그런데 아니나다를까 한순간 나이프의 손잡이가 쑥 빠지는 것이 아닌가. 나이프는 속이 텅 비었는데 안에는 한 장의 종이쪽지가 들어 있었다.

"아르센 뤼팽쯤 되면 좀 다를 줄 알았는데 너무 유치한 수법인걸. 아무튼 지금은 촌각을 다퉈야 하니까…… 듀지, 자네는 식당으로 달려가 조사를 해보도록 하게."

편지의 내용은 아래와 같다.

나는 당신만 믿소. 매일 HP로 뒤를 쫓게 하시오. 내가 앞장서서 가겠소. 그럼, 가까운 시일 안에 만나길. 나의 사랑하는 여인.

뒤듀 씨는 손을 비비며 소리쳤다.

"마침내 수사는 궤도에 오른 것 같군. 이쪽에서 조금만 조종하면 탈옥은 성공할 것이고…… 그렇게 되면 우리는 공범을 검거할 수가 있을 거야."

"그러다가 만약 아르센 뤼팽이 달아나기라도 하면?"

소장이 반대하고 나섰다.

"충분한 인원을 동원하겠습니다. 물론 그렇게 했는데도 도망치면 저희로서도…… 허나, 뭐, 걱정할 필요는 없을 것 같습니다. 두목이 불지 않으면 부하들이 털어놓을 테니까요."

사실 아르센 뤼팽은 별로 말이 없었다. 예심판사 쥴 부비에가 몇 달째 노력했으나 헛일이었다. 심문을 해도 판사와 변호사 사이에 그다지 흥미 없는 이야기만 오고갈 뿐이었다. 변호사는 법조계의 거물 당발 씨였으나 피고에 대해서는 신문에 보도된 것을 제외하곤 거의 아무것도 몰랐다.

때때로 아르센 뤼팽은 예의상 마지못해 한마디씩 지껄였다.

"그렇습니다, 예심판사님의 말 그대로입니다. 리옹 은행 사건, 바빌롱 가 사건, 위조지폐 사건, 보험증서 사건, 아르메닐, 구레, 앙블반, 그로즈리에, 말라키 성의 강도, 이 모두 제가 벌였습니다."

"그렇다면 좀더 자세하게 설명을 해보시오."

"안 됩니다. 나는 이미 모든 것을 한꺼번에 자백한 바 있습니다. 이것만 해도 여러분들이 생각하는 것보다 10배는 될 겁니다."

이러한 지루한 공방에 지쳤는지 예심판사는 심문을 중단했다. 그러나 두 통의 편지가 발각된 다음 다시 심문이 계속되었다. 아르센 뤼팽은 매일 정오에 다른 죄수들과 함께 호송차로 라 상테 감옥에서 경찰국으로 보내졌다. 그들은 오후 3시나 4시쯤에 상테 감옥으로 다시 돌려보내졌다.

그러던 어느 날 오후, 돌아오는 길에 특별한 일이 벌어졌다. 다른 죄수들의 심문이 끝나지 않아 뤼팽 혼자만이 호송차에 타게 된 것이다.

흔히 '샐러드 바구니'라고 하는 이 호송차는 세로로 중앙 통로가 있고 양옆에 5개씩 모두 10개의 칸막이가 있었다. 이 칸막이는 어느 것이나 그 안에 걸터앉게 되어 있는데, 좌석이 매우 불편할 뿐 아니라 옆자리와는 널빤지로 막혀 있었다. 맨 끝에는 간수가 앉아 통로를 감시하고 있었다.

뤼팽이 오른쪽 세 번째 칸으로 들어가서 앉자 차가 움직이기 시작했다. 그는 강변을 출발하여 법무부 앞을 지나고 있다는 것을 알 수 있었다. 그런데 생 미셸 다리 중간쯤 오자, 그는 칸막이의 철판을 오른쪽 발로 눌렀다. 그러자 철판이 약간 열렸다. 그는 자기가 두 개의 수레바퀴 사이 한가운데에 있다는 것을 알았다.

그는 눈을 접시처럼 크게 뜨고 기다렸다. 차는 서서히 생 미셸 대로를 올라가고 있었다. 생 제르맹 네거리에서 차가 멈췄다. 짐마차의 말이 쓰러져 있었던 것이다. 곧 교통이 마비되었고 거리는 차와 합승마차로 뒤엉켜졌다.

아르센 뤼팽은 얼굴을 내밀었다. 다른 한 대의 죄수 호송차가 바로 옆에 서 있었다. 그는 수레바퀴의 굴대에 발을 걸치고 땅 위로 뛰어내렸다. 한 마부가 그를 보고 웃다가 사람을 부르려고 했다. 그러나 그 소리는 곧 움직이기 시작한 차의 소음으로 지워져 버렸다. 뿐만 아니라 아르센 뤼팽은 이미 멀리 사라진 후였다.

그는 잠시 달려가다가 왼쪽 보도 위로 올라선 후 주위를 둘러

보았다. 그는 어느 방향으로 가야 할지 모르는 사람처럼 이곳저곳을 살폈다. 그는 곧 마음을 정한 듯 두 손을 주머니에 푹 찔러넣고 산책하는 사람처럼 어슬렁어슬렁 태평스럽게 대로를 걸어갔다.

상큼한 기분이 느껴지는 가을 날씨였다. 그는 사람들로 가득 찬 한 카페를 골라 들어갔고, 테라스에 자리를 잡고 앉았다.

그는 곧 맥주와 담배 한 갑을 주문했다. 맥주를 맛있게 마신 다음, 담배를 한 개비 천천히 피웠다. 곧 그는 두 개비째의 담배에 불을 붙였다. 그러다가 갑자기 벌떡 일어나서 지배인을 불렀다.

지배인이 불려왔다. 뤼팽은 모든 사람들에게 들릴 만큼 큰 소리로 이렇게 말했다.

"이거 난처한 말인데, 그만 지갑을 잊어버리고 안 가져왔습니다. 틀림없이 내 이름을 아실 테지요? 이삼 일 동안만 외상으로 해주지 않으시겠소? 나는 아르센 뤼팽입니다."

지배인은 농담이겠거니 하는 태도로 그를 쳐다보았다. 그러나 뤼팽은 되풀이해서 말했다.

"난 뤼팽입니다. 라 샹테에 감금되어 있었습니다만, 지금 탈옥 중입니다. 내 이름만으로도 충분히 믿어 주시리라고 생각합니다만."

그는 지배인이 어이가 없어 입을 벌리고 있는 동안 수많은 사람들의 웃음소리를 뒤로하고 유유히 사라졌다.

뤼팽은 수풀로 가를 비스듬히 가로질러 생 자크 가로 나왔다.

그는 쇼윈도 앞에서 걸음을 멈추기도 하고 담배를 피우기도 하면서 태평하게 걸어갔다. 포르 로열 대로에서 잠시 생각하고 난 후, 똑바로 라 샹테 가 쪽으로 걸어갔다. 감옥의 무시무시한 높은 담장을 따라 걸어가다가 보초를 서고 있는 경관 곁으로 가서 모자를 벗고 말했다.

"라 샹테 감옥이 여기입니까?"

"그렇소."

"나는 감옥에 가고 싶습니다. 도중에 마차에서 떨어졌습니다만, 그렇다고 해서 달아나는 비겁한 짓은……."

젊은 경관은 불쾌한 듯이 말했다.

"이봐요, 어서 저 쪽으로 가란 말이오."

"미안합니다! 내가 갈 길은 이 문을 들어가는 겁니다. 아르센 뤼팽을 들어가게 하지 않으면 당신 나중에 꽤나 곤란해질 겁니다."

"아르센 뤼팽이라고! 무슨 말을 하고 있는 거요?"

"마침 명함을 가지고 있지 않아서……."

뤼팽은 이렇게 말하며 주머니를 뒤지는 척했다.

경관은 몹시 놀라 그를 발끝에서 머리끝까지 훑어보았다. 그런 다음 아무 소리도 하지 않고 기계적으로 벨을 눌렀다. 철문이 열렸다.

몇 분 뒤 소장이 몹시 화가 난 표정으로 사무실에서 달려나왔다. 아르센 뤼팽은 싱글벙글 웃고 있었다.

"소장님, 이거 나를 놀리지 마십시오. 뭡니까! 나 혼자만 호송차를 태우는가 하면 도중에 도로를 혼잡하게 만들기도 하고. 내가 동료들에게 달려가기라도 할 줄 아셨습니까? 걱정 마십시오! 치안국의 형사가 20명이나 도보로, 마차로, 자동차로 뒤따르더군요. 도저히 살아서 달아나긴 힘들더군요. 교도소장님, 이거 계획이 틀어져서 어쩌지요?"

그는 목을 움츠리고 이렇게 덧붙였다.

"제발 부탁이니까, 소장님, 내 일에 대해선 상관하지 마십시오. 도망치려고 생각한 날에는 어떤 분의 손도 빌리지 않을 테니까요!"

다음 날, 아르센 뤼팽의 기관지로 소문난 에코 드 프랑스지 – 뤼팽이 이 신문의 공동 출자자 가운데 중요한 한 사람이라는 소문이 있다 – 는 이 탈옥 미수에 대해 상세하게 보도했다. 이 죄수와 그의 여자친구 사이에 오갔던 편지의 내용이며 통신에 사용되었던 방법, 경찰의 공범 관계, 생 미셸 가의 산책, 카페와 수플로 가에서 일어났던 일 등 모든 것이 폭로되었다. 뒤지 형사가 음식점 종업원들을 조사해 보았으나 아무런 단서도 얻을 수 없었다는 것까지 싣고 있었다. 그 밖에도 다음과 같은 놀라운 사실이 밝혀져서 이 사나이의 수법에 사람들은 더욱 혀를 내둘렀다. 그의 일당들이 감옥용 호송차 여섯 대 가운데 한 대를 슬쩍 개조하여 재배치시켜 놓았다는 내용이었다.

그러니 아르센 뤼팽이 가까운 시일 안에 탈출하리라는 것은 이미 누구의 눈에나 분명한 사실로 보였다. 뿐만 아니라 그 사건이 있었던 다음 날, 그는 부비에 씨에게 자신이 한 말을 증명하는 것처럼 그 자신 분명하게 탈출을 예고하고 있었다. 예심판사가 그의 실패를 놀리자, 그는 찬찬히 예심판사를 바라보며 낮게 가라앉은 목소리로 이렇게 말했던 것이다.

"잘 들어두십시오. 거짓은 조금도 없습니다. 이 탈옥 미수는 내 탈옥 계획의 일부일 뿐입니다."

"도무지 모르겠는걸!"

예심판사는 냉소했다.

"자세히 알 필요도 이해할 필요도 없습니다."

이 이야기도 에코 드 프랑스 지에 실렸는데, 그 신문에서 그는 짜증난 어조로 이렇게 말했다고 한다.

"아, 지겨워! 이런 모든 질문은 참으로 쓸데없는 의미없는 짓이거늘!"

"뭐라고, 의미가 없다고?"

"없고 말고요. 왜냐하면 나는 재판에 참석하지 않을 테니까요."

"참석하지 않는다고……."

"네. 그건 분명하오. 나는 내 결정을 돌이키지 않을 결심입니다. 어떤 일이 있더라도 말입니다!"

이와 같은 단언과 날마다 되풀이해 말하는 도무지 종잡을 수 없는 버릇없는 말에 사법당국은 화를 내기도 하고 어리둥절해 하기도 했다. 그것은 아르센 뤼팽 혼자만 아는 비밀, 따라서 그것을 털어놓는 것은 뤼팽만이 할 수 있는 비밀이었다. 그러나 그는 어떤 목적으로 그 비밀을 입 밖에 내는 것일까? 도대체 무슨 까닭으로!

생각다 못한 교도소 측은 아르센 뤼팽을 아예 다른 감방으로 옮기기로 결정했다.

어느 날 밤 그는 아래층 감방으로 옮겨졌다. 예심판사는 예심을 끝내고 사건을 검사국으로 돌려보냈다.

그런 다음 두 달이나 침묵이 계속되었다. 뤼팽은 그동안 침대에 누워 대부분의 시간을 벽으로 얼굴을 돌린 채 지냈다. 감옥을 바꾼 것이 그에게 있어 큰 타격이었던 모양이었다. 그는 변호사의 면회도 거절했다. 간수들과도 제대로 말을 하지 않았다.

재판 전의 2주일 동안 그는 원기를 되찾은 것처럼 보였다. 방 안 공기가 나쁘다고 불평을 했다. 그래서 두 사람의 간수와 함께 아침 일찍 안뜰을 산책할 수 있게 되었다.

한편, 세상의 호기심은 가라앉지 않았다. 사람들은 날마다 그의 탈옥에 대한 소식을 기다리고 있었다. 그 소식을 희망할 정도였다. 이 대담한 인물의 활기, 쾌활함, 천변만화의 능력, 발명의 재능과 생활의 기괴함은 그만큼 대중에게 인기가 있었던 것이다. 아르센 뤼팽은 탈옥할 것이다. 그것은 불가피한 숙명이다. 사람들은 그 탈출이 이렇게 늦는 데에 놀라고 의아해할 정도였다. 경찰국장은 아침마다 비서에게 이렇게 물었다.

"어떤가, 녀석은 아직도 달아나지 않았나?"

"아직 아닙니다, 국장님."

재판 전날 밤, 한 신사가 그랑 주르날 지의 사무실을 찾아와서 담당 기자에게 면회를 청한 다음, 한 장의 명함을 얼굴에 내던지고는 재빨리 사라졌다. 명함에는 이렇게 적혀 있었다.

아르센 뤼팽은 약속을 지킨다.

∽

변론은 이런 상태 속에서 열렸다.

방청객은 놀라울 정도로 많았다. 누구나 그 유명한 아르센 뤼팽을 보고 싶어했고, 그가 어떤 방법으로 재판장을 놀릴 것인가에 즐거운 기대를 걸고 있었다. 변호사, 사법관, 기자, 예술가, 사교계의 부인 등 파리의 명사들이 방청석으로 몰려들었다.

비가 내리고 있어 장내가 어슴푸레했기 때문에 간수가 데리고 나온 아르센 뤼팽의 얼굴은 잘 보이지 않았다. 그러나 그의 무게 있는 태도, 의자에 걸터앉는 모습, 느린 동작 등은 분명 호감을 줄 만한 것이 아니었다. 그의 변호사-당발 씨는 이런 역할을 맡고 싶지 않다고 거절했기 때문에 그의 조수가 나와 있었다-는 몇 번이나 뤼팽에게 질문을 했다. 뤼팽은 머리를 저을 뿐 잠자코 있었다.

서기가 기소장을 낭독했다. 그런 다음 재판장이 발언했다.

"피고는 일어서시오. 피고의 이름과 나이와 직업은?"

대답이 없어서 그는 다시 되풀이했다.

"이름은? 피고의 이름을 묻고 있소."

지칠 대로 지쳐 있는 듯한 목소리로 대답했다.

"데지레 보드류."

장내가 술렁거리기 시작했다. 그러나 재판장은 계속해서 말했다.

"데지레 보드류? 흠! 새로운 가명이로군! 이것은 여덟 번째 이름으로, 다른 이름과 마찬가지로 가명임에 틀림없으니까 만일 좋다면 아르센 뤼팽으로 해두지. 그쪽이 잘 알려져 있고 피고에게도 편할 테니까."

재판장은 서류를 보면서 다시 계속했다.

"한데 여러 가지 조사를 해보았는데도 피고의 신원을 증명해 낼 수가 없었소. 피고는 과거를 갖고 있지 않다는 매우 색다른 예를 근대 사회에 제기해 주었소. 우리는 피고가 어떤 사람이고, 어디서 왔으며, 소년 시절을 어디서 보냈는지 모르오. 요컨대 아무것도 알 수 없는 것이오. 피고는 3년 전에 어떤 환경에서 인지는 알 수 없으나 갑자기 나타나 지능과 사악, 부도덕과 위선의 기괴한 화합물인 아르센 뤼팽으로 활동하였소. 이보다 전의 피고에 대해서 우리가 가지고 있는 자료는 겨우 추정의 영역을 벗어나지 못하는 형편이오. 8년 전에 마술사 딕슨의 조수로서 일한 바 있는 로스타라는 자가 아르센 뤼팽임에 틀림없다고 생각되는 점이 있고, 6년 전 생 루이 병원의 알티에르 박사 실험실에 드나들면서 세균학에 대한 교묘한 가설과 피부병에 대한 대담한 실험으로 때때로 박사를 놀라게 한 러시아인 학생이 아르센 뤼팽일 것 같기도 하며, 아직 유도(柔道)가 알려져 있지 않았을 무렵 파리에서 이 일본의 투기를 가르친 것도 아르센 뤼팽인 것 같소. 박람회 대상을 획득하여 1만 프랑의 상금을 받은 다음 자취를 감추어버린 것도 아르센 뤼팽이라고 생각하며, 자선 바자회 때 천창(天窓)으로부터 수많은 사람들을 구해내고… 동시에 그 사람들로부터 물건을 훔친 것 역시 아르센 뤼팽인지도 모르오."
그런 다음 말을 잠깐 끊었다가 재판장은 결론을 내렸다.
"그 무렵은 피고가 사회에 대해서 계획한 투쟁의 면밀한 준비 기간으로서 피고의 능력과 정력, 기교를 최고도로 발전시킨 수업 시대라고 볼 수 있소. 피고는 이러한 사실을 정확하다고 인정하는가?"
이 논고가 있는 동안 피고는 등을 둥그렇게 굽히고, 팔을 축 늘어뜨린 채 다리를 흔들흔들 움직이고 있었다. 밝은 광선 아래에서 보니 그는 몹시 여위어서 볼이 홀쭉하고, 이상하게 광대뼈가 튀어나왔으며, 얼굴은 흙빛인데 붉은 반점이 나타나 있고, 드문드문 수염이 난 것을 알 수 있었다. 옥중 생활을 하는 동안 뤼팽은 몹시 늙고 쇠약해진 것일까 이전에 신문에 곧잘 실린 적이 있는 그 인상 좋은 청년의 얼굴, 품위 있는 얼굴과는 전혀 다른 얼굴이었다.
아무튼 아르센 뤼팽은 자신에게 하는 질문을 전혀 듣고 있지 않는 듯한 태도였다. 질문은 두 번 되풀이되었다. 그는 뭔가 생각하는 듯 가만히 있다가 힘을 주어 이렇게 말했다.
"나는 데지레 보드류입니다."
재판장은 웃음을 터뜨렸다.

"나는 피고가 채택한 항변 방법을 이해할 수 없소. 저능하고 무능력한 사람인 척하려거든 그래도 좋소. 그러나 나의 입장에 선 피고의 방자한 태도 같은 것에 아랑곳하지 않고 재판을 진행해야 할 의무가 있소."

이리하여 그는 뤼팽의 기소장에 있는 절도, 사기, 위조사건에 대해 구체적으로 언급하기 시작했다. 이따금 그는 피고에게 질문을 던졌다. 피고는 중얼거리거나 아니면 대답을 하지 않았다.

증인의 진술이 시작되었다. 시시한 것도 있고 중대한 것도 있었으나, 하나같이 서로는 대치되고 있었다. 논의는 어둠 속에 싸여 있는 것 같았다. 이윽고 가니마르가 재판정 안으로 들어왔다. 하여 방청석의 관심이 보다 높아졌다.

그러나 이 노경감은 처음부터 방청객들에게 실망감을 안겨주었다. 겁을 먹고 있는 것은 아니겠지만 ─ 그에겐 이런 경험이 얼마든지 있으니까 ─ 어쩐지 마음이 가라앉지 않고 불안해 보였다. 가니마르는 몇 번씩 언짢은 표정으로 피고 쪽으로 눈길을 던졌다. 그러면서도 그는 울타리에 두 손을 걸치고 그가 관계했던 사건, 온 유럽을 찾아다녔던 추적, 미국에 갔을 때의 일 등등을 이야기했다. 사람들은 피를 끓게 하는 모험담이라도 듣는 것처럼 열심히 귀를 기울였다. 그러나 마지막으로 최근 아르센 뤼팽과의 회담에 관한 이야기로 옮겨지자 그는 의식이 흐려진 것처럼 두 번쯤 말을 끊었다.

뭔가 다른 생각에 골몰해 있는 것이 틀림없었다.

재판장이 말했다.

"힘들면 증언을 중지해도 좋소."

"아닙니다, 다만……."

가니마르 경감은 슬그머니 말끝을 흐렸다. 그러고는 피고를 뚫어져라 쳐다보았다.

"부탁드리건대, 피고를 좀 더 자세히 살펴봤으면 하는데 허락해 주십시오. 분명히 해두지 않으면 안 될 수상한 점이 엿보여서 말입니다."

재판장은 고개를 끄덕여 허락했다. 가니마르는 피고의 곁으로 다가가 주의력을 집중시켜 얼굴을 살폈다. 곧 가니마르는 원래의 자리로 되돌아왔다.

"재판장님…… 저는 이곳에 있는 사나이가 아르센 뤼팽이 아니라는 것을 단언하는 바입니다."

갑자기 장내가 물을 끼얹은 듯 고요해졌다. 맨 먼저, 그리고 가장 크게 놀란 재판장이 큰 소리로 외쳤다.

"뭐라고요! 무슨 정신 나간 소리를 하는 거요?"

경감은 낮게 가라앉은 목소리로 침착하게 대답했다.

"아닌게 아니라 얼른 보아서는 분간할 수 없을 만큼 매우 닮은 얼굴인 것은 맞습니다. 그러나 조금만 주의해서 살펴보면 이 사나이가 아르센 뤼팽이 아니라는 것을 금방 알 수 있습니다. 코, 입, 머리, 피부색…… 이 사람은 결코 아르센 뤼팽이 아닙니다. 더구나 이 눈은…… 뤼팽은 이와 같이 알코올 중독자 같은 눈을 갖고 있지 않습니다."

"이것 보시오, 증인! 대체 지금 무슨 말을 하는 거요? 차근차

근 알아들을 수 있도록 말해 보시오!"

"아르센 뤼팽은 한 불쌍한 사람을 내세워 재판을 치르려는 것 같습니다. 이자는 뤼팽의 공범자일 수는 있어도 뤼팽은 아닙니다."

장내는 갑자기 술렁이기 시작했다. 흥분한 몇몇 사람은 괴성을 질러댔고, 웃음소리와 감탄사가 여기저기서 연이어 터져 나왔다. 재판장은 예심판사와 교도소장, 간수에게 명령하여 공판을 중지시켰다.

다시 공판이 시작되었다.

부비에와 교도소장은 아르센 뤼팽과 이 사나이는 얼굴이 닮아 있지만 완전히 다른 사람이라고 증언했다.

재판장이 소리쳤다.

"그렇다면 이 사나이는 누구요? 어디서 왔소? 무엇 때문에 법정에 나온 거요?"

라 상테 감옥의 간수 두 사람을 불러냈다. 그런데 놀랍게도 그 두 사람은 그 사나이를 보더니 그들이 교대로 감시했던 뤼팽이라고 증언하는 것이 아닌가!

재판장은 한숨을 내쉬었다.

간수 가운데 한 사람이 분명한 어조로 이렇게 말했다.

"확실합니다. 우리가 감시한 사람은 바로 이자가 틀림없습니다."

"장담하는 이유를 말해보게."

"사실 저는 이자를 자세히 본 적은 없습니다. 저는 밤에만 이자를 감시했고, 또 이 사나이는 두 달 동안 언제나 벽 쪽만 바라보며 잠을 잤습니다."

"그 두 달 전에는?"

"그 전에는 24호 감방에 있지 않았습니다."

교도소장이 직접 나서서 이 점을 분명히 확인시켜 주었다.

"탈옥 미수가 있었던 다음 감방을 바꾸었습니다."

"그러나 소장, 당신은 두 달 동안 그를 지켜보고 있었겠지요?"

"볼 필요가 없었습니다…… 워낙 얌전히 있었기 때문에요."

"그러니까, 아무튼 수감된 죄수는 이 사나이가 아니라는 겁니까?"

"네."

"그럼, 이 사나이는 누구입니까?"

"그건 저도 모르겠습니다."

"그렇다면 두 달 전부터 가짜가 있었다는 말이 됩니다. 이것을 어떻게 설명하겠습니까?"

"불가능합니다."

"그렇다면?"

재판장은 체념하고 피고 쪽을 돌아보며 부드러운 목소리로 물었다.

"피고는 어떻게 해서, 언제부터 체포되었는지 설명할 수 있겠는가?"

이 친절하게 들리는 목소리가 사나이의 경계심을 늦추게 했거나 아니면 머릿속을 맑게 해준 것 같았다. 그는 대답하려고 노력했지만 사람들이 알아듣기에는 역부족이었다. 질문을 알아듣기 쉽고 친절하게 되풀이해 설명해 주자 그는 횡설수설 자신에 대해 대답을 늘어놓았다. 그것을 정리하여 다음과 같은 사실이 밝혀졌다.

지금으로부터 두 달 전 그는 파리 경시청 부랑자 수용소에서 하룻밤과 다음 날 아침을 보냈다. 수중에 75상팀을 소지하고 있었기에 그나마 곧 그곳에서 나올 수 있었는데, 안뜰을 가로질러 가는 도중 느닷없이 두 명의 간수가 다가오더니 다짜고짜 그의 팔을 붙잡고 호송차에 태워버렸다. 그 후 그는 24호 감옥에서 지내게 되었다. 그래도 그는 그다지 불행하다고 생각하지는 않았다. 밥도 배불리 먹을 수 있고 잠자리도 나쁘지 않았으니까. 그래서 그는 이의를 제기하지 않았다고 한다.

참으로 아이러니컬한 이야기가 아닐 수 없었다. 웃음소리와 흥분이 소용돌이치는 가운데 재판장은 이번 사건을 따로 심리하겠다고 선언하고 재판을 끝냈다.

조사해 본 결과, 다음과 같은 사실이 경시청 수감 명부에 올려져 있음이 확인되었다. 8주 전 데지레 보드류라는 자가 파리 경시청 부랑자 수용소에 유치되었다. 그는 다음 날 석방되어 오후 2시쯤 그곳에서 나갔다. 한편, 같은 날 오후 2시, 마지막 심문을 마친 아르센 뤼팽이 호송차에 태워졌다.

그렇다면 간수들이 행여 실수를 저지른 것이 아닐까? 그들이 외모가 비슷한 이 사나이를 뤼팽으로 착각한 것이 아닐까? 그것이 사실이라면 간수들의 직무유기에 다름이 아니었다.

그러나 실수가 아닌 바꿔치기 자체가 이미 계획의 일부였다면 어떻게 되는 것일까? 하긴 사건의 장소만 놓고 따진다면 바꿔치기는 결코 가능한 일이 아니었다. 이 경우 보드류는 공범으로 아르센 뤼팽을 대신할 작정으로 체포되었다라고밖에 생각할 수 없었다. 그러나 희박한 우연과 어이없는 실수의 연속에 의한 황당무계한 계획이 어떻게 기적적으로 성공할 수 있었을까?

데지레 보드류는 곧 범죄자 인체 측정과로 넘겨졌다. 그의 인상에 해당하는 카드는 없었다. 그러나 그의 과거는 곧 알 수 있었다. 쿠르베부아, 아스니에르, 르발로에서 흔적이 발견됐다. 그는 구걸을 하며 테르느 성문 부근 공동 주택이 모여 있는 마을의 움막에서 살았었다. 그러나 1년 전부터 행방불명 상태였다.

이 사나이는 아르센 뤼팽에게 매수된 것일까? 그런 흔적은 보이지 않았다. 만일 그렇다 하더라도 뤼팽의 도주에 대해서는 아무것도 몰랐을 것이 분명했다. 아무리 그래도 기적은 여전히 기적으로 남았다. 이것을 설명하기 위한 수많은 가설 중 어느 한 가지도 만족할 만한 설명은 없었다. 다만 아르센 뤼팽이 탈출했다는 사실만은 의심할 수 없었다. 이 불가사의하고 경탄할 만한 탈출에는 오랫동안에 걸친 준비와 노력, 그리고 복잡한 행동조직이 얽혀 있었음에 틀림없었다. 아무튼 그 결과 '재판에 참석하지 않겠다'라고 말한 아르센 뤼팽의 의기양양한 예고는 증명된 셈이었다.

한 달 동안 면밀한 수사를 벌였음에도 불구하고 수수께끼는 여전히 풀리지 않았다. 그렇다고 이 빈털터리 걸인인 보드류를 언제까지고 가두어 둘 수는 없는 노릇이 아닌가. 아르센 뤼팽이 아닌 엉뚱한 사람을 뤼팽으로 고집하여 재판한다는 것은 더더욱 우스꽝스러운 일이었다. 그를 어떤 죄로 고발할 수 있을까? 결국 예심판사는 그의 석방에 동의했다. 그러나 치안국장은 이 사나이를 완전한 자유의 몸으로 내버려두는 것에는 반대했다. 하여 풀어주더라도 주위를 엄중하게 감시해야 한다고 주장했다.

사실 이러한 국장의 생각은 가니마르 경감이 제안한 것이었다. 그의 견해로는 그는 아르센 뤼팽의 공범도 또한 우연히 사건에 얽혀든 자도 아니었다. 그래도 보드류는 아르센 뤼팽이 교묘하게 이용한 일종의 '도구'였다. 보드류를 석방하여 그의 뒤를 미행하면 필시 아르센 뤼팽, 아니면 적어도 그 일당의 발자취나마 파악하지 않을까 하는 생각을 했던 것이다.

가니마르는 포랑팡과 듀지 두 형사를 그에게 배치했다. 그리하여 안개가 자욱한 1월의 어느 날 아침, 감옥 문이 열리고 데지레 보드류는 어슬렁거리며 밖으로 나왔다.

데지레 보드류는 처음에 매우 어리둥절해했다. 그는 마치 시간이 남아 주체하지 못하는 사람처럼 느릿느릿 걸었다. 라 샹테

가와 생 자크 가를 그렇게 걸어갔다. 헌 가게에서 웃옷과 조끼를 벗었으나 조끼만 헐값으로 팔았다.

그는 센 강을 건넜다. 샤트레에서 합승마차가 한 대 그를 앞질러 갔다. 그는 그것을 타려고 했으나 자리가 없었다. 차장이 차례를 기다리라고 알려주자 그는 대합실로 갔다.

가니마르는 대합실에서 눈을 떼지 않은 채 두 부하에게 재빨리 명령을 지시했다.

"마차를 한 대 세워라…… 아니, 두 대…… 그러는 게 안전하겠어. 한 사람은 나와 함께, 그리고 한 사람은 녀석의 뒤를 미행하도록 해."

부하는 가니마르의 지시대로 따랐다. 그런데 어느 한순간 보드류가 사라졌다. 가니마르는 얼른 대합실로 달려가 보았다. 그러나 이미 그곳에서 그의 모습을 찾기는 힘들었다.

"어리석었어. 다른 출구가 있다는 걸 깜박 잊었다니!"

가니마르가 중얼거리며 자신을 자책했다.

대합실은 내부의 복도가 생 마르탱 가의 대합실과 연결되어 있었다. 가니마르는 얼른 밖으로 뛰어나갔다. 보드류가 바티놀-자르댕 식물원 근처에서 마차의 맨 윗자리에 올라앉아 리볼리 가의 길모퉁이를 돌아가는 것을 가까스로 발견해냈다. 가니마르는 합승마차를 뒤쫓아갔다. 그 때문에 두 부하와 헤어져 혼자서 추적을 계속하지 않으면 안 되었다.

너무 화가 치민 가니마르는 쫓아가 목덜미를 확 낚아채버릴까 생각했으나 이 자칭 저능아는 미리 계획적으로 그와 부하를 갈라놓은 것이 아닐까라는 것에 생각이 미치자 자신의 충동적인 행동을 자제했다.

가니마르는 주의하여 보드류를 지켜보았다. 보드류는 의자 위에 앉아 꾸벅꾸벅 졸고 있었다. 그때마다 흰머리가 리듬에 따라 좌우로 흔들렸다. 그야말로 조금 입을 헤 벌린 채 자고 있는 그의 얼굴은 바보천치의 모습과 다름없었다. 그래…… 그럴 리 없지! 이런 녀석이 뤼팽일 리는 없어. 또한 공범도 아니야. 다만 우연이라는 것이 이 가엾은 사나이를 괴롭혔을 뿐이라고 가니마르는 생각했다.

사나이는 갈리 라파이에트 네거리에 이르러 마차에서 내렸다. 그는 다시 또 라 뮤에트 행 전차에 올라탔다. 그러고는 오스망 대로와 빅토르 위고 가를 지나쳤다. 보드류는 라 뮤에트 정류장에서 전차를 내렸다. 그러고는 빈둥거리는 걸음걸이로 불로뉴 숲 속으로 걸어들어 갔다.

그는 가로수 길에서 가로수 길로 옮기는가 하면, 온 길을 다시 되돌아 멀리 걸어가기도 했다. 도대체 누구를 찾고 있는 것이란 말인가? 무슨 목적이 있기에 저리 헤매고 다니는 것이란 말인가?

한 시간쯤 이렇게 헤매고 다니는 동안 보드류는 몹시 지친 모양이었다. 이윽고 그는 벤치를 찾아 거기에 털썩 주저앉았다. 그곳은 오퇴이유에서 그다지 멀리 떨어져 있지 않았으나, 서 있는 나무 사이에 가려진 조그마한 호숫가라 사람의 그림자라고는 전혀 보이지 않았다. 그런 상태로 30여 분이 지나갔다.

그 즈음에 가니마르는 안달이 난 상태였다. 가니마르는 저 사나이에게 다가가 직접 말을 걸어보는 것이 좋겠다고 생각을 고쳐먹었다.

가니마르는 곁으로 다가가 보드류와 나란히 벤치에 앉았다. 그는 담배에 불을 붙이고 지팡이 끝으로 모래 위에 동그라미를 그리며 이렇게 말했다.

"참 좋은 날씨입니다. 덥지도 않고……."

침묵. 제법 길게 침묵이 이어졌다. 그러다가 이윽고 느닷없이 커다란 폭소가 사나이의 입에서 터져 나왔다! 그것은 매우 즐겁고 만족스러운 웃음이었다. 사나이의 웃음은 그야말로 박장대소에 다름이 아니었다. 가니마르는 순간 분명한 현실을 느끼고 머리털이 쭈뼛 섰다. 아아…… 이 웃음소리! 가니마르 그가 너무나 잘 알고 있는 자의 웃음소리가 아니겠는가!

가니마르는 돌연 사나이의 옷깃을 움켜잡고 재판소에서 보았을 때보다 한층 더 주의를 기울여 뚫어지게 바라보았다. 과연 이 사나이의 정체는…… 보드류가 아니었다. 아니, 보드류 그자가 분명 맞지만 역시 또 그자는 아닌 것이었다.

가니마르는 사나이의 반짝이는 눈과 홀쭉해진 얼굴을 자세히 살폈다. 거친 피부 밑에서 부드러운 살이 점점 드러나고 있었다. 비뚤어진 입이 본디의 멀쩡한 입으로 되돌려지고 있었다! 그것은 분명 그 사나이의 눈, 그 사나이의 입이었다! 젊음에 넘친, 날카롭고 발랄하고 조소적이고 재기 있는 바로 그의 표정!

"아르센 뤼팽…… 아르센 뤼팽!"

가니마르는 저도 모르게 더듬거리며 중얼거렸다.

가니마르 경감은 갑자기 화가 치솟았다. 가니마르 경감은 상대방의 목을 힘껏 누르며 바닥에 쓰러뜨리고자 했다. 그는 제법 나이가 들었으나 아직은 웬만한 사람보다도 기운이 훨씬 좋았다. 그에 비해 상대방은 오랫동안의 감옥생활로 몸상태가 좋지 못할 것이었다. 만일 이 사나이를 다시 체포할 수만 있다면, 가니마르는 그야말로 혁혁한 공을 세운 경찰관으로 경찰 역사에 영원히 그 이름이 빛날 것이었다.

두 사람의 격투는 생각보다 너무 쉽게 끝났다.

아르센 뤼팽의 일방적인 승리였다. 가니마르가 기선을 제압하며 선공을 시도했던 것은 좋았지만 모든 면에서 아르센 뤼팽은 그보다 빠르고 강했다. 곧 가니마르의 오른팔이 힘없이 축 늘어지고 말았다.

"오르페브르 강변에서 유도를 배운 적이 있다면 방금 전의 기술이 팔후려꺾기라는 것을 알았을 거요."

뤼팽이 차갑고 은근한 어조로 자신의 말을 이었다.

"내가 조금만 더 야속하게 힘을 주었다면 지금 당신의 팔은 부러졌을 거요. 한데 내가 인정하고 존경하는 친구인 당신 같은 사람이 스스로 정체를 드러내 보인 나에게 무례하게 굴다니! 나의 신뢰를 역이용하는 행위 따윈 용납 못하오! ……하여튼 좀 괜찮아졌소?"

가니마르는 잠자코 침묵했다. 그는 지금의 탈옥사건이 순전한 자신의 책임이라고 생각하고 있었다. 자기가 그렇게 과장된 진술을 하지 않았다면, 그리하여 재판을 망치게 하지 않았다면! 아무튼 가니마르로서는 이번 뤼팽의 탈옥사건은 생애 최고의 수치로 기록될 것이었다. 그렇게 생각하니 절로 눈에 눈물이 흘러나와 뚝뚝 아래로 떨어졌다.

"이런! ……가니마르…… 이제 와서 너무 자책하지 말길 바라오. 당신이 아니었더라도 그 누군가는 당신과 같은 증언을 했을 거요. 나 같은 사람이 아무런 죄가 없는 데지레 보드류를 유죄선고를 받도록 내버려두었을 것 같소?"

"그렇다면 거기에 있던 자는 역시 자네였단 말이지? 그리고 지금 여기에 있는 자도 역시 또 그렇고?"

가니마르가 지그시 입술을 깨물며 재차 확인하고자 했다.

"나는 언제나 나요. 변함없이 나란 말이오."

"아니, 어떻게 이런 일이 가능할 수 있었던 거지?"

"아! 마술사가 될 필요는 조금도 없어요. 그 선량한 재판장이 말했던 것처럼 10년쯤 수업하면 어떤 일이라도 할 수 있단 말이오."

"그러나 자네의 얼굴은? ……눈은?"

"1년 반 동안이나 생 루이의 알티에르 박사 밑에서 공부한 것은 겉멋이나 취미가 아니었소. 장래 아르센 뤼팽이라 불리게 될 정도의 인물은 인상을 바꾸는 것쯤 아무렇지 않게 할 수 있어야 한다고 늘 생각했었지요. 알겠소? 사실 인상 같은 것은 언제 어느 때라도 마음대로 바꿀 수 있는 것이오. 파라핀 피하 주사를 맞으면 원하는 곳의 피부를 부풀게 할 수가 있소. 초성몰식자산(焦性沒食子酸)을 사용하면 모히칸 족과 똑같이 될 수도 있소. 그리고 어떤 즙은 놀랄 정도의 습진과 종기를 만들어 주기도 합니다. 또 어떤 종류의 화학적 방법은 수염이나 머리털을 자라게 하며, 다른 방법으로 목소리를 변하게 할 수도 있어요. 뿐만 아니라 24호 감방에서 수양하는 동안 입을 비틀기도 하고 머리를 기우뚱하게 만들고, 등 굽히기 연습도 반복하여 했지요. 마지막으로 아트로핀을 다섯 방울 정도 떨어뜨려서 눈동자를 흐리멍덩하게 바꾸면 준비는 끝나는 것이오."
"그렇지만 간수들까지 몰랐다니……."
"변화는 서서히 일어나는 것이오. 그들은 매일 조금씩 변해 가는 나를 도저히 눈치챌 수 없는 게 당연하오."
"그럼, 데지레 보드류는?"
"보드류는 실제 인물이오. 우연찮은 일로 내가 작년에 발견한 가엾은 자이지요. 사실 나와 그는 굉장히 닮긴 했어요. 그래서 난 언젠가 체포될지 모른다는 생각에 녀석을 관리하고 있었지요. 그와 나의 다른 점을 체크했고, 다른 점을 유사하게 바꾸고자 노력했지요. 그를 부랑자 수용소로 보낸 것은 내 친구였소. 계획에 의해 하룻밤 거기서 머물게 했고 나와 같은 시간에 그곳에서 나오도록 조치를 했던 거지요. 당국에서는 그에 대해 정확히 정체를 밝혀냈을 것이오. 물론 그의 행적에 대해서도. 그리하여 그와 내가 바뀌었다는 것 역시 느꼈을 것이오. 그러나 방법이 없었겠지요. 가짜를 재판정에 내세울 순 없는 일이고……

그러니 더더욱 자신들의 무지를 인정하는 것보다야 가짜라고 생각하는 편이 훨씬 좋았겠지요."
"과연 그렇겠군."
가니마르가 맥없이 중얼거렸다.
아르센 뤼팽이 계속하여 말했다.
"그뿐 아니라 내게는 처음부터 아주 유리한 조건이 한 가지 있었어요. 그것은 모두들 내가 탈출에 성공할 것이라고 믿고 있었다는 것이오. 그래서 사법당국과 내가 벌였던 피가 끓고 가슴이 뛰는 승부! 나의 자유를 건 승부에서 당신이나 다른 친구들이 얼토당토않은 큰 잘못을 저질러버렸던 거요. 당신들은 내가 허풍이나 떨며 풋내기처럼 의기양양해 있다고 생각했지만, 다른 사람도 아닌 나 아르센 뤼팽이 그리 분별 없는 일을 생각할 것 같습니까? 그리고 당신들은 카오른 사건 때와 마찬가지로 '아르센 뤼팽이 탈출을 공언하는 것은 공언하지 않으면 안 될 무엇인가 특별한 이유가 있기 때문이다'라고는 감히 생각하지 못했어요. 그런데 내가 탈출하기 위해서는…… 내가 탈출하기 전에 사람들이 이 탈출을 미리부터 믿는 것이 반드시 필요했던 겁니다. 탈출은 신앙 개조, 절대 확신, 한낮의 태양처럼 확실하게 명확한 진리가 아니면 안 된다는 거요. 그것은 내 의지 덕분에 그렇게 되었던 겁니다. 아르센 뤼팽은 탈옥했습니다. 아르센 뤼팽은 재판에 출석하지 않을 겁니다. 그러니 당신이 '이 사나이는 아르센 뤼팽이 아닙니다'라고 말하기 위해서 일어섰을 때 모두들 내가 아르센 뤼팽이 아니라는 것을 금방 믿지 않았다면 그것이야말로 이상한 일이었겠지요. 만일 단 한 사람이라도 의심하여 '만약 아르센 뤼팽이라면?' 하는 간단한 의견을 제시했다면 나는 금방 파멸했을 거요. 당신은 다른 친구들이 했던 것처럼 나를 아르센 뤼팽이 아니라고 생각하면서가 아니라, 나를 아르센 뤼팽인지도 모른다고 생각하면서 내 얼굴을 들여다보기만 했어도 좋았을 겁니다. 그러면 내가 아무리 조심하고 있었다 하더라도 나라는 것을 금세 꿰뚫어보았을 거요. 그러나 나는 태연했습니다. 당연한 결과로서 어느 한 사람도 이 간단한 사실을 깨닫지 못했던 겁니다."

그는 별안간 가니마르의 한쪽 손을 잡았다. 그리고 계속 말을 이었다.

"가니마르 경감, 당신은 우리가 라 샹테 감옥에서 만났을 때, 1주일 뒤 4시에 내가 부탁한 대로 당신 집에서 나를 기다리고 있겠다고 했었지요?"

"한데 죄수 호송차에서는 왜 탈출했소?"

가니마르는 엉뚱한 얘기를 끄집어내며 딴전을 부렸다.

"허세였지요! 쓸모 없는 낡은 마차를 동료들이 수선하여 한바탕 연극을 했던 겁니다. 그러나 특별히 유리한 상황이 아니고는 실행할 수 없다는 것을 나는 이미 알고 있었소. 다만 나는 이 탈옥 계획을 실행하여 그것을 대대적으로 선전하는 게 좋다고 생각했지요. 한번 대담한 탈옥 계획을 꾸미면, 두 번째는 미리 실행한 거나 다름없는 효과를 가지게 되니까요."

"그래서 시가를……."

"내가 조작했던 겁니다. 나이프도."
"편지는?"
"물론 내가 썼지요."
"그럼, 여자는?"
"그 여자와 나는 같은 사람입니다. 나는 어떤 필적이든 자유자재로 만들어낼 수 있지요."
가니마르는 잠깐 생각하다가 반대 의견을 제시했다.
"범죄자 인체측정과에서는 보드류의 카드를 만들었을 때 그것이 아르센 뤼팽의 카드와 부합된다는 사실을 어째서 알아차리지 못했을까요?"
"아르센 뤼팽의 카드 따위가 존재한다고 믿습니까?"
"뭐라고?"
"존재한다 하더라도 그것은 가짜입니다. 이건 내가 사실 골머리를 앓았던 문제였소. 베르티용 방식으로는 우선 시각에 의한 특징을 기재합니다. 이것이 확실한 방법이 못 된다는 것은 당신도 알고 있겠지요. 그런데 머리, 손가락, 귀 따위의 크기를 잽니다. 이것은 어떻게 해도 속일 수가 없습니다."
"그래서?"
"그래서 돈을 쓴 겁니다. 내가 미국에서 돌아오기 전에 인체측정과의 한 직원을 매수했습니다. 나를 측정할 때 그 직원은 다른 치수를 기입해 넣었죠. 이것만으로도 모든 것은 수포로 돌아간 거지요. 그러므로 보드류의 카드가 뤼팽의 카드와 부합될 리 없지요."

또다시 침묵이 흘렀다. 가니마르가 물었다.

"이제 뭘 할 작정이오?"

"이제는…… 우선 휴식도 취할 겁니다. 영양 보충도 해야겠죠. 원래의 나로 돌아가는 게 급선무입니다. 보드류를 비롯하여 내가 아닌 다른 사람이 되어보는 것 - 속옷이라도 갈아입듯이 인물이며 인상, 목소리, 손짓, 눈짓, 필적까지 바꾸어본다는 건 흥미로운 일임에 분명합니다. 그러나 그렇게 하고 있는 동안에는 자기 자신을 알 수 없게 되는 수가 있어요. 그것이야말로 서글픈 일이지요. 지금 나는 자신의 그림자를 잃어버린 인간의 심정을 느끼고 있습니다. 이제부터 자기를 찾고, 자신을 발견해야지요."

자리에서 일어난 뤼팽이 이리저리 왔다갔다하기 시작했다. 차츰 어둠이 대낮의 밝음 속에 섞이고 있었다. 그러던 그가 가니마르 앞에서 우뚝 발을 멈추었다.

"이제 우리의 만남은 이것으로 끝나야 할 것 같은데, 그렇지 않습니까?"

"아니, 아직 한 가지 남아 있네…… 사실 나는 이번 탈출사건에 대해서 진상을 밝힐 것인지 어떤지에 대해 몹시 궁금해지는군…… 아무래도 내가 저지른 실수도 있고 하여……."

"뭐 그 따위를 걱정하고 그럽니까? 석방된 게 아르센 뤼팽이라는 사실을 아무도 모르고 있는데 말입니다. 나는 이번 탈출사건에 대해 사람들에게 기적적인 의문을 남겨두기 위해 어둠 그 자체로 남겨놓을 생각입니다. 가니마르 씨, 그러니 걱정하지 않으셔도 됩니다. 그럼…… 이제 이별해야 할 시간인가요? 사실 오늘 밤 저녁 식사에 초대를 받았기 때문에 어서 옷을 갈아입어야 합니다만…….″

″쉬고 싶은 줄 알았는데…….″

″그렇긴 합니다만, 이번 약속은 아무래도 거절하기 힘든 자리라서…… 휴식은 내일부터 시작할 겁니다.″

″대체 식사를 어디서 하는데 그러시오?″

″영국 대사관입니다.″

수상한 여행자

전날 나는 자동차를 르왕으로 돌려놓았었다. 나는 기차를 타고 가서, 그 다음에는 세느 강변에 살고 있는 친구들한테 가기로 예정되어 있었다.

그런데 파리에서 출발 직전에 7명의 신사들이 내가 탄 열차에 올라탔다. 그중 다섯 명은 담배를 피우고 있었다. 특별 급행이었으므로 시간은 짧았지만 이런 친구들과 함께 여행한다는 것은 생각만 해도 싫었다. 차가 구식이었고 복도도 없었기 때문에 더욱 그랬다. 그래서 나는 외투와 신문과 시간표 등을 가지고 옆 칸으로 옮겨버렸다.

그곳에는 한 부인이 있었다. 나를 보자 난처한 표정을 짓는 것을 나는 놓치지 않았다. 그리고 그녀는 계단에 서 있는 신사 - 틀림없이 남편으로, 역까지 전송하러 나왔을 것이다 - 쪽으로 몸을 돌렸다. 그 신사는 나를 관찰했으나 아마 나를 안심할 수 있는 사람으로 생각한 모양이었다. 왜냐하면 그는 싱글벙글하면서 두려워하고 있는 어린아이를 달래듯 낮은 목소리로 부인을 달랬기 때문이다. 그러자 그녀도 갑자기 생글생글 웃으면서, 마치 나를 2평방미터의 좁은 열차 칸에서 두 시간 동안이나 마주보고 있어도 아무 걱정이 없는 점잖은 신사라고 생각했는지 나에게 다정한 눈길을 던져주었다.

남편이 그녀에게 말했다.

"나쁘게 생각지 말아요. 급히 사람을 만나지 않으면 안 될 일이 있어서 더 이상 지체할 수 없어요."

사나이는 다정하게 그녀를 껴안은 다음 사라졌다. 그 부인은 창에서 살짝 키스를 보내며 손수건을 흔들었다.

그러자 기적소리가 울리고 열차가 움직이기 시작했다.

바로 그때, 역원이 가로막는 것도 뿌리치며 문을 열고 한 사나이가 내가 있는 칸으로 들어왔다. 여자 손님은 일어서서 선반의 짐을 정리하고 있었는데, 순간 공포의 외마디 소리를 지르며 의자에 쓰러지고 말았다.

나는 겁쟁이는 아니었다. 그러나 솔직히 말해서 차가 막 떠날 시간이 되어 이런 식으로 모르는 사람이 뛰어들어온다는 것은 역시 기분이 나빴다. 부자연스럽고 섬뜩했다. 뭔가 있음에 틀림없다. 그렇지 않고서야…….

하지만 새로 들어온 사람의 모습이나 태도는 그의 행위에서 나온 나쁜 인상을 지워 주었다. 단정한 옷차림이었으며, 품위가 있다고 해도 좋을 정도였다. 고상한 취미의 넥타이, 깨끗한 장갑, 정력적인 얼굴…… 어디선가 본 적이 있는 것 같은 얼굴이었다. 그렇다. 틀림없이 본 적이 있다. 적어도 그의 초상은 여러 번 보았으나 실물은 한 번도 본 적이 없는 얼굴인 듯한 인상이었다. 그와 동시에 생각해내려고 애써 봐야 아무 소용이 없으리라는 생각이 들었다. 그만큼 그 기억은 헤아릴 수 없을 만큼 희미한 것이었다.

그러나 부인 쪽으로 눈을 돌렸을 때 나는 그녀의 얼굴이 파리하고 당황해 있는 것에 깜짝 놀랐다. 그녀의 옆에 앉은 사나이-그들은 같은 쪽에 앉아 있었다-를 참으로 두려워하는 표정으로 지켜보고 있었다. 그리고 나는 그녀의 한쪽 손이 부들부들 떨리면서 무릎에서 20센티미터쯤 떨어진 의자 위에 놓인 손가방 쪽으로 미끄러져 다가가는 것을 보았다. 그녀는 이윽고 그 손가방을 잡고 초조하게 끌어당겼다.

우리는 눈이 마주쳤다. 그리고 나는 그녀의 눈에서 불안과 공포를 읽을 수 있었다. 나는 이렇게 말하지 않을 수 없었다.

"기분이 좋지 않으십니까, 부인? ……창문을 열어 드릴까요?"

그녀는 대답도 하지 않고 옆에 앉은 사나이를 불안스러운 듯이 바라보았다. 나는 그녀의 남편이 했던 것처럼 목을 움츠리고 미소를 지으며 걱정할 필요 없다, 내가 있고 게다가 이 사람은 위험하지 않은 것 같다는 표정을 지어 보였다.

그때, 사나이는 우리를 차례차례 지켜보며 머리끝에서 발끝까지 훑어본 다음, 의자 구석에 몸을 웅크리고는 꼼짝도 하지 않았다.

침묵이 계속되었다. 그러나 부인은 온힘을 기울여 필사적으로 노력하는 것처럼, 거의 알아들을 수 없는 목소리로 내게 말했다.

"그 사람이 이 열차에 있다는 걸 알고 계세요?"
"누구 말입니까?"
"그…… 그 사람 말이에요…… 정말이에요!"
"누굽니까, 그 사람이?"
"아르센 뤼팽 말이에요!"

그녀는 옆의 여행자로부터 눈을 떼지 않고 이 섬뜩한 이름을 나에게가 아니라 오히려 그 사나이에게로 던졌다.

사나이는 모자를 코 위에까지 끌어내렸다. 그것은 불안을 감추기 위해서였을까, 아니면 다만 잠자기 위해서였을까?

나는 그녀의 말에 반대했다.

"아르센 뤼팽은 어제 궐석 재판으로 20년의 징역을 선고받았습니다. 그러니 오늘 세상에 얼굴을 내미는 그런 바보 같은 짓은 하지 않을 겁니다. 그리고 신문에도 그 사나이가 라 상테를 탈출한 다음, 이번 겨울은 터키에서 지낸다는 기사가 나지 않았습니까."

"이 열차에 타고 있어요."

부인은 그 사나이에게 일부러 말하려는 듯이 되풀이했다.

"제 남편은 형무과 차장인데, 역의 공안관이 저희들에게 지금 아르센 뤼팽을 쫓고 있는 중이라고 말했어요."

"그러나 그렇다고 해서……."

"파페르듀의 홀에서 본 사람이 있다고 했어요. 르왕 행 일등 차표를 샀다는 거예요."

"그럼, 거기서 붙잡으면 좋았을 텐데 왜 그렇게 못했죠?"

"순식간에 자취를 감추었던 거예요. 개찰 담당은 개찰구에서 못 보았지만, 교외선 플랫폼을 지나 이 차보다 10분 늦게 출발하는 급행을 탄 것 같다고 이야기하더군요."

"그렇다면 거기서 붙잡았겠지요."

"하지만 만일 그 기차가 출발하기 직전에 거기서 뛰어나와 여기 이 열차에 올라탔다면…… 틀림없이 그랬을 거예요. 분명해요!"

"그렇다면 여기서 붙잡힐 겁니다. 물론 열차에서 열차로 옮겨가는 것을 역원이나 경관이 보았을 테니까, 르왕에 도착하면 반드시 검거될 겁니다."

"그 사나이가 잡힌다고요? 이번에도 도망가고 말 거예요."

"그렇다면 우리는 안전하지요."

"그러나 이 열차가 도착할 때까지 무슨 짓을 할지 알 수 없어요."

"무슨 짓을 한다는 말입니까?"

"그걸 알 수 있나요? 무슨 일을 저지를지 아무도 모르는걸요!"

그녀는 몹시 흥분해 있었다. 그리고 사실 이러한 상황에서 보면 이 신경질적인 흥분도 어느 정도는 당연한 듯했다. 나는 무의식중에 말했다.

"분명히 우연의 일치라는 것은 있습니다…… 그러나 안심하십시오. 아르센 뤼팽이 이 열차에 타고 있다 하더라도 얌전하게 있을 겁니다. 또다시 말썽을 일으키기보다는 눈앞에 닥친 위험을 피하는 것만을 생각할 테지요."

여자는 내 말에도 마음을 놓을 수 없는 듯했다. 이윽고 그녀는 입을 다물어버렸다. 너무나 무례한 일이 되지 않을까 생각한 모양이었다.

나는 신문을 펼쳐들고 아르센 뤼팽 재판사건의 기사를 읽었다. 특별히 새로운 것은 없었으므로 아무 재미도 없었다. 더욱이 나는 지쳐 있었고, 잠도 부족했다. 눈꺼풀이 내려오면서 머리가 수그러졌다.

"아니, 잠드시면 안 돼요!"

부인은 내 신문을 낚아채더니 화가 난 듯 나를 노려보았다.

"잠들지 않겠습니다. 정말입니다. 저는 솔직히 잠을 자고 싶지 않군요."

나는 이렇게 대답할 수밖에 없었다.

"주무신다면 그것이야말로 부주의한 짓이에요."

"물론이죠."

나는 부인의 말에 대꾸해 주었다.

나는 창 밖의 경치며 하늘에 떠가는 구름 같은 것을 바라보며 몰려오는 잠과 싸웠다. 그러나 시간이 흐를수록 차츰 시야는 흐려지고 있었다. 흥분해 있는 부인도, 웅크리고 있는 신사도 내 의식에서 모습을 감추었다. 나의 내부에는 깊은 잠의 침묵만이 남게 되었다.

얼마 뒤 꿈속에서 뤼팽에 대한 토막토막난 스토리가 전개되었다. 아르센 뤼팽이라는 이름을 가진 사람이 꿈속에서의 역할의 대부분을 차지했다. 그 사나이는 귀중한 물건을 걸머지고 지평선을 방황하는가 하면, 담을 뛰어넘고 호화로운 저택을 털었다.

그러나 이 사나이의 그림자가 뚜렷해졌다. 그것은 이미 아르센 뤼팽이 아니었다. 그는 내가 있는 쪽으로 다가오며 차츰차츰 커지더니 믿을 수 없을 정도로 재빨리 열차에 뛰어올라 내 가슴 속으로 쓰러졌다.

심한 통증…… 날카롭게 외치는 커다란 비명소리……. 나는 잠에서 깨어 눈을 떴다. 한 사나이가 한쪽 무릎으로 내 팔을 누르고, 나의 목을 죄고 있었다.

나는 어렴풋한 시선으로 그를 보았다. 눈에서 피가 솟아 나왔기 때문이었다. 나는 의자 한구석에서 부인이 겁에 질려 몸부림치고 있는 것을 보았다. 나는 저항하려고도 하지 않았다. 그럴 힘이 없었던 것이다. 관자놀이가 윙윙 울렸고, 숨이 막혔다. 숨이 찼다…… 이렇게 1분만 더 있었더라면…… 나는 그대로 질식해 죽었을 것이다.

사나이도 그것을 알아챘음에 틀림없다. 그는 죄어가던 손의 힘을 늦추었다. 그러나 손은 떼지 않고 재빠른 동작으로 고리를 만든 끈으로 내 두 손목을 묶어버리고 말았다. 나는 눈 깜짝할 사이에 꽁꽁 묶였으며, 재갈을 물리고 꼼짝도 할 수 없게 되어 버렸다.

그런데 사나이는 이 일을 참으로 쉽게 해치웠다. 마치 절도나 범죄 전문가, 또는 대가라고 할 만한 솜씨였다. 한마디도 입을 떼지 않고 손도 떨리지 않는 냉정함과 대담함! 나는 의자 위에 미라처럼 묶여 있었던 것이다! ……아 내가! 이 아르센 뤼팽이 말이다!

정말이지, 우스꽝스럽기 이를 데 없는 일이었다. 그래서 나는 상황이 심각한데도, 얼마나 익살스럽고 재미있는 일인가 하고 생각지 않을 수 없었다. 아르센 뤼팽이 신출내기처럼 이렇게 당하고 말다니! 마치 풋내기처럼 모조리 벗겨 가도 꼼짝 못하고 있다니! 물론 나는 지갑도 가방도 모두 빼앗기고 말았다. 아르센 뤼팽이 계략에 걸려들었을 뿐만 아니라 패배할 차례가 된 것이다. 이 얼마나 뜻밖의 일인가!

그 부인이 앞에 있었다. 그러나 사나이는 아랑곳하지 않았다. 그는 바닥에 떨어져 있는 손가방을 줍더니 그 속에서 보석이며 지갑이며 금은 세공품들을 빼냈다. 부인은 한쪽 눈만 뜨고 공포에 떨면서, 반지를 뽑아 마치 쓸데없는 수고를 끼치고 싶지 않다는 듯이 사나이에게 내밀었다. 사나이는 반지를 받더니 그녀를 쳐다보았다. 여자는 정신을 잃었다.

그러나 사나이는 여전히 아무 말 없이 우리 두 사람을 거들떠 보지도 않고 조용히 아까 웅크리고 있던 자리로 돌아가 담배에 불을 붙이고 손에 넣은 귀중품들을 매우 조심스럽게 조사하기 시작했다. 그는 아주 만족스러운 표정이었다.

그러나 나는 전혀 만족스럽지가 않았다. 부당하게 빼앗긴 1만2천 프랑에 대해서는 말하지 않겠다. 이 손해는 지금만 감수하면 된다. 그 1만2천 프랑은 아주 가까운 시일 안에 내 손으로 다시 되돌아올 테니까. 가방에 들어 있는 매우 귀중한 서류도 마찬가지다. 그 서류란 계획 견적, 참고, 연락할 상대방의 목록, 위험한 편지 등이었다. 그러나 당장 절실한 걱정이 나를 괴롭히고 있었다.

어떻게 될 것인가?

아시는 바와 같이, 내가 생 라자르 역을 지나왔기 때문에 생긴 소동을 나는 정확하게 알고 있었다. 나는 기욤 베를라라는 가명을 사용하여 교제하고 있던 친구들에게 초대받았기 때문에 - 그들은 나를 아르센 뤼팽과 닮았다고 하면서 놀려대곤 했다 - 마음대로 변장을 할 수가 없었다. 그리고 내 존재는 밀고되어 있었다. 뿐만 아니라 한 사나이가 급행에서 특급으로 훌쩍 뛰어 옮겨 타는 것을 본 사람이 있었다. 그 사나이야말로 아르센 뤼팽이 아니고 누구이겠는가? 그러므로 당연한 일이겠지만 르왕의 경찰서장은 전보로 통지를 받고 상당한 수의 경찰관을 동원하여 열차가 도착하기를 기다렸다가 수상한 승객을 심문하는 한편, 열차를 조심스럽게 수색할 것이다.

이와 같은 모든 것을 나는 예상하고 있었다. 그러나 그런 일은 아무것도 아니었다. 르왕의 경찰이 파리의 경찰보다 더 훌륭한 감식력이 있을 리도 없거니와, 또한 나는 잘 빠져나갈 자신이 있었기 때문이다. 생 라자르 역의 개찰 담당을 믿게 만들어놓은 그 대의원 명함을 시치미 뚝 떼고 르왕 역 개찰구에서 보이면 끝나지 않겠는가? 그러나 사태는 지금 돌변하고 있었다. 나는 이미 신체의 자유를 빼앗기고 있다. 여느 때의 수법을 사용하는 것은 불가능하다. 서장은 운 좋게도 열차 안에서 손발을 묶인 채 염소새끼처럼 순하게 체념하고 있는 아르센 뤼팽 씨를 발견하게 될 것이다. 서장은 사냥에서 잡은 동물이나 과일, 야채 바구니처럼 역에 유치하는 수화물처럼 받기만 하면 될 것이다.

이러한 저주받을 결과를 피하기 위해서 묶여 있는 나는 대체 무엇을 할 수 있을 것인가?

더구나 특급은 베르농 역이나 생 피에르 역에서는 멈춰 서지도 않고, 단 하나의 정차역인 르왕을 향해 달리고 있었다.

그런데 한 가지 문제가 나를 괴롭히고 있었다. 그것은 직접적으로는 나와 그다지 관계없는 일이었으나 그 해결은 내 직업적 흥미를 불러일으켰던 것이다. 과연 저 사나이의 목적은 무엇일까?

르왕에 도착했을 때 나 혼자밖에 없다면 저 사나이는 천천히 내릴 시간이 있을 것이다. 그러나 부인이 있다. 열차의 문이 열리자마자 지금은 저렇듯 온순한 부인도 큰 소리로 외치고 마구

설치며 구원을 요청할 것이다.

그것이 내게는 예상하지 못한 문제였다. 어째서 나처럼 저 여자도 움직일 수 없게 하지 않았을까? 그렇게 하면 두 사람에게 피해를 입혔다는 것을 깨닫지 못한 사이에 유유히 모습을 감출 수 있을 텐데?

사나이는 부슬부슬 빗방울이 비스듬히 뿌려지기 시작하는 하늘을 꼼짝 않고 지켜보면서 여전히 담배를 피우고 있었다. 그리고 고개를 한 번 돌리고서 내 시간표를 집더니 그것을 살펴보기 시작했다.

부인은 적을 안심시키기 위해 아직 실신해 있는 것처럼 꾸미고 있었다. 그러나 담배연기에 목이 메어 기침을 했으므로 기절해 있지 않다는 사실은 금방 들통났다.

나는 매우 답답했고 몸의 마디마디가 아팠다. 나는 골똘히 생각에 잠겨서 방법을 궁리하고 있었다.

퐁 드 라르슈, 오아셀…… 열차는 속도에 취한 것처럼 쾌속을 유지하고 있었다.

상 에티엔느…… 그때 사나이는 일어서더니 우리 쪽으로 두어 걸음 다가왔다. 그러자 부인은 이내 비명을 질렀고 이번에는 정말로 기절해버리고 말았다.

도대체 이 사나이의 목적은 무엇일까? 그는 우리가 있는 쪽 유리창을 닫았다. 그의 거동으로 보아 레인코트도 외투도 가지고 있지 않아 곤란한 모양이었다. 그는 선반을 쳐다보았다. 그곳에는 부인의 양산이 있었다. 그는 그것을 집어들었다. 그리고 나서 나의 외투를 집어들어 입었다.
 열차는 세느 강을 지나가고 있었다. 그는 바짓가랑이를 걷어올리고 몸을 굽히더니 문의 바깥 쪽 고리를 벗겼다.
 철로 위로 뛰어내릴 작정일까? 이렇게 속력을 내고 있으니 틀림없이 죽을 것이다. 열차는 생 카트리느 해안의 터널로 들어섰다. 사나이는 문을 절반쯤 열고 발로 승강구 계단을 찾았다. 미친 짓이다! 어둠, 연기, 소음! 이런 데서 뛰어내린다는 것은 미친 짓이라고밖에 말할 수 없었다. 그런데 열차가 갑자기 천천히 달리기 시작했다. 제동기가 바퀴의 회전을 낮춘 것이다. 속도는 갑자기 보통으로 되더니 다시 한층 더 늦춰졌다. 터널의 이 부분에서 보강 공사 계획이 있기 때문에 며칠 전부터 서행이 필요하다는 것을 사나이는 분명 알고 있었음에 틀림없다.
 그리하여 그는 또 한쪽 발을 승강구의 계단에 내려놓고 고리를 제자리로 돌려서 문을 닫은 다음 태연하게 뛰어내릴 수가 있었던 것이다.
 그가 자취를 감추자마자 차 안이 밝아지면서 흰 연기가 보였다. 열차는 골짜기 사이로 나왔다. 또 하나의 터널을 지나면 르왕에 닿는다.
 그 순간 부인은 의식을 되찾아 곧 보석을 잃어버렸다고 불평하기 시작했다. 나는 눈으로 그녀에게 부탁했다. 여자는 이해했다. 숨이 막혀 답답했던 재갈을 벗겨주었다. 그녀는 내 손도 풀어주려고 했다. 그러나 나는 그것을 막았다.
 "아닙니다. 경찰에게 현장을 보여줄 필요가 있습니다. 수법을 알도록 해주어야 합니다."

"비상벨을 울리면 어때요?"

"이미 늦었습니다. 내가 당하고 있을 때 눌러야 했습니다."

"그렇게 했더라면 전 죽었을 거예요! 보세요, 그 사나이가 이 기차에 타고 있다고 말씀드렸잖아요. 사진을 보았기 때문에 곧 알 수 있었어요. 제 보석을 가지고 달아나버렸어요."

"곧 붙잡힐 겁니다. 걱정할 필요 없습니다."

"아르센 뤼팽이 붙잡히다니요! 여간해서는 그런 일이……."

"부인, 그건 당신에게 달려 있습니다. 제 말을 들어주십시오. 열차가 도착하면 문이 있는 곳으로 가서 사람들을 부르세요. 소란을 떠는 겁니다. 그럼 경관이나 역무원이 달려올 겁니다. 그러면 당신이 본 것을 그대로 이야기하십시오. 내가 기습당했던 일이며 아르센 뤼팽이 달아난 상황을 간단하게 말입니다. 그의 인상, 소프트 모자, 양산 - 이건 당신 겁니다만 - 그리고 외투에 대한 이야기도."

"당신 외투였잖아요?"

여자가 반문했다.

"왜 내 외투라고 하시죠? 아닙니다. 그의 것이에요. 나는 외투 같은 건 가지고 있지 않았습니다."

"그 남자가 탔을 때는 외투를 입지 않은 것 같았는데요."

"아니, 입고 있었습니다. 어쩌면 누군가가 선반에 잊어버리고 갔는지도 모릅니다만, 어쨌든 내릴 때는 입고 있었습니다. 이것이 중요한 점입니다. 회색 빛의 길다란 외투입니다. 생각나시지요? …… 아! 그리고 맨 처음 우선 당신의 이름부터 말하세요. 남편 분의 직업을 알면 경관들도 힘을 낼 테니까요."

열차가 역에 닿았다. 그녀는 이미 출입구 쪽으로 나가기 시작했다. 나는 약간 힘을 주어 거의 명령적으로, 내 말을 그녀의 머리에 새겨 넣어주기 위해서 분명하게 말했다.

"그리고 내 이름도 말해 주십시오. 기욤 베를라입니다. 만일 괜찮다면 나와 아는 사이라고 말해 주십시오. 그렇게 하면 시간이 절약됩니다. 그렇지 않으면 예비조사를 해야 하니까요. …… 중요한 것은 아르센 뤼팽을 추적하는 일입니다. 당신의 보석도…… 아시겠지요? 당신 남편의 친구 기욤 베를라입니다."

"알겠어요…… 기욤 베를라 씨."

그녀는 벌써 사람을 부르며 손짓을 하고 있었다. 열차가 멈춰서기도 전에 한 신사가 몇 사람의 부하를 데리고 차로 들어왔다. 위태로운 시간이 가까워졌다.

부인은 숨을 헐떡이면서 소리쳤다.

"아르센 뤼팽이에요…… 우리는 습격당했어요…… 보석을 훔쳐갔답니다. 저는 형무관 차장 르노의 아내입니다…… 이 사람은 제 동생이에요. 르왕 은행장 조르주 아르델…… 아시겠지요?"

그녀는 우리가 있는 곳으로 온 젊은 사나이를 껴안았다. 서장은 그 사나이에게 인사했다. 그녀는 울면서 이야기를 계속했다.

"네, 그래요. 아르센 뤼팽이었어요…… 이분이 자고 있을 때 목을 졸랐어요…… 베를라 씨로, 남편의 친구예요."

서장이 물었다.
"그런데 아르센 뤼팽은 어디 있습니까?"
"센 강을 건넌 다음 터널 속에서 뛰어내렸어요."
"틀림없습니까?"
"틀림없어요! 확실히 보았어요. 게다가 생 라자르 역에서도 본 사람이 있었으니까요. 소프트 모자를 쓰고······."
"아니······ 이것과 똑같이 생긴 단단한 펠트 모자입니다."
서장은 내 모자를 가리키면서 정정했다.
"소프트였어요. 게다가 기다란 회색 외투!"
르노 부인이 되풀이해서 말했다.
"물론 그렇지요. 검은 벨벳 깃이 달린 기다란 회색 외투······ 전보에도 그렇게 적혀 있었어요."
서장이 중얼거렸다.
"검은 벨벳 깃······ 네, 맞아요!"
르노 부인은 의기양양하게 외쳤다.
나는 숨을 몰아쉬었다. 아, 이 여인은 얼마나 기특한 내 편인가!
그동안 경관들은 나를 묶고 있던 새끼줄의 매듭을 풀어주었다. 나는 입술을 깨물었다. 피가 흘렀다. 나는 오랫동안 부자유스러운 자세로 묶여 있었던 사람답게 구부정하게 몸을 굽히고 손수건을 입에 대며 얼굴에 재갈을 물렸을 때 나온 피를 흘리면서 힘없는 목소리로 서장에게 말했다.
"서장님, 아르센 뤼팽임에 틀림없습니다······ 빨리 서두르면

잡을 수 있습니다…… 나도 얼마쯤 도움이 되리라고 생각합니다…….”

당국의 검증에 도움을 줄 수 있는 차량은 따로 떼어졌다. 열차는 르 아브르를 향해 출발했다. 우리는 플랫폼을 메우고 있는 떠들썩한 구경꾼들의 사이를 비집고 역장실 쪽으로 안내되었다.

그때 나는 망설였다. 무엇인가 구실을 만들어 그 자리를 떠나, 자동차를 세워둔 곳으로만 가면 도망칠 수가 있었다. 기다리는 것은 위험하다. 무엇인가 있다면…… 가령 파리에서 전보라도 온다면 나는 파멸이다.

그렇다. 그러나 내 물건과 돈을 빼앗아간 강도는? 나 혼자 힘만으로는 강도를 붙잡아낼 가망이 없다.

'괜찮아! 운은 시험해 봐야 하니까! 이대로 있어 보자. 이기기는 어렵지만 이 승부는 아주 재미있겠는걸. 더구나 내기에 건 돈은 그만한 가치가 있는 법이니까.'

그래서 진술을 계속하라고 했을 때 나는 소리쳤다.

"서장님, 아르센 뤼팽은 도주 중입니다. 내 자동차가 구내에서 기다리고 있습니다. 만약 괜찮으시다면 우리가 추적해 보겠습니다만…….”

서장은 웃었다.

"그 생각도 나쁘지는 않지요…… 나쁘지 않다는 증거로 그 생각은 이미 실행 중에 있거든요."

"그래요!"

"그렇소. 부하 두 사람이 자전거로 출발했습니다…… 벌써 오래 전에 말입니다."

"어디로 말입니까?"

"터널의 출구로 갔습니다. 그곳에 가면 뭔가 단서가 잡혀 아르센 뤼팽을 추적할 수 있을 겁니다."

나는 목을 움츠리지 않을 수 없었다.

"당신의 부하는 단서를 발견할 수 없을 겁니다."

"그럴 리가!"

"아르센 뤼팽이 터널에서 나가는 것은 볼 수 없을 겁니다. 첫 번째 길로 나와 그곳에서……."

"그곳에서 르왕으로 간 다음, 거기서 붙잡히겠지요."

"르왕에는 가지 않을 겁니다."

"그럼 부근에 있다면 한층 더 붙잡힐 게 확실하겠지요."

"부근에도 있지 않을 겁니다."

"아니, 뭐라고요! 그렇다면 대체 어디에 숨어 있다는 말입니까?"

나는 시계를 꺼내 보았다.

"이 시간이라면 아르센 뤼팽은 다르네탈 역 언저리를 서성거리고 있을 겁니다. 10시 50분, 그러니까 지금으로부터 22분 뒤에는 르왕의 북 정류장에서 아미앵 행 열차를 탈 것입니다."

"정말입니까? 어떻게 알고 계시지요?"

"아주 간단한 일입니다. 차 안에서 아르센 뤼팽은 내 기차 시간표를 조사했습니다. 무엇 때문이었을까요? 그가 자취를 감춘 장소 가까이에 다른 선이나 역, 그리고 그 역에서 열차가 있을까요? 나는 지금 시간표를 조사해본 참입니다. 그래서 알게 된 것입니다."
"과연 그렇겠군! 훌륭한 추리입니다. 놀라운데요!"
서장은 감탄했다.
내가 자신만만하여 깊은 생각 없이 이렇게 수완이 있다는 것을 보인 것은 서투른 짓이었다. 그는 놀라서 나를 쳐다보았다. 그의 머릿속에 어떤 의문이 스쳐간 모양이었다. 하지만 아주 잠깐 동안이었다. 왜냐하면 각 방면에서 보내져 온 사진은 매우 불완전한 것이었으며, 현재 그의 눈앞에 있는 사람과는 전혀 다른 아르센 뤼팽을 보여주고 있기 때문이다. 그래서 서장은 나의 정체를 알아챌 수가 없었다. 그렇기는 하나 그는 망설이며 불안을 느꼈다.
얼마 동안 말이 끊어졌다. 뭔가 애매하고 불확실한 감정이 우리의 입을 다물게 했던 것이다. 나 자신도 몸이 떨렸다. 정세가 불리하게 되는 것일까? 나는 불안한 감정을 누르면서 웃었다.
"그냥 뭐 도둑맞은 가방을 찾고 싶다고 말씀드리면 이해해 주시겠지요? 만일 부하 두 사람만 빌려 주신다면 내가 문제없이……."
"부디, 부탁드리겠어요. 서장님. 베를라 씨가 말씀하시는 대로 해 주세요."
르노 부인이 외쳤다.
나의 훌륭한 여자친구의 발언은 결정적인 것이었다. 유력자의 아내인 그녀의 입에서 이런 부탁이 흘러나오자 베를라는 정말로 내 이름이 되어버렸으며, 절대로 신분을 의심받을 수 없게 되고 말았다. 서장이 자리에서 일어섰다.

"베를라 씨, 성공해 주신다면 참으로 감사하겠습니다. 저 역시 아르센 뤼팽을 체포하고 싶은 점에서는 당신과 같습니다."

그는 나를 자동차가 있는 곳까지 안내해 주었다. 그가 소개해 준 두 형사…… 오노레 마솔과 가스통 들리베가 함께 차에 올랐다. 내가 운전대를 잡았다. 조수가 크랭크를 돌렸다. 얼마 뒤 우리는 역에서 떠났다. 나는 구원된 것이다.

아아! 솔직하게 말해서, 이 노르망디의 낡은 거리를 둘러싼 큰길로 35마력의 모로 렙튼을 당당하게 몰고 지날 때는 얼마쯤 의기양양해지지 않을 수 없었다. 모터는 기분 좋게 움직이고 있었다. 오른편에서도 가로수가 뒤로 달리고 있었다. 그리고 위험에서 탈출하여 자유롭게 된 나는 국가 권력의 착실한 대표자인 두 사람의 협력 아래 나의 조그마한 개인적 용무를 해결하기만 하면 되었던 것이다. 아르센 뤼팽이 아르센 뤼팽을 잡으러 가는 것이다.

사회질서의 충실한 기둥인 가스통 들리베와 오노레 마솔이여! 자네들의 도움은 내게 있어 얼마나 귀중한 것이었는지! 자네들이 없었다면 나는 네거리에서 몇 번이나 길을 잘못 들었을지 모른다. 자네들이 없었다면 아르센 뤼팽은 실패했을 것이고, 또 하나의 아르센 뤼팽은 달아나버렸을 것이다.

그러나 모든 것이 끝난 것은 아니었다. 끝나기는커녕 이제부터 시작이었다. 나는 먼저 그 인물을 붙들어야 하고 그 다음 그 사나이에게 도둑맞은 서류를 되찾지 않으면 안 되었다. 어떤 일이 있더라도 이 두 형사들에게 서류에 대한 것을 알게 해서는 안 된다. 서류를 압수당하거나 해서도 안 된다. 그들을 이용하여 그들이 모르게 행동해야 한다. 이것이 내가 노리는 바였다. 하지만 결코 쉬운 일이 아니었다.

다르네탈에 도착한 것은 열차가 지나고 나서 3분 뒤였다. 검은 벨벳 깃이 달린 기다란 회색 외투를 입은 사나이가 아미앵 행 차표를 가지고 2등차를 탔다는 것을 알게 되자 마음 든든히 생각된 것은 사실이었다. 나의 경찰관다운 모습은 단연 운이 좋았다.

들리베가 내게 말했다.

"그 기차는 급행이니까 아마 19분 뒤 몬테로리에 뷔시에서 멈출 것입니다. 이쪽이 뤼팽보다 빨리 가 닿지 않으면 녀석은 아미앵까지 간 다음 거기서 디에프나 파리로 향할 것입니다."

"몬테로리에까지의 거리는?"

"23킬로미터입니다."

"23킬로미터를 19분으로…… 우리가 먼저 도착하겠군요."

달리는 도중의 숨막힐 듯한 순간! 나의 충실한 모로 렙튼이 이때만큼 열심히 규칙적으로 나의 초조함에 호응해 준 일은 없었다. 나는 이 차에 레버라든가 운전대의 중개 없이 직접 내 의사를 전달한 것 같은 느낌이었다. 차는 나와 희망을 같이했다. 내 집요함에 동의했다. 그 아르센 뤼팽이라는 녀석에 대한 나의 증오를 이해해 주었다. 사기꾼! 배신자! 나는 녀석을 혼내줄 수 있을까? 녀석은 또다시 당국의 눈을 피해 달아날 것인가? 내가 대표하고 있는 이 당국을?

"오른쪽으로!"

들리베가 소리쳤다.

"왼쪽으로, 똑바로."

우리는 지면에서 뛰어올라 공중으로 날고 있는 것처럼 질주했다. 차도와 인도 사이에 있는 돌들은 마치 겁 많은 작은 짐승처럼 우리의 차가 다가가면 사라져 버렸다.

그때 갑자기 길가의 구부러진 길모퉁이에서 연기가 솟아올랐다. 그것은 북부선의 급행열차였다.

1킬로미터쯤 되는 거리를 계속 나란히 달렸다. 그러나 결말은 뻔했다. 도착했을 때는 이미 차이가 나 있었다.

우리는 3초 동안에 2등차 앞의 플랫폼으로 나갔다. 문이 열렸다. 너덧 사람이 내렸다. 그러나 도둑은 나오지 않았다. 우리는 열차를 살폈다. 아르센 뤼팽은 없었다!

"제기랄! 나란히 달리고 있을 때 내가 자동차 안에 있는 것을 보고 뛰어내린 모양이군."

차장이 나의 추측을 확인해 주었다. 그는 역에서 2백 미터쯤 떨어진 곳에서 둑을 따라 한 사나이가 굴러떨어지는 것을 보았다고 말했다.

"저기, 저겁니다. 건널목을 지나고 있지요?"

나는 두 형사를 데리고 뛰기 시작했다. 아니, 한 명이라고 해야 옳을 것이다. 왜냐하면 마솔은 굉장히 잘 뛰는 편으로 속력이 굉장히 빨랐기 때문에 나보다 앞서 달려갔던 것이다. 그와 도망자 사이에 벌어졌던 거리는 순식간에 좁혀졌다. 문제의 사나이는 그가 쫓아오는 것을 눈치채고 울타리를 넘어 둑 쪽으로 재빨리 달아나 기어올라갔다. 그러자 이번에는 좀더 멀리 보였다. 사나이는 작은 숲속으로 들어갔다.

우리가 그 숲까지 가자 마솔이 기다리고 있었다. 더 이상 쫓아가 보아야 길을 잘못 들어 헛수고가 되리라고 판단했던 것이다.

"그것으로 됐소! 그렇게 달리면 그 사나이도 틀림없이 숨이 찼을 거요. 곧 잡힐 겁니다."

나는 그에게 말했다.

나는 나 혼자서 사나이를 붙잡을 방법을 궁리하면서 부근을 수색해 보았다. 나한테서 훔쳐간 것을 내 손으로 찾아내고 싶었다. 경찰에서는 멋대로 실컷 조사하고 난 다음이 아니면 돌려주지 않을 것이기 때문이다. 그런 다음 나는 두 사람이 있는 곳으로 돌아왔다.

"아주 쉬운 일입니다. 마솔, 당신은 왼쪽을 지키고 있고 들리베 당신은 오른쪽을 지켜요. 그리고 숲의 뒤쪽을 지키고 있으면 나오는 것을 볼 수 있을 겁니다. 그 다음은 이 골짜기뿐인데, 이쪽은 내가 망보겠소. 녀석이 나오지 않는다면 내가 들어가지요. 그리고 반드시 당신들이 있는 곳으로 쫓아내겠소. 그러니까 당신들은 그저 기다리고 있기만 하면 됩니다. 아, 그리고 긴급한 경우에는 총을 쏘기로 합시다."

마솔과 들리베는 각각 자기가 맡은 장소로 갔다. 두 사람의 모습이 보이지 않게 되자 곧 나는 보이지도 들리지도 않도록 세심한 주의를 기울이면서 숲속으로 들어갔다. 그곳은 사냥을 하기 위해서 특별히 보호되어 있는 깊은 덤불 속으로, 마치 녹색의 토굴처럼 몸을 굽히지 않으면 걸어갈 수 없을 정도로 좁은 샛길이었다.

그 샛길 가운데 하나를 따라 들어가자 빈터가 나왔다. 젖은 풀이 사람이 지나간 것을 말해주고 있었다. 나는 서 있는 나무 사이를 누비면서 몸을 감추고 조심스럽게 그 자국을 쫓았다. 얼마쯤 발자국을 따라가니 쓰러질 듯이 보이는 석회반죽으로 지은 움막집이 있는 조그마한 언덕이 나왔다.

나는 생각했다.

'틀림없이 저기에 있을 거다! 썩 좋은 전망대를 골랐단 말이야.'

나는 움막집 바로 곁에까지 기어서 갔다. 희미한 소리가 들리고, 사람이 있는 기척이 느껴졌다. 사실 창문 있는 곳에서 그 녀석의 등이 보였던 것이다.

나는 그 사나이에게 달려들었다. 그는 손에 들고 있던 권총을 내게 돌리려고 했다. 나는 그에게 여유를 주지 않고 넘어뜨려서 두 팔을 몸 아래로 밀어 넣어 깔고 무릎으로 가슴을 눌렀다.

나는 사나이의 귀에다 대고 속삭였다.

"이봐, 잘 들어. 나는 아르센 뤼팽이야. 내 가방과 그 여자의 손가방을 돌려주시지? 그렇게 하면 너를 경찰의 손에서 달아나게 해주고, 내 동료로 삼아주지. 그럴 텐가, 아니면 거절할 텐가?"

"그러겠소."

그가 중얼거렸다.

"좋아! 오늘 아침 일은 훌륭했어. 사이좋게 지내세."

나는 일어섰다. 그는 주머니에서 커다란 칼을 꺼내더니 나를 찌르려고 했다.

"바보 같은 녀석!"

나는 외쳤다.

나는 한 손으로 칼을 막았다. 그리고 다른 한 손으로 상대방의 동맥을 강하게 쳤다. 그는 정신을 잃고 쓰러졌다.

가방 속에는 서류도 지폐도 그대로 있었다. 나는 호기심에서 그의 가방을 열어보았다. 그에게로 온 편지봉투에 그의 이름이 쓰여 있었다.

피에르 옹프레!

나는 등골이 오싹했다. 오퇴이유의 라 퐁테느 가의 살인범 피에르 옹프레! 델보아 부인과 두 딸을 목 졸라 죽인 피에르 옹프레! 나는 그의 얼굴을 들여다보았다. 그렇다! 열차 안에서 본 적이 있는 듯한 느낌이 들었던 건 바로 그 때문이었다.

그러나 시간이 흐르고 있었다. 나는 한 장의 봉투 속에 1백 프랑짜리 지폐 두 장을 넣고 다음과 같은 말을 적은 명함을 넣어두었다.

선량한 동료 오노레 마솔과 가스통 들리베에게 감사의 표시로 전합니다.

_아르센 뤼팽

나는 이것을 잘 보이도록 한가운데 놓았다. 그 옆에는 르노 부인의 손가방. 나를 도와준 기특한 여인에게 돌려보내지 않을 수 있으랴?

옹프레가 남아 있다. 그가 좀 움찔거렸다. 어떻게 할까? 나에게는 그를 구해줄 의무도 처벌할 자격도 없었다.

나는 그의 무기를 집어들어 공중을 향해 권총을 쏘았다.

'그 두 사람이 곧 이쪽으로 오겠지! 다음 일은 그들에게 맡기자. 일은 운명대로 되어 가겠지.'

그런 다음 나는 골짜기의 길을 지나 멀어져 갔다.

20분 뒤 아까 추적하면서 도중에 보아두었던 지름길을 지나서 자동차가 있는 곳으로 돌아왔다.

4시에 르왕의 친구들에게 전보를 쳤다. 뜻하지 않은 사고 때문에 방문을 다음 기회로 미루겠다고. 실은 지금쯤은 그들이 진상을 알았을 것이므로 나는 이 방문을 무기한 연기하지 않으면 안 될 것이라고 걱정하고 있었다. 그들은 실망할 것이다.

릴, 아당, 앙지앙, 비노를 지나 6시에는 파리에 돌아왔다.

그날 저녁 신문을 보니 마침내 피에르 옹프레가 체포되었다는 기사가 실려 있었다.

다음 날, 에코 드 프랑스 지는 다음과 같은 센세이셔널한 사회면 기사를 싣고 있었다.

어제 뷰우 시 부근에서 아르센 뤼팽은 수많은 사건을 거친 다음 피에르 옹프레를 체포했다. 라 퐁테느 가에서 살인을 저지른 이 범인은 파리와 르 아브르 사이의 열차 안에서 형무과 차장 르노 씨 부인의 소지품을 강탈했던 것이다.

아르센 뤼팽은 보석을 넣어두었던 손가방을 찾아 르노 부인에게 돌려주는 한편 이 극적인 체포에 임하여 그를 도와주었던 경관 두 사람에게 충분한 사례금을 지불해 주었다.

왕비의 목걸이

　1년에 두세 번, 오스트리아 대사관의 무도회며 빌링스톤 부인의 저녁 연회 같은 화려한 자리에 드루 수비즈 백작 부인은 그 하얀 목에 여왕의 목걸이를 하고 참석했다. 그것은 아주 유명한 목걸이였다.
　왕실의 보석 세공사인 뵈메르와 바상쥬가 뒤 바리 부인(루이 15세의 애첩)을 위해 만들었는데, 로앙 수비즈 추기경이 프랑스의 왕비 마리 앙트와네트에게 봉정한 것이라고 믿고 있었으나 라 모트 백작 부인이며 동시에 요부로 알려진 잔느 드 발로아가 1785년 2월 어느 날 밤, 그녀의 남편과 그들의 공범자 레토 드 빌레트와 함께 하나하나 분해해버렸다는 전설이 있는 목걸이였다.

 그러나 사실을 말하자면 진짜는 좌금뿐이었다. 레토 드 빌레트가 그것을 보존하고 있었는데, 라 모트 백작 부부는 뵈메르가 정성 들여 고른 훌륭한 그 보석을 좌금에서 난폭하게 떼어내어 낱낱이 분해하고 말았다. 나중에 그는 그것을 이탈리아에서 가스통 드 드루 수비즈에게 팔았다. 가스통은 추기경의 조카이며 동시에 상속인이었는데, 로앙 게메네의 화려한 파산 때 추기경에 의하여 몰락 직전에 구제되었던 것이다. 그는 숙부에 대한 추억을 위해서 그 무렵 영국인 보석상 제프리스에게 남아 있었던 다이아몬드를 몇 개인가 도로 사서, 크기는 같지만 가치가 훨씬 떨어지는 다른 다이아몬드를 보충하여 뵈메르와 바상쥬가 과거에 만들었던 그대로의 눈부신 '속박된 여왕의 목걸이'를 완성했던 것이다.

 드루 수비즈 집안 사람들은 근 1세기 동안이나 이 유서 깊은 보석을 자랑으로 여기고 있었다. 여러 가지 사정으로 말미암아 가산은 현저하게 기울고 있었으나, 그들은 이 왕실의 귀중한 유품을 남의 손에 넘기느니 차라리 생활 정도를 낮추는 편을 택했던 것이다. 특히 현재의 주인인 백작은 사람들이 선조 때부터 전해오는 저택에 집착하듯이 그 목걸이에 집착했다. 그는 목걸이 보관을 위해서 리용 은행의 금고를 빌려 그곳에 맡겨두었다. 아내가 사용하고 싶다고 하면 그날 오후에 자신이 은행에서 찾아왔고, 다음 날에도 역시 자신이 직접 돌려주곤 하였다.

 그날 밤 카스티유 궁전의 리셉션에서 – 이 사건은 금세기의 첫 무렵으로 거슬러 올라간다 - 백작 부인은 대성공을 거두었다. 크리스티앙 왕을 위해서 베풀어진 환영회였는데, 왕은 그녀의 눈부신 미모에 눈길을 멈추었다. 우아한 목에서 보석이 반짝이고 있었다. 다이아몬드의 무수한 절단면이 광선에 비쳐 불꽃처럼 찬란하게 빛났다. 이와 같은 장신구의 무게를 이렇듯 부드럽고 품위 있게 견뎌낸다는 것은 그녀 이외의 어느 여성도 가능할 것 같지 않았다.

그것은 이중의 승리였다. 드루 백작은 그 승리를 마음속 깊이 음미했다. 그들 부부가 생 제르망 교외의 낡은 저택으로 돌아왔을 때 그는 스스로 자신을 축복했다. 그는 아내를 자랑스럽게 여기는 한편, 또한 4대나 계속해서 가문의 명예가 되어 있는 보석에 대해서도 역시 자랑으로 생각하고 있었다. 한편 부인도 약간 어린아이처럼 득의양양해했다. 그것은 그녀의 자존심 강한 성격에 잘 어울렸다.

부인이 아쉬운 듯이 목걸이를 떼어내어 남편에게 건네주자 백작은 마치 처음 보는 것처럼 자상하게 그것을 바라보았다. 그는 추기경의 문장이 새겨진 빨간 가죽으로 만든 보석상자에 목걸이를 넣은 다음 옆방에다 갖다놓았다. 그 방은 거실과 완전히 막혀져 침실처럼 된 곳으로, 하나뿐인 출입구가 침대 아래쪽에 있었다. 여느 때처럼 그는 꽤 높은 선반 위 모자를 넣어두는 마분지 상자며 속옷 등을 쌓아놓은 사이에 보석상자를 감추었다. 그는 문을 닫고 옷을 벗었다.

다음 날 아침, 백작은 점심 식사 전에 리용 은행에 다녀오려고 9시쯤 일어났다. 그는 옷을 입고 커피를 마신 다음 마구간으로 내려갔다. 그는 마부에게 마구를 준비하도록 지시했다. 말 중에 한 마리 마음에 드는 것이 있었다. 그는 그 말을 안뜰에서 걷게 해보기도 하고, 뜀박질을 시켜보기도 했다. 그러고 나서 부인에게로 돌아왔다.

부인은 그동안 쭉 방에서 하녀의 시중을 받으며 화장을 하고 있었다. 그녀가 남편에게 말했다.

"나가세요?"

"그렇소…… 목걸이를 갖다줘야지."

"어머나, 정말! 그렇게 하도록 하세요."

백작은 골방으로 들어갔다. 그러나 곧 돌아와서 그다지 놀라는 기색도 없이 물었다.

"당신이 그걸 꺼냈소?"

부인이 되물었다.

"무슨 말씀이세요? 아뇨, 전 꺼내지 않았어요."

"움직였소?"

"아니오…… 방문을 열지도 않은걸요."

그는 긴장한 표정으로 다가오더니, 거의 알아들을 수 없는 소리로 더듬거리며 말했다.

"손대지 않았다고? ……당신이 아니오? 그렇다면……."

부인은 달려가 보았다. 두 사람은 마분지 상자를 방바닥에 내던지고 속옷 더미를 흩뜨리면서 열심히 찾았다. 백작은 여러 번 반복해서 그것을 찾았다.

"헛수고야…… 이런 짓 해봐야 소용없어……. 저기, 저 선반 위에 올려놓았었는데…….."
"잘못 알고 있는 것 아닐까요?"
"틀림없이 선반 위에 올려놓았어. 다른 곳이 아니야."
그들은 촛불을 켰다. 골방이 어두컴컴했던 것이다. 두 사람은 속옷이며 거추장스러운 것을 모두 치웠다. 골방 안에 아무것도 남지 않게 되었을 때 그들은 크게 낙담했다. 그 유명한 여왕의 목걸이가 없어졌음을 인정하지 않을 수가 없게 된 것이다.
백작 부인은 우물쭈물하는 성격이 아니었으므로 쓸데없는 불평을 늘어놓아 시간을 낭비하지 않고 곧 경찰서장 발로르브 씨에게 알렸다. 부부는 이전부터 그의 명민함과 혜안을 높이 평가하고 있었던 것이다. 발로르브 씨에게 자세한 내용을 이야기하자, 그는 곧 이렇게 물었다.
"백작, 밤중에 아무도 방 안에 들어오지 않은 것은 확실합니까?"
"절대로 확실합니다. 나는 잠이 깊이 들지 않는 성격이지요. 뿐만 아니라 방문에는 빗장을 질러두었습니다. 오늘 아침에 집사람이 하녀를 불렀을 때도 내가 빗장을 빼야만 했으니까요."
"달리 안으로 들어갈 수 있는 통로는 없습니까?"
"전혀 없습니다."
"창문도 없습니까?"
"창문은 있지만 늘 닫아둡니다."
"보여 주십시오."

촛불이 켜졌다. 발로르브 씨는 곧 창문 아랫부분이 궤짝으로 절반밖에 가려져 있지 않다는 것을 지적했다. 더구나 궤짝과 창틀 사이에는 틈이 있었다.

"하지만 틈이 이렇게 좁으니까. 큰 소리를 내지 않으면 움직일 수 없지요."

드루 백작이 반박했다.

"그러면 이 창 밖은 어떻게 되어 있습니까?"

"조그마한 안뜰입니다."

"이 위에 또 한 층이 있지요?"

"2층입니다. 하지만 하인들의 방이 있는 부근은 격자 모양의 가느다란 철책으로 둘러싸여 있습니다. 그래서 여기가 어둡지요."

궤짝을 치우고 보니 문 역시 잠겨 있었다. 누군가 밖에서 들어왔다면 그럴 리가 없다.

"하기야 누군가가 우리 방에서 나갔다면 다르지만 말입니다."

백작이 덧붙였다.

"그럴 경우에는 이 방의 빗장이 걸려 있지 않았을 겁니다."

서장은 잠시 동안 생각에 잠겨 있었으나, 이윽고 부인 쪽을 돌아보며 말했다.

"부인, 주위 사람들 가운데 당신이 어젯밤 그 목걸이를 하실 거라는 것을 알고 있었던 사람이 있습니까?"

"그런 것을 전 비밀로 하지 않아요. 하지만 이 방에 넣어둔다는 건 아무도 몰라요."

"아무도?"

"아무도…… 다만, 만약……."

"부인, 아무쪼록 분명하게 말씀해 주십시오. 그것이 가장 중요한 일입니다."

부인은 말했다.

"앙리에트에 대해서 생각했어요."

"앙리에트? 확실합니까?"

"하지만 그녀도 그것은 모를 거야."

발로르브 씨가 말했다.

"누구입니까?"

"수도원 시절의 친구예요. 노동자 같은 사람과 결혼하여 친정하고 사이가 나빠졌지요. 미망인이 되었으므로 제가 아들과 함께 데려다가 방을 하나 주어 살게 하고 있어요."

그녀는 난처한 듯이 덧붙였다.

"제 일로 여러 가지 준비를 해줍니다. 손재주가 있는 사람이라서……."

"몇 층에 살고 있습니까?"

"이 방과 같은 층의 가운데에 있어요…… 이 복도의 막다른 곳에…… 제 생각으로는…… 그녀의 부엌에 난 창문은……."

"이 안뜰로 나 있겠지요?"

"네, 그래요. 바로 맞은편이에요."

그리고 잠깐 침묵이 이어졌다.

발로르브 씨는 앙리에트의 방으로 안내해 달라고 말했다.

앙리에트는 바느질을 하고 있었다. 그녀의 아들 라울은 예닐곱 살쯤 된 개구쟁이로 그녀의 옆에서 책을 읽고 있었다. 서장은 여자가 묵고 있는 방이 단지 한 칸으로, 난로도 없으며 한쪽 구석을 부엌 대신 쓰고 있는 초라함을 보고 매우 뜻밖이라고 생각하면서 그녀에게 질문했다. 앙리에트는 도난 이야기를 듣자 깜짝 놀랐다. 어제 저녁 그녀 자신이 부인에게 옷을 입혔으며, 부인에게 목걸이를 걸어주었던 것이다.

그녀가 소리쳤다.

"아니, 어떻게 된 일이죠?"

"뭐 짐작되시는 거라도 있습니까? 수상한 일은? 범인은 이 방을 지나쳐 갔는지도 모르니까요."

그녀는 자기가 혐의를 받고 있다고는 꿈에도 생각하지 못하고 밝게 웃었다.

"하지만 저는 이 방에서 한 발자국도 떠나지 않았는걸요! 외출은 절대로 안 했습니다. 그곳을 보시지 않으셨나요?"

그녀는 부엌 창문을 열었다.

"저기 보세요. 저쪽 창문까지는 3미터가 넘는답니다."

"어떻게 범인이 그곳을 통해서 들어갔으리라고 말씀하시는 거지요?"

"왜냐하면…… 목걸이는 골방에 있으니까요."

"어떻게 그걸 알고 있지요?"

"그런 것쯤…… 밤에는 그곳에 놓아둔다는 걸 이전부터 알고 있었어요…… 그런 말을 들은 적이 있으니까요…….”
 여자의 얼굴은 아직 젊었지만 고생으로 쪼들려 여위었으며, 다정함과 체념을 함께 나타내고 있었다. 그녀는 별안간 입을 다물고 마치 커다란 위험이 덮쳐와 갑자기 위협이라도 받은 것처럼 괴로운 표정을 지었다. 그녀는 아들을 끌어당겼다. 아들은 어머니의 손을 다정하게 쥐어주었다.
 “내 생각으로는 둘밖에 안 되는 이 사람들에게 혐의를 걸 필요는 없다고 생각합니다.” 드루 백작이 서장에게 말했다. “이 여자에 대해서는 제가 책임을 지겠습니다. 정직한 사람입니다.”
 “다만 자신도 모르고 범인에게 협력하지 않았는가 생각했을 뿐입니다.” 발로르브 씨는 이렇게 단언했다. “그러나 이런 해석을 해서는 안 된다는 것을 인정합니다. 문제 해결에는 아무런 도움도 되지 않으니까요.”
 서장은 이 수사를 중단했다. 예심판사가 사건을 맡아 그 뒤 며칠 동안 조사했다. 하인들을 심문하고, 빗장이 어떻게 생겼는지 확인했으며, 골방 창문이 열리고 닫혀지는 것에 대해서도 조사하고, 안뜰을 구석구석 샅샅이 뒤졌다. 그러나 모두 헛일이었다. 빗장에 아무런 이상도 없었고, 창문은 밖에서는 여닫을 수가 없었다.
 수사의 초점은 앙리에트에게로 모아졌다. 아무래도 수상쩍었기 때문이다. 그녀의 생활은 면밀하게 조사되었다. 그런데 이 3년 동안 그녀는 단지 네 번 저택 밖으로 나갔을 뿐이라는 것이 확인되었다. 그리고 그것이 모두 심부름을 하기 위해서였다는 것도 확실해졌다. 사실 그녀는 드루 부인의 몸종 겸 침모로서 시중들고 있었거니와, 부인이 그녀에게 몹시 엄격했다는 것이 심부름꾼들의 증언에 의해 밝혀졌던 것이다.
예심판사는 1주일 뒤에 서장과 같은 결론을 내렸다.
"게다가 범인을 알고 있다 하더라도 어떻게 훔쳐냈는지를 알 수가 없군. 어느 쪽으로 보나 두 개의 장애물에 부딪히거든. 출입문도 창문도 닫혀 있었으니까. 이중으로 불가사의한 일이지. 어떻게 숨어들어 갈 수 있었을까? 그리고 한층 더 어려운 것은, 빗장을 건 출입문과 잠겨 있는 창문으로 어떻게 달아날 수 있었을까?"
4개월에 걸친 수사 끝에 예심판사는 혼자서 이렇게 생각했다. 드루 부부는 절실히 돈이 필요했다. 그래서 여왕의 목걸이를 팔아버린 것이다라고. 그 뒤 그는 사건에서 손을 떼었다.

귀중한 보석의 도난이 드루 수비즈 집안에 준 타격은 그 뒤 오랫동안 흔적을 남겼다. 그들의 신용은 떨어졌고, 그런 보물의 뒷받침이 없어졌으므로 채권자들은 강경한 태도를 취했으며, 편의를 제공해 주지도 않았다. 그들은 살을 깎는 듯한 마음으로 재산을 처분하기도 하고 저당을 잡히기도 했다. 선조 때부터 전해오는 두 사람의 엄청난 유산이 아니었다면 그들은 파산하고 말았을 것이다.
백작 부부는 마치 귀족의 칭호라도 잃어버린 것처럼 자존심에 상처를 입었다. 그런데 기묘한 일은 백작 부인이 한집에 사는 옛날 친구에게 마구 화풀이를 한 것이다. 부인은 이 여자에게 깊은 원한을 품고서 드러내놓고 비난을 퍼부었다. 처음에는 하인 방으로 옮기게 하더니, 마침내 집에서 쫓아내버리고 말았다.

그 뒤로 별다른 사건 없이 세월이 흘렀다. 그들 부부는 열심히 여행을 했다.

그런데 그 무렵의 일에서 한 가지 주의해야 할 사실이 있었다. 앙리에트가 나간 지 몇 달 뒤에 백작 부인은 그녀에게서 한 통의 편지를 받고 깜짝 놀랐다.

마님.
뭐라고 감사의 말씀을 드려야 할지 모르겠습니다. 그것을 보내주신 것은 마님이시겠지요. 마님 외에는 보내실 분이 없습니다. 제가 숨어사는 이 벽촌의 집을 마님 말고는 알고 있는 사람이 없거든요. 만약 잘못 알고 있는 것이라면 용서해 주십시오. 그리고 바라건대 마님이 옛날 베풀어 주신 친절에 대한 제 감사의 뜻을 받아주시기를......

그녀는 무엇을 말하려고 한 것일까? 현재 또는 과거의 부인의 친절이란 여러 가지 심술궂은 일뿐이었다. 이 감사는 무엇을 의미하는 것일까?

설명을 요청하자 앙리에트는 이렇게 답해왔다. 그녀는 등기도 환어음도 아닌 우편으로 1천 프랑짜리 지폐를 두 장 받았다는 것이다. 그 편지의 겉봉에는 파리 우체국 소인과 수취인의 주소와 이름만이 쓰여 있었는데 분명히 가짜 필적이라는 것이었다.

이 2천 프랑은 어디서 온 것일까? 누가 보냈을까? 왜 보냈을까? 사법당국에서는 수사를 해보았다. 그러나 이 수수께끼에 대한 아무런 단서도 잡을 수 없었다.

이것과 똑같은 일이 12개월 뒤에 또 일어났다. 세 번, 네 번…… 6년 동안이나 해마다 있었으나 5년째와 6년째만은 금액이 두 배였다. 위급한 병에 걸려 있던 앙리에트는 그 덕분에 충분히 요양할 수 있었다.

또 하나의 풀리지 않는 어려운 문제! 우체국에서는 그중 한 통을 환어음이 아니라는 이유로 압수하고, 마지막 두 통은 규칙에 의해서 보내어졌다. 한 통은 생 제르망, 또 한 통은 슈레느에서 보낸 것이었다. 발신인은 처음에는 앙퀴티라고 서명되어 있었고, 그 다음에는 페샤르라고 서명되어 있었다. 적혀 있는 주소는 가짜였다.

6년 뒤 앙리에트는 세상을 떠났다. 수수께끼는 여전히 풀리지 않은 채였다.

이상의 사건은 모두 다 아는 사실이다. 이 사건은 세상의 화제가 되었고, 목걸이의 기괴한 운명은 18세기 끝 무렵의 프랑스를 뒤흔든 다음 다시 120년 후에 똑같은 흥분을 불러일으켰다. 그러나 내가 지금부터 이야기하려고 하는 것은 당사자들이나 백작이 절대로 입 밖에 내지 말아 달라고 부탁한 몇몇 사람을 빼고는 아무도 모르고 있다. 이 친구들은 언젠가는 약속을 어길 터이므로 나는 비밀을 폭로하는 것을 사양하지 않겠다. 그러면 사람들은 수수께끼를 푸는 열쇠와 동시에 그저께 아침 신문에 실렸던 편지의 의미를 알게 될 것이다. 그 이상한 편지는 이 드라마의 어둠에 한층 더 기묘한 그림자를 던져주는 것이었다.

5일 전의 일이다. 드루 수비즈 저택으로 점심 식사 초대를 받은 사람들 가운데는 주인의 조카딸이 둘, 이종 누이동생이 하나 있었다. 남자 손님으로는 에사빌 재판소장, 보샤스 대의원, 그리고 백작이 시칠리아에서 알게 된 플로리아니 씨와 옛날 친구인 장군 루지에르 후작 등이었다.

식사가 끝나자 숙녀들은 커피를 마셨고, 신사들은 살롱을 떠나지 않는다는 조건으로 담배를 피웠다. 모두들 잡담을 했다. 젊은 아가씨 하나가 카드점을 치면서 흥겨워했다. 화제는 우연히 유명한 범죄사건으로 옮겨졌다. 그러자 곧잘 백작을 놀려대곤 하는 루지에르 씨가 목걸이 사건을 꺼냈다. 이것은 드루 씨가 가장 싫어하는 화제였다.

곧 저마다 의견을 내놓았다. 누구나 다 자기 식의 추리를 풀어놓았다. 모든 추리가 모순되었으므로 어느 것 모두 다 불합격이었다.

"그럼, 당신의 의견은 어떠세요?"

백작 부인이 플로리아니 씨에게 물었다.

"글쎄요! 제게 의견 같은 것은 없습니다, 부인."

사람들은 용납하지 않았다. 플로리아니는 팔레르모의 사법관인 아버지와 함께 관계했던 갖가지 사건을 조금 전에 교묘하게 이야기했던 참이므로, 이와 같은 문제에 대한 그의 판단력과 취미를 알 수 있었기 때문이다.
"솔직하게 말해서……."
그가 말을 이었다.
"능력 있다는 사람들이 포기한 문제도 저는 성공했습니다. 그러나 그렇다고 해서 셜록 홈즈 행세를 할 수는 없고…… 더구나 저는 사건의 진상도 제대로 알지 못하고 있습니다."
사람들은 백작 쪽을 돌아보았다. 그는 마지못해 요점을 간추려서 이야기하지 않을 수 없게 되었다. 플로리아니는 귀를 기울이고 생각에 잠겨, 두어 마디 질문을 한 다음 중얼거렸다.
"이상해…… 언뜻 보기에는 진상을 꿰뚫는 것이 어렵지 않을 것 같은데……."
백작은 어깨를 움츠렸다. 그러나 다른 사람들은 플로리아니의 곁에 무릎을 내밀며 다가앉았다. 그러자 그는 조금 단정적인 말투로 이야기하기 시작했다.
"일반적으로 범인을 찾아내기 위해서는 그 범죄가 어떤 방식으로 실행되었는가를 분명히 알아야만 합니다. 이 사건에 대한 제 생각은 아주 간단합니다. 왜냐하면 문제가 되는 것은 몇 가지 추정이 아니라 오직 한 가지, 엄밀하게 말해서 확실한 것 하나뿐이니까요. 그것은 범인이 거실의 문이나 아니면 골방의 창문으로 침입했음에 틀림없다는 것입니다. 그런데 빗장을 건 문을 밖에서 열 수는 없습니다. 그러니까 범인은 창문을 넘어서 들어간 것입니다."

"잠겨 있었습니다. 조사했을 때도 잠겨 있었지요."

드루 씨가 분명하게 잘라 말했다.

플로리아니는 드루 씨의 이야기에 상관하지 않고 계속해서 말했다.

"그러기 위해서는 범인은 부엌 쪽 부분과 창틀 사이에 널빤지 조각이나 사다리로 다리를 건너지르기만 하면 되었던 것입니다. 그리고 보석상자를……."

"하지만 창문은 잠겨 있었다고 하지 않았소!"

백작이 신경질적으로 소리쳤다.

이번에는 플로리아니도 대답을 하지 않으면 안 되었다. 그는 그처럼 시시한 반대론은 문제가 아니라는 듯 침착하게 가라앉은 목소리로 대답했다.

"창문은 잠겨 있었지요. 그러나 회전창이 있지 않았을까요?"

"어떻게 그걸 알고 계시죠?"

"첫째로 그 시대의 저택에는 반드시 회전창이 있다고 해도 좋을 정도입니다. 그렇지 않고서는 훔친다는 것을 설명할 수가 없습니다."

"과연 회전창이 하나 있습니다. 그러나 다른 창과 마찬가지로 그것도 잠겨 있었습니다. 그래서 문제삼지 않았지요."

"그건 잘못입니다. 만약 주의해서 보셨다면 열려 있었다는 것을 알 수 있었을 겁니다."

"어째서요?"

"그 회전창도 역시 아래쪽 가장자리에 고리가 달려 있으며, 한데 모은 철사로 열게 되어 있지요?"

"그렇습니다."

"그리고 그 고리는 창틀과 궤짝 사이에 달려 있지요?"

"그렇소. 하지만 어쩐지 납득이 가지 않는군요……."

"이렇습니다. 유리창에 갈라진 금을 만들, 그러고는 뭔가 도구, 이를테면 갈고리가 달린 쇠막대기를 고리에 걸고 그것을 아래로 끌어당겨서 연 것입니다."

백작은 코웃음을 쳤다.

"좋습니다! 좋아요! 썩 잘 꾸며대는군요. 그런데 한 가지 사실을 잊고 있습니다. 그것은 유리창에는 갈라진 금이 없었다는 겁니다."

"있었을 겁니다."

"그렇다면 보았겠지요."

"그러기 위해서는 신경 쓰지 않으면 안 됩니다. 주의 깊지 않았던 것이겠지요. 갈라진 금은 반드시 있습니다. 없을 리가 없습니다. 퍼티를 따라, 물론 세로로!"

백작은 일어섰다. 그는 매우 흥분한 것 같았다. 신경질적인 걸음걸이로 살롱 안을 두세 차례 돌더니, 플로리아니 곁으로 다가갔다.

"그날 이후, 그곳은 조금도 달라진 것이 없소…… 그 골방에는 아무도 들어가지 않았습니다."

"그렇다면 제 설명이 사실과 일치하는지 어떤지 확인해 보실 수 있겠군요."

"당국이 확인한 사실과 전혀 일치하지 않습니다. 당신은 아무것도 보지 않았고, 그리고 아무것도 모릅니다. 그런데도 불구하고 우리가 직접 보아서 알고 있는 사실에 반대하시는군요?"

플로리아니는 백작의 짜증 같은 것은 염두에도 두지 않는 듯 싱글벙글 웃었다.

"글쎄요. 저는 확인해 보시라고 말했을 따름입니다. 만약 틀렸다면 틀린 점을 증명해 주십시오."

"지금 당장에라도…… 결국, 당신의 확신 따위는 틀림없이……."

드루 씨는 혼자 뭐라고 중얼거리더니 갑자기 문을 열고 밖으로 나갔다.

아무도 입을 열지 않았다. 마치 정말로 진상의 일부가 판명되는 것처럼 불안스러운 마음으로 백작을 기다리고 있었다. 그 침묵은 아주 심각한 것이었다. 마침내 백작이 문을 열고 돌아왔다. 파랗게 질린 얼굴을 하고 이상하리만큼 흥분해 있었다. 그는 떨리는 목소리로 말했다.

"실례했습니다. 이분이 한 말은 너무나도 뜻밖이었기 때문에…… 저는 전혀 생각지도 못 했던 일이라……."

부인이 초조한 듯이 물었다.

"말씀해 주세요, 부탁이에요…… 어떻던가요?"

그는 더듬거리면서 말했다.

"갈라진 금이 있었소…… 이분이 말한 대로 그 자리에…… 유리창에……!"
그는 갑자기 플로리아니의 팔을 붙잡고 명령하는 듯한 투로 말했다.
"자, 계속해 주시오…… 지금까지는 당신이 말하신 대로라고 인정하지요. 그러나 아직 전부는 아닙니다…… 대답해 주시오! 당신 생각으로는 그 다음에 어떻게 됩니까?"
플로리아니는 가만히 팔을 뿌리친 다음, 잠시 후 이야기를 계속했다.
"그런데 제 생각으로는 이렇습니다. 범인은 드루 부인이 그 목걸이를 달고 무도회에 간다는 것을 알고 집을 비운 사이 다리를 놓았습니다. 그는 창 너머로 당신을 지켜보고 있었고 보석을 감추는 것을 보았습니다. 그리고 당신이 나가자 곧 유리창을 가르고 고리를 당겼던 것입니다."
"좋습니다. 그러나 회전창에서 밑에 있는 창문까지는 멀어서 손이 닿지 않을 텐데요?"
"창문을 열지 않은 것은 회전창으로 들어갔기 때문입니다."
"안 됩니다. 회전창으로 들어갈 수 있을 만큼 마른 사람은 없습니다."
"그러니까 어른은 아닙니다."
"뭐라고요!"
"물론입니다. 어른에게 너무 좁다면 그건 어린아이지요."
"어린아이!"

"앙리에트에게는 아들이 있었지요?"
"네, 그렇습니다…… 라울이라는 이름이었지요."
"훔친 것은 그 라울일 겁니다."
"아니, 증거라도 있습니까?"
"증거? ……증거가 있지요. 이를테면……."
그는 말을 끊고 잠시 생각에 잠겼다. 그런 다음 계속했다.
"이를테면…… 그 다리입니다. 아이가 그것을 밖에서 가져왔다가 다시 가져갔다고 한다면, 들키지 않았다고는 생각할 수 없습니다. 가까이에 있는 뭔가를 이용했음에 틀림없습니다. 앙리에트의 부엌에는 냄비를 올려놓는 널빤지가 벽에 걸쳐져 있지 않았을까요?"
"분명히 두 장 있었다고 생각합니다."
"그 널빤지가 밑에 받치고 있는 지주에 못질이 되어 있었는지 어떤지를 확인할 필요가 있습니다. 그렇게 되어 있지 않다면 아이가 그 두 장을 떼어다가 이어댔다고 생각할 수도 있습니다. 게다가 아궁이가 있었다면 으레 따라 있을 불 젓는 쇠막대기를 사용해서 회전창을 열었을 것입니다."
백작은 아무 말도 하지 않고 밖으로 나갔다. 이번에는 사람들도 아까처럼 미지의 것에 대한 불안을 느끼지는 않았다. 그것은 플로리아니의 예상이 올바르다는 것을 확신하고 있었기 때문이다. 이 사나이는 엄밀하게 확실하다는 인상을 주었기 때문에 사람들은 그가 사실에서 사실로 추리를 하고 있는 것이 아니라, 그 말이 옳다는 것을 하나하나 용이하게 검증할 수 있는 사건에 대해 이야기하고 있는 것처럼 그의 말에 귀를 기울였다.
 그래서 백작이 돌아와 이렇게 말했을 때도 사람들은 전혀 놀라지 않았다.
 "분명히 그 아이입니다! 그 아이가 틀림없습니다! 모든 것이 증명하고 있습니다!"
 "널빤지를…… 불 젓는 쇠막대기를 보셨습니까?"
 "보았소…… 널빤지는 못질이 되어 있지 않았고…… 불 젓는 쇠막대기도 아직 그대로 있습니다!"
 드루 수비즈 부인이 소리쳤다.
 "그 아이였다고요? 그보다도 어머니 쪽이에요. 죄가 있는 것은 앙리에트 혼자예요. 틀림없이 그 여자가 아들에게……."
 그때 플로리아니가 잘라 말했다.
 "어머니는 관계없습니다."
 "하지만 두 사람은 한방에 살고 있었어요. 아이는 앙리에트를 속이고 행동할 수 없었을 거예요."
 "같은 방에 살고 있어도 모든 일은 밤에, 어머니가 자고 있을 때 옆방에서 일어난 것입니다."
 "그래서 목걸이는?"
 백작이 말했다.
 "아이가 가진 물건 사이에라도 끼어 있었던가요?"
 "천만에요! 아이는 밖에 나다니고 있었지요! 당신이 책상 앞에 아이가 있는 것을 보았던 그날 아침은 학교에서 막 돌아왔던 길입니다. 그러니까 경찰은 죄 없는 어머니를 조사하지 말고 아이의 책상 속이나 교과서 사이를 찾는 것이 좋았을 겁니다."
 "좋습니다. 그러나 앙리에트가 해마다 받고 있었던 그 2천 프랑은 어머니도 공범이었다는 증거가 아니고 무엇이겠습니까?"
 "공범이었다면 그 돈에 대해서 감사하다는 편지 같은 것을 썼을까요? 더구나 그녀는 감시를 받고 있지 않았습니까? 그러나 아이 쪽은 자유로워 얼마든지 가까운 거리까지 달려가서 고물상과도 연락을 취하고, 다이아몬드를 한 알이나 두 알 헐값으로 팔아 넘기는 일쯤은 얼마든지 할 수 있었겠지요. 다만 송금은 파리에서 한다는 조건을 붙여서, 이렇게 해서 다시 다음해에도 되풀이했던 것이겠지요."

 뭐라 말할 수 없는 불안한 생각이 드루 수비즈 부부와 손님들을 짓눌렀다. 사실 플로리아니의 말투나 태도에는 처음부터 백작을 초조하게 만드는 그 확신과는 다른 무엇이 있었다. 어쩐지 빈정거리는 듯한 투였다. 호의적이나 친근함보다는 오히려 회의를 품은 익살이 있었다. 백작은 억지로 웃음을 지으며 말했다.
 "참으로 재미있는 이야기요. 좋습니다! 놀라운 상상력이로군요."
 "아니, 천만에요."
 플로리아니는 진지한 얼굴로 외쳤다.
 "상상이 아닙니다. 그 무렵의 상황을 이야기했을 뿐입니다."
 "뭘 알고 계십니까?"
 "당신이 스스로 말씀하신 걸 말입니다. 그 벽촌의 어머니와 아들의 생활을 생각했던 것입니다. 병을 앓고 있는 어머니, 보석을 팔아서 어머니를 구할까…… 적어도 최후의 괴로움을 덜어주고자 한 소년은 계획과 연구를 했던 것입니다. 병은 점점 나빠져 갑니다. 어머니는 죽습니다. 몇 년이 흐릅니다. 소년은 성장하여 어른이 됩니다. 그리고 그때-이번에는 제가 마음껏 상상하고 있다는 것을 인정합니다-그 어른이 어린 시절을 보낸 장소를 보고 싶다고 생각하고 돌아와 어머니에게 혐의를 두고 나쁘게 말했던 사람들을 다시 만났다고 가정해 봅시다. 사건이 전개되었던 낡은 저택에서의 이러한 만남에 대해 얼마나 심각한 흥미를 가지는지 아십니까?"

그의 말은 섬뜩한 침묵 속에 울렸다. 그리고 드루 부부의 얼굴에는 이해하려는 노력과 동시에 그에 대한 공포, 고뇌 같은 것을 읽을 수가 있었다. 백작은 중얼거렸다.

"대체 당신은 누구요?"

"저요? 시칠리아에서 사귀어 이미 몇 차례나 댁에 초대받았던 플로리아니입니다."

"그렇다면 지금의 이야기는 무슨 뜻입니까?"

"아! 아무것도 아닙니다. 좀 농담을 했을 뿐이지요. 앙리에트의 아들이 만약 아직 살아 있어서 자기만이 범인이었다, 그리고 그것은 어머니가 하녀의 일자리를 잃을 만큼 불행했기 때문에, 그리고 자식으로서 어머니의 불행을 보고 있을 수가 없었기 때문이었다고 당신에게 말할 수 있다면 얼마나 기쁠까 하고 상상했을 뿐입니다."

그는 절반쯤 허리를 펴고 백작 부인 쪽으로 몸을 굽히고서 흥분을 억누르며 말하고 있었다. 이제 의심할 여지가 없다. 플로리아니는 앙리에트의 아들임에 틀림없다. 그의 태도도, 말도, 모든 것이 그것을 이야기해주고 있었다. 뿐만 아니라 그렇게 생각해 주는 것이 분명히 그의 목적, 오히려 그가 바라는 바가 아니었을까?

백작은 망설였다. 이 대담무쌍한 인물에 대해서 어떤 태도를 취해야 할까? 벨을 누를까? 소동을 일으킬까? 옛날 목걸이를 훔친 녀석의 가면을 벗길까? 그러나 꽤 오래 된 옛날 일이다! 더구나 누가 위와 같이 어처구니없는 범죄 소년의 이야기를 믿을 것인가. 아니, 진실한 내용에 대해서는 눈치 채지 못한 척하고 내버려두는 것이 좋을 것이다. 그래서 백작은 플로리아니의 곁으로 가서 명랑하게 소리쳤다.

"정말 재미있군요. 당신의 소설은 꽤 흥미있는걸요. 그런데 당신 생각으로는 선량한 청년, 그 모범적인 아들은 어떻게 되었습니까? 도중에 붙잡히지는 않았겠지요?"

"오! 물론 붙잡히지 않았겠지요."

"그렇겠지요. 그러한 데뷔라면! 여왕의 목걸이, 마리 앙트와네트가 갖고 싶어하던 목걸이를 여섯 살 때 훔쳤으니······."

"더구나 그 훔치는 방법이야말로 뛰어났지요."

플로리아니는 백작의 농담에 맞장구를 치면서 말했다.

"아무도 유리창의 상태를 조사하려고도 하지 않았고, 창가의 두꺼운 먼지를 털고 지나간 자취를 알 수 없게 했는데도 너무 지나치게 깨끗하다는 것을 조금도 깨닫지 못했지요. 이런 식으로 문제없이 해치운 겁니다……. 조그마한 어린아이로서는 여간 고생스러운 일이 아니었을 겁니다. 그것이 쉬운 일은 아니었을 테니까요? 다만 훔치려고 생각하고 손만 내밀면 되지는 않았을 테니까요…… 어쨌든 훔치려고 생각하고…….."
"손을 내밀었다?"
"두 손을."
플로리아니는 웃으면서 덧붙였다.
소름이 끼쳤다. 이 자칭 플로리아니의 생활은 어떠한 비밀을 감추고 있는 것일까? 6살 때 천재적인 방법으로 목걸이를 훔쳐냈던 이 사기꾼이 오늘은 스릴을 느끼려는 흥미에서인지, 아니면 다만 원한을 풀기 위해서 대담하게도, 그러나 조금도 빈틈이 없는 신사로서 희생자의 저택을 방문하다니, 이 얼마나 엉뚱한 생각인가!

그는 자리에서 일어나 작별을 하기 위해 부인의 곁으로 다가갔다. 부인은 뒷걸음질치려고 했으나 자신을 억눌렀다. 그는 싱긋 웃었다.

"부인, 무서워하시는군요! 그러고 보니 아마추어 연극을 지나치게 한 것 같군요."

부인은 마음을 돌이켜 약간 놀랐다는 듯이 재치 있는 대답을 했다.

"그럴 리가 있나요. 그것보다 효자 아들의 이야기는 퍽 재미

있었어요. 제 목걸이가 그처럼 훌륭한 운명의 계기가 되었다는 것은 기쁜 일이에요. 하지만 그…… 여자, 앙리에트의 아들은 태어났을 때부터 그런 것에 소질이 있었다고 생각하시지 않나요?"

그는 빈정거림을 느끼고 움찔했으나, 곧 대답했다.

"저도 그렇게 생각하고 있습니다. 소년이 조금도 후회하지 않는 것은 어지간히 그런 소질을 타고났기 때문일 테니까요."

"어떻게 그런 걸……?"

"그렇습니다. 아시겠지요? 보석의 대부분은 가짜였던 것입니다. 진짜는 영국인 보석상인에게서 산 다이아몬드 몇 개뿐이고, 다른 것은 생활의 필요에 몰려 하나씩 팔아치웠던 것입니다."

"하지만 여왕의 목걸이였어요."

부인은 거만하게 말했다.

"그것은 앙리에트의 아들도 알지 못했던 모양이지요?"

"부인, 소년에게는 가짜이건 진짜이건, 목걸이는 무엇보다 우선 장식품, 간판이라는 사실이 중요했을 것입니다."

드루 씨가 격한 몸짓을 했다. 그러나 부인이 그것을 말렸다.

"하지만 당신이 말한 그 사나이가 만일 얼마쯤이라도 수치를 알고 있다면……."

그녀는 플로리아니의 냉정한 시선이 두려워서 말을 끊었다. 그가 되풀이했다.

"만일 얼마쯤이라도 수치를 알고 있다면……."

부인은 이런 식으로 이야기해 봐야 소용없으리라고 느꼈으므로 자존심이 상하여 화가 났지만, 거의 정중한 말투로 말했다.

"전해지는 말에 의하면 레토 드 빌레트는 여왕의 목걸이를 구하여, 그 다이아몬드를 잔느 드 발로아와 함께 하나하나 분해했을 때 좌금에는 전혀 손을 대지 않았다고 합니다. 다이아몬드는 장식품이고 부속품에 지나지 않으나, 좌금은 소중한 작품이며 예술가의 창작이라는 것을 알고 있었던 것입니다. 그래서 소중히 했던 거예요. 그 소년이 그것을 알고 있었다고 생각하세요?"

"좌금이 남아 있다는 것은 저도 의심치 않습니다. 소년은 그것을 소중히 했을 겁니다."

"그렇다면 만일 당신이 그 사나이를 만나게 되거든 명문의 보배인 이러한 유품을 소유하고 있는 것은 부당하다고, 그리고 보석은 빼냈다 하더라도 여왕의 목걸이는 역시 드루 수비즈 집안의 것이라고 말씀해 주세요. 그 물건은 저희 이름이나 명예와 마찬가지로 저희들의 것입니다."

"그렇게 말하지요, 부인."

그는 부인에게 머리를 숙이고 백작에게 인사를 한 다음, 한자리에 있던 사람들에게 차례차례 인사한 뒤 밖으로 나갔다.

그리고 나흘 뒤 드루 부인은 거실의 테이블 위에서 추기경의 문장이 든 빨간 보석상자를 발견했다. 그녀는 그것을 열었다.

그것은 '속박된 여왕의 목걸이'였다.

그러나 이치와 도리에 신경을 쓰게 되는 인간 생활에 있어서 모든 사물은 동일한 목적을 따르지 않으면 안 되므로 - 또한 얼마쯤의 선전은 결코 해롭지 않으므로 - 다음 날 에코 드 프랑스지에는 다음과 같은 센세이셔널한 기사가 실렸다.

이전에 드루 수비즈 집안에서 도둑맞았던 유명한 보석, 여왕의 목걸이는 아르센 뤼팽에 의해서 발견되었다. 아르센 뤼팽은 그것을 정당한 소유자에게 돌려주었다. 이 기사도적이고 자상한 배려는 칭찬하지 않을 수 없는 일이다.

하트 세븐

　나는 곧잘 이와 같은 의문의 질문을 받는다.
"어떻게 해서 뤼팽과 알게 되었소?"
　내가 그를 알고 있다는 것은 누구도 의심하지 않는다. 나는 이 터무니없는 인물에 대해 세밀한 점까지 잘 알고 있다. 반박할 여지가 없는 사실, 새로운 수많은 증거를 내놓는다. 사람들이 겉으로 드러나는 점만을 보고 은밀한 이유며 눈에 보이지 않는 계략을 알아채지 못하는 몇 개의 행위에 대해서도 해석을 해준다. 이상의 것이 친밀하다고까지는 말할 수 없을는지 모르나, 그러한 일은 뤼팽의 생활 그 자체로 보더라도 불가능했다. 적어도 친구로서의 교제며 연속적인 밀담이 오고감을 증명해주는 것이다.

그러나 어떻게 해서 나는 그를 알게 되었는가? 그리고 그의 전기작가가 되는 영광을 누리게 되었는가? 그 누구도 아닌 바로 내가 말이다.

대답은 간단하다. 그것은 완전히 우연에 의한 것으로 나의 공적은 결코 아니었다. 우연히 아르센 뤼팽과 만나게 되었던 것이다. 그의 가장 기괴하고 가장 불가사의한 사건 중 하나에 관련을 갖게 된 것이 우연이라면, 그가 훌륭하게 연출한 드라마 - 그것을 이야기하려 할 때마다 얼마쯤 질려버릴 만큼 파란만장하고 불가사의하며 복잡한 드라마에 출연한 것도 역시 우연이었다.

제1막은 크게 화제가 되었던 그 6월 22일부터 23일에 걸친 밤에 일어났다. 미리 양해를 구해 두지만, 내가 그때 취한 몹시 이상한 태도는 집으로 돌아갈 때 느끼고 있었던 매우 특이한 기분 탓이었다고 생각한다. 나는 친구들과 레스토랑 라 카스카드에서 저녁을 먹었다. 그리고 그날 저녁 집시의 오케스트라가 음침한 왈츠를 연주하고 있는 동안 우리는 담배를 피우면서 무서운 범죄며 음모에 대해서 이야기를 나누었다. 잠자기 전에 이런 이야기를 하는 것은 좋지 않은 일임에 틀림없다지만.

생 마르탱 부부는 자동차로 돌아갔다. 장 다스프리 - 붙임성 있고 태평한 장 다스프리는 반 년 뒤 모로코의 국경에서 비참한 자살을 했다 - 와 나는 어둡고 무더운 밤길을 걸어서 돌아왔다.

내가 1년 전부터 살고 있던 뉘이의 마이요 가에 잇닿아 있는 조그마한 저택 앞에 이르자 그가 말했다.

"자네는 무섭지 않나?"

"무슨 소리인가!"

"이 집은 한 채만 덩그러니 떨어져 있지 않나! 이웃도 없고…… 빈터…… 나는 겁쟁이는 아니지만, 그러나 왠지……."

"아니, 여보게, 자네는 쾌활한 편이 아닌가!"

"아닐세! 난 지금 안절부절못하고 있어. 생 마르탱 부부가 강도 이야기를 해서 기분이 나빠졌나 보네."

그는 나와 악수를 하고 사라졌다. 나는 열쇠를 꺼내어 문을 열었다.

"이런!"

나는 중얼거렸다.

"앙트완이 불을 켜는 걸 잊어버렸군."

그러나 나는 곧 생각해냈다. 하인 앙트완은 집에 없었다. 휴가를 주었던 것이다.

순간 어둠과 정적이 기분 나쁘게 느껴졌다. 나는 손으로 더듬으며 서둘러 거실까지 올라가 여느 때와는 달리 곧 도어에 열쇠를 채웠다. 그리고 전등을 켰다.

방 안이 밝아지자 나는 냉정함을 되찾을 수 있었다. 그러나 만일을 위해 권총의 벨트를 풀었다. 구경이 큰 대형 권총이었다. 나는 권총을 침대 옆에 놓았다. 이 조심스러운 행동이 나를 안심시켰다. 나는 드러누워서 잠을 청하기 위해 언제나처럼 나이트 테이블 위에 놓아두는 책을 집어들었다.

나는 깜짝 놀랐다. 전날 밤 읽다가 만 표시로 끼워 두었던 페이퍼나이프 대신 봉투가 한 통 끼워져 있었던 것이다. 다섯 군데나 봉랍이 되어 있었다. 나는 얼른 그것을 집어들었다. 내 이름이 정확하게 씌어 있고, 옆에는 '긴급'이라고 되어 있었다.

편지! 내 앞으로 보낸 편지! 누가 이 책에 넣어두었을까? 나는 조금 초조해하면서 편지를 뜯어서 읽어내려 갔다.

이 편지를 펼친 순간부터는 무슨 일이 일어나든 어떤 소리가 들리든 움직이지 마라. 몸짓 하나도 움직이지 마라. 소리치지도 마라. 그렇지 않으면 당신은 죽을 것이다!

나 역시 겁쟁이는 아니다. 남들처럼 진정한 위험과 맞설 수도, 상상력을 위협하는 가공의 위험을 무시할 수도 있었다. 그러나 되풀이해서 말하지만 그때의 나는 사물에 동하기 쉬운 이상한 기분에 싸여 초조해하고 있었다. 그런데다 이러한 일이 생긴다면 아무리 대담한 사람이라도 동요하지 않을 수 없을 것이다.

나는 손을 떨면서 편지지를 잡고 있었다. 눈은 협박하는 글귀를 몇 번이나 되풀이해서 읽고 있었다. '몸짓 하나도 움직이지 마라…… 소리치지도 마라…… 그렇지 않으면 당신은 죽을 것이다!'

'뭐야! 시시한 농담이군. 속이 빤히 들여다보이는 어릿광대 짓이란 말이야.'라고 나는 생각했다.

나는 웃음이 터져 나올 것 같았다. 하마터면 큰 소리로 웃을 뻔했다. 그런데 무엇이 그것을 방해했을까? 어떤 막연한 공포가 내 목을 누르고 있었던 것일까?

아무튼 전등만이라도 끄고 싶었다. 그러나 끌 수가 없었다. '몸짓 하나도 움직이지 마라…… 그렇지 않으면 당신은 죽을 것이다!'고 씌어 있었던 것이다.

그러나 뚜렷한 사실보다 더 강한 힘을 가질 수도 있는 이런 자기 암시와 싸워 보아야 무슨 소용이 있을까? 눈을 감을 수밖에 없었다. 나는 눈을 감았다.

그때 정적 속에서 희미한 소리가 났다. 그 다음 바스락거리는 소리가 들려왔다. 소리는 내가 서재로 쓰고 있는 옆의 큰방에서 들리는 것 같은 느낌이었다. 이 방과 큰방 사이에는 또 하나의 방이 있었다.

현실의 위험이 다가옴으로써 나는 흥분했다. 나는 일어나서 권총을 들고 큰방으로 달려가고 싶었다. 그러나 일어나지 않았다 - 눈앞에서 왼쪽 창문 커튼이 움직인 것이다. 의심할 여지가 없었다. 움직인 것이다. 아직도 움직이고 있다! 그리고 나는 보았다. 확실히 보았던 것이다. 커튼과 창문 사이의 아주 좁은 공간에 사람의 모습이 있었다. 그 몸의 부피로 커튼의 천이 부풀어올라 있었다.

그 사람도 나를 보고 있었다. 성긴 천을 통해서 보고 있는 것이 틀림없다. 그제야 나는 모든 것을 알게 되었다. 다른 패거리들이 훔친 물건을 옮겨 가는 동안 이자는 나를 지키는 역할을 맡고 있는 것이다. 일어날까? 권총을 집을까? 안 돼…… 녀석이 보고 있다! 조금이라도 움직이거나 외치거나 하면 나는 죽음을 면치 못할 것이다.

굉장한 소리가 집을 흔들고, 계속해서 쇠망치로 두들기는 듯한 소리가 여기저기서 들려왔다. 적어도 나는 혼란스러운 머릿속으로 그렇게 생각했다. 뿐만 아니라 다른 소리도 섞여 있었는데, 그 법석으로 보아 이 패거리들은 태연하게 마음 푹 놓고 행동하고 있는 것 같았다.

할 수 없다. 나는 꼼짝도 않고 있었다. 그것은 비겁한 일이었을까? 아니, 오히려 망연자실, 손발 하나 꼼짝할 수조차 없었던 것이다. 그것은 또한 현명한 처사이기도 했다. 왜냐하면 결국 격투를 해봐야 무엇하겠는가? 이 사나이의 배후에는 열 명도 더 있을 것이고, 그가 부르면 곧 달려올 것이다. 벽걸이와 골동품 몇 개를 구해내기 위해서 생명의 위험을 무릅쓸 필요가 있을까?

이 괴로움은 하룻밤 내내 계속되었다. 견딜 수 없는 고통과 무서운 괴로움! 소리는 멈췄으나, 나는 다시 시작할 것이라고 생각하고 있었다. 더구나 그 사나이, 무기를 손에 들고서 나를 지키고 있는 사나이! 나는 겁에 질린 눈을 그에게서 떼지 않았다. 가슴이 두근거렸고, 땀이 이마와 몸 전체에서 흘렀다.

갑자기 무어라 말할 수 없이 편안한 마음이 되었다 ─ 아주 귀에 익숙한 우유장수의 수레바퀴 소리가 큰길을 지나간 것이다. 동시에 나는 새벽녘의 빛이 창 틈 사이로 새어들고 밖의 밝음이 어둠에 섞여 들어오는 것을 깨달았다.

방 안이 밝아졌다. 다른 차들도 지나가기 시작했다. 밤의 유령들은 모두 물러갔다. 나는 천천히 그리고 살그머니 테이블 쪽으로 팔을 뻗쳤다. 눈앞에서는 아무것도 움직이지 않았다. 나는 커튼의 주름 - 겨냥해야 할 정확한 장소에 눈길을 던졌다. 정확하게 표적을 맞춘 다음 재빨리 권총을 쥐고 쏘았다.

나는 기쁨의 소리를 지르며 침대에서 뛰어내려 창문의 커튼으로 달려갔다. 천에 구멍이 뚫려 있었다. 유리창에도 구멍이 뚫려 있었다. 그러나 아무도 맞지는 않았다…… 아무도 없었던 것이다!

아무도 없었다! 나는 하룻밤 내내 커튼의 주름에 속았던 것이다. 그리고 그동안 악한들이…… 나는 몹시 화가 나서 자물쇠의 열쇠를 돌려 문을 열고, 다른 방을 지나 또 하나의 문을 연 다음 큰방으로 뛰어들어갔다.

그러나 나는 어안이 벙벙하여 문지방 위에 우뚝 서고 말았다. 숨을 헐떡이며 간담이 서늘하여, 아까 사나이가 없다는 것을 알았을 때보다 한층 더 놀랐다. 아무것도 없어지지 않았던 것이다. 가구도, 그림도, 벨벳도, 세공을 한 비단도, 훔쳐갔다고 생각하고 있던 모든 것들이 본디 자리에 그대로 있지 않는가!

이해할 수 없는 광경이었다! 나는 자신의 눈을 믿을 수가 없었다. 그렇다면 그 소리, 이사할 때처럼 요란하던 소리는? 나는 방 안을 한 바퀴 둘러본 다음 벽을 조사하며 눈에 익은 물건들을 세어보았다. 아무것도 없어지지 않았다. 무엇보다도 당황한 것은 악한들이 들어왔던 흔적이 전혀 없는 일이었다. 의자 하나 움직여져 있지 않았다. 발자국 하나 없었다.

'이게 어찌 된 일인가.'

나는 머리를 두 손으로 감싸안고 생각했다.

'내가 미친 건 아닐 테고! 분명히 들었는데…….'

나는 더욱 주의를 기울여 방 안을 샅샅이 살펴보았다. 헛일이라기보다는 오히려 - 그러나 이런 것을 발견이라 할 수 있을지? 방바닥에 깔았던 조그만 페르시아 융단 아래에서 카드를 한 장 주웠던 것이다. 그것은 프랑스에서 흔히 사용되는 평범한 카드의 하트 7이었다. 다만 조금 이상한 점이 나의 주의를 끌었다. 하트의 모양을 한 일곱 개의 빨간 마크 맨 끝에 모두 구멍이 뚫려 있었다. 송곳 끝으로라도 뚫은 것처럼 단정하고 동그란 구멍이었다.

그뿐이었다. 한 장의 트럼프와 책갈피 사이에 끼워 둔 한 통의 편지, 그 밖에는 아무것도 없었다. 이것만으로도 내가 꿈을 꾼 것이 아니라는 증거로서 충분할까?

나는 하루종일 거실에서 조사를 계속했다. 좁은 저택에 비해 어울리지 않게 넓은 방이었는데, 그 장식은 설계자의 기괴한 취미를 말해주고 있었다. 바닥은 대칭무늬를 그린 잡다한 자갈의 모자이크로 되어 있었다. 벽도 흔히 벽에 붙이는 판자 대신 바닥과 같은 무늬의 모자이크로 되어 있었다. 폼페이며 비잔틴 중세기의 벽화를 흉내낸 것이다. 박카스가 술통에 올라앉아 있었다. 그리고 황금관을 쓰고 훌륭한 수염을 기른 황제가 오른손에 칼을 쥐고 있었다.

맨 위쪽에는 얼마쯤 아틀리에 식으로 된 커다란 창이 하나 있었다. 이 창은 밤에도 늘 열어놓고 있으므로 괴한들은 그곳으로 사다리를 타고서 들어왔을 것이다. 그러나 거기에도 아무런 증거가 없었다. 사다리의 다리가 안뜰의 흙 위에 자국을 남겼을 것 같은데도 그런 흔적은 전혀 없었다. 저택 둘레에 있는 빈터의 풀이 짓밟혀 있을 듯한데도 그런 모양 역시 볼 수가 없었다.

사실을 말하자면, 나는 경찰에 신고할 생각은 조금도 없었다. 설명하지 않으면 안 될 사실이 그처럼 종잡을 수가 없고 우스꽝스러웠기 때문이다. 그런 이야기를 하면 비웃음만 살 뿐이다. 그런데 그 다음다음 날은 그 무렵 내가 기고하고 있던 질 블라스 지에 시평을 쓸 날이었다. 나는 이 사건을 머리에서 떨쳐버릴 수가 없었으므로 그것에 대해 자세히 썼다.

그 기사가 읽히지 않았던 것은 아니었다. 그러나 독자들은 그것을 그다지 진지하게 받아들이지 않았으며, 실화가 아닌 창작이라고 여긴 것이 분명했다. 생 마르탱 부부는 나를 놀렸다. 그러나 이러한 문제에 대해서 얼마쯤 견식이 있는 다스프리는 나를 찾아와 자세한 사정 이야기를 듣고 함께 연구했으나, 역시 성공하지 못했다.

그런데 며칠 뒤인 어느 날 아침, 벨이 울렸다. 앙트완이 손님이 찾아왔다고 알려왔다. 그 방문객은 이름을 말하지 않았다. 나는 그를 맞아들였다.

그는 40세쯤 되어 보이는 사나이로, 짙은 갈색머리에 정력적인 얼굴이었다. 깨끗하긴 하나 오래 입어서 낡은 옷은 품위 있게 보였으며, 예의에 벗어난 태도와 아주 대조적이었다.

그는 단도직입적으로 말했다 - 목쉰 소리로, 말투는 그다지 사회적 지위가 높지 않다는 것을 나타내고 있었다.

"여행 중에 다방에서 질 블라스 지가 눈에 띄었지요. 쓰신 걸 보았습니다. 몹시 흥미가 끌리더군요⋯⋯."

"고맙습니다."

"그래서 찾아온 것입니다."

"그래요?"

"이야기를 하기 위해서지요. 쓰신 건 모두 정확합니까?"

"절대로 정확합니다."

"단 한마디도 꾸며낸 것은 없지요?"

"하나도 없습니다."

"그렇다면 저는 무언가 참고될 만한 이야기를 할 수 있으리라고 생각합니다."

"말씀해 보십시오."

"안 됩니다."

"아니, 안 된다고요?"

"이야기를 하기 전에 그것이 정확한가 어떤가를 확인하지 않으면 안 됩니다."

"어떤 방법으로 확인하시려는 것입니까?"

"그 방에 저 혼자 있을 필요가 있습니다."

나는 놀라서 그를 지켜보았다.

"이유를 모르겠는데요……."

"그것은 제가 당신이 쓴 것을 읽고 생각한 일입니다. 여러 가지 점에서, 우연히 제가 알고 있는 어느 사건과 정말 아주 비슷합니다. 만일 제가 잘못 생각한 것이라면 잠자코 있는 편이 좋겠지요. 그것을 확인하는 유일한 방법은 저 혼자 있는 일입니다……."

이렇게 말하는 사나이의 숨은 저의는 무엇이란 말인가. 나중에 다시 생각해 보니, 사나이는 그때 왠지 불안하고 걱정스러운 듯한 표정을 하고 있었다. 아무튼 나는 조금 놀라긴 했으나, 그의 요구를 특별히 부자연스럽다고는 생각지 않았다. 더구나 나에게 있어서 그것은 자극이 되는 재미있는 일이었다.

나는 대답했다.

"좋습니다. 시간은 어느 정도?"

"아! 단 3분이면 됩니다. 3분 뒤에는 뵙게 될 것입니다."

나는 방을 나왔다. 아래층에서 시계를 보고 있었다. 1분이 지났다. 2분…… 대체 왜 이렇게 답답한 느낌이 드는 것일까? 어째서 이 순간이 여느 때보다도 중대하게 느껴지는 것일까?

2분 30 …… 2분 54 …… 별안간 권총 소리가 났다.

나는 큰 걸음으로 계단을 뛰어올라 방으로 달려들어갔다. 나도 모르게 공포의 외침소리가 튀어나왔다.

　사나이는 방 한복판에 왼쪽을 아래로 하고, 꼼짝도 않고 누워 있었다. 머리에서는 비어져 나온 뇌수에 섞여 피가 흘러내렸다. 오른손 곁에는 아직도 연기가 피어오르는 권총이 떨어져 있었다.

　사나이는 꿈틀꿈틀했다. 그뿐이었다.

　그러나 이 무서운 광경보다도 한층 더 무엇인가가 나의 마음을 붙들었다. 그것이 나로 하여금 곧 사람을 부르지 못하게 했다. 나는 사나이가 숨을 쉬고 있는지를 확인하기 위해서 몸을 굽히려고조차 하지 않았다. 사나이의 바로 옆에 하트 7이 있었던 것이다!

　나는 그것을 주워들었다. 일곱 개의 빨간 하트 맨 끝에 구멍이 뚫려 있었다……

　30분 뒤 뉘이의 경찰서장이 왔다. 그 다음 검시의, 그리고 치안국장 뒤듀 씨. 나는 주의하여 시체를 건드리지 않았다. 검시의한테 방해가 되어서는 안 되기 때문이었다.

　검시는 곧 끝났다. 하기야 처음에는 아무것도, 거의 아무것도 발견하지 못했다. 죽은 사람의 주머니에는 서류도 없었고, 옷에는 이름도 없었으며, 속옷에는 머리글자도 없었다. 요컨대 신원을 확실하게 할 만한 단서는 아무것도 없었던 것이다. 그리고 방 안은 그 전과 마찬가지로 정연했다. 가구는 움직여져 있지 않았고, 물건도 본디 자리에 놓여 있었다. 그러나 이 사나이는 사실은 자살하기 위해서, 나의 집이 다른 집보다 형편이 좋다고 생각하고 온 것은 아닐 것이다. 무슨 이유가 있어서 이 절망적인 행위를 결심했을 것이다. 그리고 그 이유가 바로 그가 혼자서 보낸 3분 동안에 알게 된 새로운 사실의 결과였음에 틀림없다.

어떤 사실? 무얼 보았을까? 무엇이 있었을까? 어떤 두려운 비밀을 발견한 것일까? 도무지 추측할 수가 없었다.

그러나 마지막 순간이 되자 상당히 관계가 있는 듯한 일이 일어났다. 두 경찰관이 들것으로 옮겨가기 위해서 시체를 들어올리려고 몸을 굽혔을 때, 그때까지 경련을 일으키며 꼭 쥐고 있던 왼손이 벌려지면서 구겨진 명함이 한 장 나왔던 것이다.

그 명함에는 조르주 안데르마트, 베리이 가 37번지라고 적혀 있었다.

이것은 무엇을 뜻하는 것일까? 조르주 안데르마트는 파리의 대 은행가로서, 프랑스의 금속공업을 크게 발전시킨 금속 은행의 창립자이며 또한 그 우두머리이기도 했다. 호화로운 생활을 하고 있었으며, 네 필의 말이 끄는 마차와 자동차와 경마용 말을 가지고 있었다. 화려한 연회를 자주 열었고, 안데르마트 부인은 우아함과 미모로서 널리 평판이 나 있었다.

"이 사나이의 이름일까?"

내가 중얼거렸다.

치안국장이 들여다보더니 말했다.

"아닙니다. 안데르마트 씨는 얼굴빛이 창백하고 머리가 희끗희끗합니다."
"그럼, 이 명함은?"
"전화가 있지요?"
"네, 현관에 있습니다. 안내해 드리지요."
그는 전화번호를 조사하여 415-21번을 불렀다.
"안데르마트 씨 계십니까? 이쪽은 뒤듀입니다만, 빨리 안데르마트 씨에게 마이요 가 102번지로 와 주십사고 전해 주십시오. 급한 일입니다."
20분 뒤, 안데르마트 씨가 자동차에서 내렸다. 일부러 오게 한 이유를 설명하고 나서 그를 시체 앞으로 안내했다.
순간 그는 섬뜩하여 얼굴을 찌푸리더니 무의식적으로 나지막하게 말했다.
"에티엔느 바랭이로군."
"아십니까?"
"아니, 조금…… 본 일이 있을 뿐이오. 이 사나이의 형이…….."
"형제가 있습니까?"
"네, 알프레드 바랭이라고… 요전에 그 형이 나한테 무슨 부탁을 하러 왔었는데… 무슨 일이었는지는 잊어버렸습니다…."
"주소는?"
"동생과 함께 살고 있습니다…… 프로방스 가라고 생각합니다……"

"이 사나이의 자살에 대해서 뭔가 짐작되시는 점은 없습니까?"

"전혀 없습니다."

"이 사나이는 이 명함을 손에 쥐고 있었는데, 주소도 성명도 당신의 것이었습니다."

"전혀 까닭을 알 수가 없군요. 정말이지 우연한 일입니다. 수사를 해보면 보다 명확해지겠지요."

어쨌든 나는 기묘한 우연이라고 생각되었다. 다른 사람들도 모두 그런 인상을 받았다는 것을 느꼈다.

나는 그 인상을 다음 날 신문에서도, 그리고 내가 이 사건에 대한 이야기를 들려주었던 친구들한테서도 느낄 수 있었다. 일곱 군데에 구멍이 뚫린 하트 7을 이상하게도 두 번이나 발견한 다음, 그리고 나의 집을 무대로 한 이 두 번의 사건이 있은 다음, 나는 막연하기는 하나 불가사의한 소용돌이 속에서 어쩐지 이 명함이 얼마쯤 실마리가 될 것 같았다. 명함 덕분에 진상을 알 수 있게 될 것 같았던 것이다.

그러나 예상과는 달리 안데르마트 씨에게서는 아무런 힌트도 얻을 수 없었다.

"알고 있는 것은 모두 말씀드렸습니다."

그는 되풀이했다.

"더 이상은 저도 어쩔 수가 없습니다. 이 명함이 그의 손에 쥐어져 있었다는 것에 대해서 저는 누구보다도 놀라고 있을 따름입니다. 다만 여러분과 마찬가지로 이 점이 분명해지기를 바라고 있습니다."

이 점은 분명해지지 않았다. 조사 결과 밝혀진 것은, 바랭 형제는 본디 스위스 사람으로 여러 가지로 이름을 바꾸면서 굴곡 많은 생활을 보냈으며, 수상한 집에 드나들었고 경찰의 지목을 받는 외국인 도당들과 관계하고 있었는데, 그 도당은 나중에 그들 형제도 끼여들었던 일련의 강도 행위가 있고 난 다음 각기 흩어졌다는 것 정도였다. 사실 바랭 형제가 6년 동안 살고 있었던 프로방스 가 24번지에서는 아무도 두 사람의 행방을 알지 못했다.

솔직히 말해 나는 이 사건이 너무나 복잡했으므로 해결될 가망이 없다고 여기고서 다시는 생각하지 않으려고 애썼다. 그러나 그 무렵 내가 친하게 교제하고 있던 장 다스프리는 날로 열의가 더해 갔다.

프랑스의 모든 신문이 옮겨싣고 논평한 외국 신문의 기사를 가르쳐 준 것도 그였다.

장래 해전의 양상을 근본적으로 일변시킬 잠수함의 첫 실험이 가까운 시일 내에 황제 폐하의 입회 하에 벌어질 예정이다. 들리는 말에 의하면 잠수함의 이름은 '하트 7'이라고 한다.

하트 7……? 이건 우연의 일치일까, 그렇지 않으면 이 잠수함의 이름과 그 사건 사이에 무슨 관계가 있는 것일까? 있다고 하면 어떤 종류의 관계일까? 하지만 이쪽에서 일어난 사건이 그쪽에서 일어나는 일과 관계있을 리 없지 않은가.

"알게 뭐람!"이라고 다스프리가 말했다.

"하나의 원인에서 당치도 않은 결과가 생기는 수가 흔히 있는 법이거든."

다음다음 날 다시 다른 기사가 실렸다.

며칠 안에 실험될 예정으로 있는 잠수함 '하트 7'의 설계는 프랑스인 기술자에 의해 이루어졌다고 한다. 이 기술자는 같은 프랑스인의 지원을 이끌어내기 위해 노력했으나 성공하지 못했고 그리하여 영국 해군성에 의뢰했으나 역시 실패했다. 그러나 이것의 진위는 아직은 확실하지 않다.

나는 세상 사람들이 기억하고 있는 것처럼 커다란 흥분을 불러일으킨 아주 미묘한 사항에 대해서 시비를 논할 생각은 없다. 그러나 사태를 분규시킬 우려는 이미 없어졌으므로 그 즈음 커다란 반향을 일으켰던 에코 드 프랑스 지의 기사에 대해서 기술하려고 한다. 이것은 이른바 '하트 7' 사건에 대해서 얼마쯤 광명을 던져주었다.

그 기사는 다음과 같은 것으로, 살바토르라고 서명되어 있었다.

'하트 7' 사건, 서광이 보이다!

간략하게 기술하겠다. 6년 전 젊은 광산 기사 루이 라콤브는 시간과 재산을 걸고 연구에 전념하기 위해 직장을 그만두고 마이요 가 102번지에 이탈리아의 백작이 신축한 작은 저택을 빌렸다. 그는 로잔느 출신인 바랭 형제의 소개로 금속 은행의 창립자 조르주 안데르마트 씨와 관계를 맺었다. 형제 가운데 한 사람은 라콤브의 연구 조수이고 또 한 사람은 라콤브를 위해 출자해 줄 사람을 찾고 있었다.

라콤브는 여러 차례에 걸쳐 회견한 다음 안데르마트 씨에게 잠수함 건조에 대해 흥미를 갖도록 하는 데 성공했으며, 발명이 완성됨에 이르기까지 안데르마트 씨는 해군성에 운동하여 일련의 시험을 하도록 해줄 것을 약속했다.

루이 라콤브는 2년 동안 열심히 안데르마트 씨 댁을 방문하며 계획의 진행 상태를 그에게 보고했다. 그리고 라콤브는 이 설계를 완성했을 때 안데르마트 씨에게 출자를 요청했다.

그날 루이 라콤브는 안데르마트 씨 댁에서 저녁 식사를 했다. 밤 11시 반쯤 돌아갔는데, 그 뒤로 소식이 끊겼다.

그 무렵의 신문을 조사해 보면, 이 젊은이의 가족이 당국에 호소하여 검사국이 수사했던 것을 알 수 있다. 그러나 전혀 확실한 성과를 얻을 수가 없었다. 일반적으로 조금 공상적인 괴짜라고 생각되고 있던 루이 라콤브가 아무에게도 알리지 않고 여행을 떠난 것이라고 믿고 있었다.

이 추측은…… 수상한 점이 있긴 하지만 어쨌든 인정하기로 하자. 그러나 우리나라에 있어서 중요한 문제가 있다. 즉 잠수함 설계의 행방에 관한 것이다. 루이 라콤브는 그것을 가지고 사라졌는가, 그렇지 않으면 죽은 것인가?

우리가 신중하게 조사한 결과에 따르면 그 설계는 존재하고 있다. 바랭 형제가 손에 넣은 것이다. 어떠한 수단에 의해서였는가? 그 점은 아직 확인되어 있지 않으며, 또한 형제가 그것을 팔려고 하지 않았는지도 분명하지 않다. 입수한 수단에 대해서 조사를 받을까봐 두려워한 것일까? 어쨌든 그러한 공포는 오래 계속되지 않았다. 따라서 우리는 단언할 수가 있다 — 루이 라콤브의 설계는 외국인의 손으로 넘어갔다는 것을! 우리는 여기에 대해서 바랭 형제와 그 외국의 대표자 사이에 오고갔던 통신을 공표할 용의가 있다. 지금 루이 라콤브에 의해서 고안된 '하트 7'은 이웃 나라에서 완성되고 있다.

현실은 이 배신 행위에 관계된 사람들의 낙관적인 예상에 응할 것인가? 우리는 그 반대를 기대할 분명한 이유를 가지고 있다. 사태는 그 기대를 채워줄 수 있으리라고 생각한다.

거기에 덧붙인 기사가 있었다.

우리의 기대는 옳았다. 특별 정보에 의하면 '하트 7'호의 실험은 성공하지 못했다고 할 수 있다. 분명 바랭 형제가 판 설계도에는 루이 라콤브가 실종된 날 밤 안데르마트 씨에게 건네주었던 최후의 자료가 빠져 있었을 것이다. 그것은 계획의 전체를 이해함에 있어서 필요 불가결한 자료이며, 다른 서류에 씌어 있는 내용의 요약과 같은 것이었으리라. 이 자료가 없으면 설계는 불완전한 것이 되며 또한 이 설계가 없으면 이 자료는 무익한 것이다. 그렇기 때문에 지금부터라도 행동하여 우리의 것을 되찾아야 한다. 이 극히 곤란한 일을 위해서 우리는 안데르마트 씨의 도움을 크게 기대하는 바이다. 그는 사건이 일어난 뒤의 이해하기 어려운 태도를 설명해야만 한다. 에티엔느 바랭이 자살했을 때 알고 있는 사실을 왜 이야기하지 않았는가, 그리고 서류를 잃어버린 사실을 왜 발표하지 않았는가를 말해야만 한다. 최근 10년 동안 어째서 바랭 형제를 자기가 고용한 탐정들로 하여금 감시하게 했는가 말해야만 하는 것이다.

우리는 그에 대해서 말이 아니라 행위를 기대하는 바이다. 그렇지 않으면······.

이 협박은 노골적이었다. 그러나 여기에는 어떠한 근거가 있는 것일까? 이 기사의 가명의 필자 살바토르는 안데르마트 씨에 대해서 어떠한 위협 수단을 가지고 있을까?

수많은 기자가 이 은행가한테로 밀어닥쳤다. 10개 정도의 회견기가, 안데르마트 씨는 이 경고를 경멸하고 있다고 보도했다. 그에 대해서 에코 드 프랑스 지의 기자는 다음과 같은 한 줄의 문장으로 반박했다.

안데르마트 씨가 원하든 원치 않든 앞으로 그는 우리가 개시하는 사업의 협력자이다.

이 반박의 글이 나온 날, 다스프리와 나는 함께 저녁을 들었다. 그날 밤 우리는 테이블 위에 신문을 펼쳐놓고는 그 사건에 대해 논하고, 어디까지나 어둠 속을 걸어가면서 같은 장애에 부딪친 사람이 느끼는 것과 같은 초조함을 가지고 모든 각도에서 검토했다.

그때 별안간 하인의 전갈도 없고 벨도 울리지 않는데, 문이 열리면서 두꺼운 베일을 쓴 부인이 들어왔다.

나는 곧 자리에서 일어나 문으로 갔다.

"여기에 살고 계시는 분이 당신이십니까?"

"그렇습니다만, 당신은 어디로……."

"큰길의 문이 열려 있기에……."

여자는 변명했다.

"그렇지만 다음 방의 문은?"

여자는 대답을 하지 않았다. 나는 여자가 뒤쪽 층계로 올라왔음에 틀림없다고 생각했다. 그렇다면 집 구조를 알고 있는 것일까?

약간 어색한 침묵이 흘렀다. 여자는 다스프리를 지켜보았다. 나는 마치 사교계에서 하는 것처럼 나도 모르게 그를 소개해버리고 말았다. 그런 다음 여자에게 자리를 권하며 무슨 일로 왔느냐고 물었다.

베일을 벗은 모습을 보니 갈색머리에 균형 잡힌 얼굴, 특별히 미인이라고 할 수는 없으나 그 눈에 무어라 말할 수 없는 매력이 있었다. 그것은 조용히 가라앉은 느낌의 슬픈 눈이었다.

여자는 한참 만에 입을 열었다.
"저는 안데르마트 씨의 아내입니다……."
"안데르마트 부인!"
나는 더욱 놀라며 그 말을 되풀이했다.
또다시 침묵이 잠시 흐른 후 여자는 가라앉은 목소리로 아주 온화하게 이야기를 계속했다.
"알고 계시는…… 그 사건의 일로 찾아왔습니다. 당신에게 뭔가 참고될 만한 말씀을 들을 수 있을까 해서……."
"아니, 부인, 저는 신문에 나와 있는 것 이외에는 아무것도 모릅니다만, 어떤 것을 알고 싶으신 것인지 확실히 말씀해 주십시오."
"모르겠어요…… 알 수 없어요……."
그제야 비로소 나는 여자가 침착한 척하고 있을 뿐, 태연한 얼굴의 그늘에는 커다란 번민이 감추어져 있다는 것을 깨달았다. 그리하여 우리는 모두 어색하게 입을 다물어버리고 말았다.
그러나 관찰을 계속하던 다스프리가 그녀의 곁으로 다가서면서 말했다.
"부인, 좀 여쭈어 보고 싶은 것이 있습니다."
"네. 말씀해 주세요."
여자는 대답했다.
"어떤 질문이라도…… 대답해 주시겠습니까?"
"네, 어떤 질문이라도……."
그는 잠시 생각하고 나서 말했다.

"루이 라콤브를 알고 계시지요?"
"네, 남편을 통해서 알고 있습니다."
"마지막으로 만나신 것은 언제였습니까?"
"저의 집에서 식사를 하셨던 저녁입니다."
"그날 밤, 이것이 마지막이라는 것 같은 모습은 없었습니까?"
"아니오, 러시아로 여행할 것같이 이야기하였지만 분명치는 않았습니다!"
"그렇다면 다시 만나실 예정이었나요?"
"다음 날 저녁 식사를 같이할 약속이었습니다."
"그의 실종을 어떻게 생각하십니까?"
"도무지 알 수가 없어요."
"그럼, 안데르마트 씨는?"
"남편도 모릅니다."
"하지만……."
"그것에 대해서는 더 이상 묻지 말아 주세요."
"에코 드 프랑스 지에 나온 기사에 의하면……."
"바랭 형제가 이 실종과 관계 있는 것 같습니다."
"당신도 그렇게 생각하시나요?"
"네."
"그렇게 생각하신 근거는?"
"루이 라콤브는 집을 나올 때, 그 계획에 관계 있는 서류를 전부 넣은 가방을 가지고 있었습니다. 그리고 이틀 뒤에 남편과 바랭 - 지금 살아 있는 쪽이지만 - 이 만났는데, 그때 남편은 그 서류가 바랭 형제에게 있다는 것을 확인했습니다."

"그래서 남편께서는 고발하지 않으셨군요?"

"네."

"무엇 때문이었을까요?"

"가방 속에 루이 라콤브의 서류 말고도 다른 것이 있었거든요."

"무엇입니까?"

여자는 대답할까 말까 망설이더니 마침내 입을 다물어버리고 말았다. 다스프리가 계속 말했다.

"그래서 남편께서는 경찰에 알리지 않고 두 형제를 감시하게 했군요. 주인은 서류와 함께 그것을 되찾으려 하셨는데…… 형제는 그것을 미끼로 하여 주인을 등치려고 한 것이었군요."

"남편뿐만 아니라 저도……."

"아! 당신까지도?"

"주로 저한테 그랬어요."

여자는 이 말을 짓눌린 듯 괴로운 목소리로 말했다. 다스프리는 여자를 지켜보고 몇 발자국 걸음을 옮기더니 여자 쪽으로 돌아와서 다시 말했다.

"루이 라콤브에게 편지를 보내신 거로군요?"

"네…… 남편과의 관계가……."

"정식으로 보낸 편지 말고 루이 라콤브에게 다른 편지를 쓰시지는 않았습니까? 너무 캐물어서 실례입니다만, 진상을 완전히 알 필요가 있습니다. 다른 편지를 쓰셨나요?"

여자는 얼굴을 붉히면서 작은 목소리로 대답했다.
"네."
"그러니까 바랭 형제가 가지고 있던 것은 그 편지였군요?"
"네."
"그러면 안데르마트 씨는 그것을 알고 계십니까?"
"남편은 편지는 보지 않았습니다만, 알프레드 바랭이 편지 이야기를 하며 자기에게 불리한 짓을 하면 편지를 공개하겠다고 협박했습니다. 남편은 그것을 두려워했습니다…… 세상의 평판을 걱정한 것이지요."
"남편께서는 그 편지를 찾기 위해서 노력하셨습니까?"
"네…… 저는 노력했다고 생각합니다. 하지만 알프레드 바랭과 마지막으로 만나고 나서 그 이야기를 난폭한 말로 내게 이야기해 준 다음부터, 남편은 제게 조금도 다정하지 않을 뿐더러 믿어주지도 않습니다. 저희들은 남남처럼 살고 있습니다."
"그렇다면 조금도 두려워할 것이 없지 않습니까?"
"남남처럼 되었다고는 해도 저는 남편이 사랑해 준 여자, 지금도 사랑을 받을 수 있는 여자입니다. 네, 그건 확실합니다."
여자는 열에 들뜬 목소리로 중얼거렸다.
"만약 그 편지만 없었다면…… 지금도 저를 사랑하고 있을 겁니다……."
"뭐라고요! 남편은 성공할 것도 같았는데…… 형제가 도전하고 있군요?"
"네, 확실하게 숨긴 장소가 있다는 것을 마치 자랑하고 있는 것 같아요."

"그래서요……?"

"어떻게 해서인지 남편은 그 숨긴 곳을 찾아낸 모양이에요!"

"그렇습니까! 대체 그곳이 어디입니까?"

"여기에요."

나는 펄쩍 뛰었다.

"여기라고요!"

"네, 저는 그 전부터 그렇게 생각하고 있었어요. 루이 라콤브는 매우 재주가 있고 기계를 좋아하여, 틈만 있으면 상자며 자물쇠 같은 걸 즐겨 만들곤 했어요. 바랭 형제는 편지며…… 그 밖의 것을 숨길 장소를 발견하여 나중에 이용했을 것이 틀림없습니다."

"하지만 그들은 여기에 살고 있지 않았는데요."

하고 나는 외쳤다.

"4개월 전에 당신이 이사해 오실 때까지 이 집은 빈집이었습니다. 그래서 두 사람은 가끔 이 집에 왔을 것입니다. 더구나 서류를 찾을 필요가 있을 때엔 당신이 계셔도 전혀 지장이 없다고 생각했을지 모릅니다. 그러나 남편에 대해서는 전혀 고려하지 않았던 것 같습니다. 남편은 6월 22일부터 23일에 걸친 밤중에 상자를 비틀어 열고 찾고 있던 것을 꺼냈으므로 이제 두려워할 것은 없다고 여기고 상황이 역전되었다는 것을 형제에게 알리기 위해 명함을 놓아두고 온 것입니다. 그로부터 이틀이 지난 다음 에티엔느 바랭은 질 블라스 지의 기사를 보고 서둘러 댁을 찾아와 이 거실에 혼자 남아서 상자가 비어 있는 것을 보고 자살한 것입니다."

잠시 뒤 다스프리가 물었다.

"그것은 단순한 상상이겠지요? 안데르마트 씨는 당신에게 아무 이야기도 하지 않으셨지요?"

"네."

"당신에 대한 남편의 태도는 변하지 않으셨습니까? 침울하고 걱정스러운 듯이 보이지는 않았는지요?"

"네."

"그것을 당신은 남편이 편지를 발견했기 때문이라고 생각하신다는 말씀이죠? 하지만 제 생각으로는 남편은 편지를 손에 넣지 못하신 것 같습니다. 아마 여기 들어온 것은 남편이 아닐 겁니다."

"그럼 누구지요?"

"이 사건을 조종하여 - 너무 복잡하기 때문에 우리에게는 확실히 알 수 없는 어떤 목적 쪽으로 끌어가고 있는 불가사의한 인물 - 처음부터 불가사의한 인물입니다. 6월 22일에 이 저택 안으로 침입한 것은 그와 그의 무리입니다. 숨긴 장소를 발견한 것도, 안데르마트 씨의 명함을 남기고 간 것도, 바랭 형제의 편지와 배신한 증거를 가지고 있는 것도 그 사람입니다."

"그게 누구지?"

안달이 나서 내가 불쑥 끼여들었다.

"에코 드 프랑스 지에 기사를 제공한 자지. 그 살바토르란 자말일세! 명백한 일 아닌가? 형제의 비밀을 쥐고 있는 사람밖에 알지 못하는 사실을 기사 속에서 쓰고 있지 않았는가?"

"그렇다면……." 안데르마트 부인은 두려움으로 더듬거리면서 말했다. "제 편지를 가지고 있겠지요? 그래서 이번에는 그 사나이가 남편을 협박하는군요…… 이 일을 어쩌면 좋아요!"

"그에게 편지를 쓰는 겁니다." 다스프리는 분명히 잘라 말했다. "숨기지 말고 털어놓는 겁니다. 알고 있는 것, 알고 싶은 것을 모조리 이야기하는 겁니다."

"어떻게……."

"당신의 이익은 그의 이익과 같습니다. 그가 두 형제 중 살아남아 있는 쪽을 상대로 싸우고 있는 것은 의심할 여지가 없습니다. 그의 적은 안데르마트 씨가 아니라 알프레드 바랭입니다. 그를 도와주십시오."

"어떤 식으로요?"

"남편은 루이 라콤브의 설계를 보충할 자료를 가지고 계십니까?"

"네."

"그것을 살바토르에게 알리십시오. 만일의 경우에는 그 자료를 그에게 넘겨주십시오. 요컨대 그와 연락을 취하는 겁니다. 무얼 걱정하고 있습니까?"

이 조언은 너무나 대담했고, 얼른 듣기에도 위험한 것으로 여겨졌다. 그러나 안데르마트 부인에게는 망설이고 있을 여유가 없었다. 더구나 다스프리가 말한 것처럼 뭘 걱정할 일이 있겠는가? 그 사나이가 적이라 하더라도 이로 말미암아 사태가 악화될 리는 없다. 무엇인가 특별한 것을 추구하고 있는 관계없는 인간이라면 그런 편지 따위를 문제삼지는 않을 것이다.

어쨌든 그것은 하나의 착상이었다. 그래서 난처한 처지에 놓여 있던 안데르마트 부인은 기꺼이 그 생각을 받아들였다. 여자는 우리에게 진심으로 감사를 하는 한편, 다음에 다시 연락하겠다고 약속했다.

사실 다음 날이 되자 그녀는 다음과 같은 답장을 받았다고 하며 동봉해 왔다.

편지는 없었습니다. 하지만 곧 손에 넣을 것입니다. 그러니 안심하시길. 내가 적당히 처리할 것입니다. S······.

나는 그것을 손에 들고 유심히 살펴보았다. 그것은 6월 22일 밤 침대맡의 내 책 속에 끼워져 있었던 편지와 똑같은 필적이었다.

다스프리가 말한 대로 살바토르는 바로 이 사건의 연출자였던 것이다.

⚜

사실 우리는 주위의 어둠 가운데서 얼마쯤의 광명을 보기 시작했으며, 어느 정도는 뜻하지 않은 진상을 보여주었다. 그러나 그 밖의 점은 '하트 7'의 발견과 마찬가지로 여전히 어둠 속에 묻혀 있었다. 나로서는 언제나 그 두 개의 트럼프가 마음에 걸렸다. 왜냐하면 아주 이상한 상황 아래에서 구멍 뚫린 일곱 개의 조그마한 하트를 보았기 때문이다. 그 트럼프는 이 사건에서 어떤 역할을 맡고 있는 것일까? 어떤 의미를 가지고 있는 것일까? 루이 라콤브의 설계를 기초로 하여 건조된 잠수함이 하트 7이라는 이름을 가지고 있는 사실에서 본다면 어떤 결론을 끌어낼 수 있을 것인가?

그러나 다스프리는 두 장의 트럼프 따위는 그다지 문제삼지 않았고, 다른 문제를 해결하는 것이 급선무라고 생각하고 있었다. 그는 열심히 그 편지를 감춘 장소를 찾고 있었던 것이다.

"살바토르가…… 아마 부주의해서 발견하지 못했을지도 모르는 편지를 내가 찾아낼 수 있을는지도 모르거든. 바랭 형제가 난공불락이라고 생각하고 있던 장소에서 편지를 꺼내 갔으리라고는 생각할 수 없네."

그는 이렇게 말했다.

큰방은 이제 구석구석까지 조사하였기 때문에 그는 조사를 집 안의 모든 방으로 확대시켰다. 내부도 외부도 샅샅이 파고들었다. 벽의 돌이며 벽돌까지도 검사했다. 지붕의 슬레이트까지 벗겨 보았다.

어느 날 그는 곡괭이와 삽을 가지고 왔다. 자기는 곡괭이를 가지고 내게 삽을 건네주면서 빈터를 가리켰다.

"저쪽으로 가세."

나는 마지못해 따라갔다. 그는 그 빈터를 몇 구획으로 가른 다음, 차례로 조사해 갔다. 그동안 근처에 있는 두 집 담장의 모퉁이로 된 한쪽 구석에 가시나무와 풀이 덮이고 깨진 돌과 자갈이 쌓여 있는 것을 발견했다. 그는 그것을 파 뒤집었다.

나도 그를 도와주었다. 뙤약볕이 내리쬐는 곳에서 한 시간 동안 애를 썼으나 헛수고였다. 그런데 돌을 걷어내고 지면이 나와 그것을 파기 시작했을 때, 다스프리의 곡괭이가 뼈를 파냈다. 아직 누더기가 감겨 있는 해골이었다.

별안간 나는 핏기가 가시는 것을 느꼈다. 흙 속에 장방형의 조그마한 철판이 보였던 것이다. 거기에는 빨간 반점이 붙어 있는 것 같았다. 나는 몸을 구부렸다. 틀림없이 그것이었다. 철판은 카드 정도의 크기였으며 빨간 반점은 군데군데 녹슬어 있었으나, 연단의 빨간빛으로 7개였다. 하트의 7과 똑같은 모양이 일곱 개, 하나하나의 맨 끝에는 구멍이 뚫려 있었다.

"이봐, 다스프리, 나는 이제 이런 일은 싫어졌네. 괜찮다면 혼자서 하게나. 난 같이하는 걸 거절하겠네."

흥분한 탓일까, 아니면 뜨거운 햇볕 아래에서 일을 했기 때문에 피로했던 것일까? 어쨌든 나는 비틀거리면서 돌아왔다. 그리고 자리에 쓰러져 만 이틀 동안 높은 열로 헛소리를 지껄였다. 꿈속에서 해골 무리가 춤을 추었고, 피투성이의 심장들이 서로 부딪쳤다.

다스프리는 의리가 두터웠다. 그는 날마다 문병 와서 서너 시간씩 함께 있어 주었다. 그러나 사실 그는 그동안 큰방에 있었으며, 구석구석을 찾아 돌아다녔다.

가끔씩 나한테 와서 이렇게 말했다.

"편지는 저 방에 있어. 단언할 수 있네."

사흘째 되는 날 아침, 나는 아직도 약간 비틀거리기는 했으나 기운을 회복하여 자리에서 일어났다. 낮에는 영양을 섭취하여 원기를 나게 했다. 그런데 5시쯤 속달이 와서, 무엇보다도 나의 회복을 도와주었다. 나의 호기심을 북돋아 주었던 것이다.

속달의 내용은 다음과 같았다.

선생.

6월 22일부터 23일에 걸친 밤중에 제1막이 올려졌던 활극은 이제 대단원에 가까워지고 있습니다. 저는 사태의 필요상 이 드라마의 주역 두 사람을 대결시키기로 하였습니다. 대결은 댁에서 이루어질 예정이므로 오늘 밤 댁을 빌려 주시면 감사하겠습니다. 또한 9시부터 11시까지는 하인을 외출시키시고 귀하 자신도 주역들이 자유로이 행동할 수 있도록 내버려두시기 바랍니다. 6월 22일부터 23일에 걸친 밤에 귀하는 이미 제가 귀하의 소유물을 매우 존중하고 있다는 사실을 인정하였을 줄 압니다. 저로서도 귀하가 저에 대해서 절대로 비밀을 지키신다는 것을 한순간일지언정 의심한다면, 그것은 귀하에 대해 실례되는 일이라고 생각합니다.

_살바토르

편지는 정중하면서도 무례한 어느 정도 느껴졌다. 하지만 편지에 적혀 있는 그의 생각은 참으로 훌륭하다고 여겨졌다. 이것은 재치 있고 깔끔했으며, 발신인은 나의 동의를 확신하고 있는 듯했다. 어떤 일이 있어도 나는 그의 신뢰를 배신하는 것 같은 일은 하지 않을 작정이었다.

8시쯤 나는 하인에게 극장의 입장권을 주어 외출시켰다. 그때 다스프리가 찾아왔다. 나는 속달을 보여주었다.

"그래서?"

"으음, 나는 문을 열어놓고 들어오도록 해주겠네."

"그리고 자네는 밖으로 나가겠는가?"

"아니, 결코 나가지 않겠어!"

"하지만 그 요구는……."

"비밀을 지키라는 거네. 나는 비밀을 지키겠어. 그러나 무슨 일이 일어나는지는 꼭 지켜보고 있겠네."

다스프리는 웃음을 터뜨렸다.

"하긴 그렇겠지. 나도 남겠네. 따분하지 않을 거야."

벨 소리가 그의 말을 막았다.

"벌써 왔나?"

나는 중얼거렸다.

"20분이나 이른데! 그럴 리가 없어."

나는 현관의 문을 열었다. 여자의 그림자가 뜰을 가로질러 왔다. 안데르마트 부인이었다. 여자는 당황해하고 있었다. 숨을 헐떡이면서 중얼거렸다.

"남편이…… 오고 있어요…… 면회를 하러…… 편지를 받으려고요!"

"어떻게 해서 그걸 아셨지요?"

내가 물었다.

"우연히 알게 되었어요. 저녁 식사 때 남편에게 연락이 있었습니다."

"속달입니까?"

"전보였어요. 하인이 잘못하여 제가 있는 곳으로 가지고 왔던 거예요. 잠시 뒤 남편이 가져갔지만 너무 늦었습니다…… 제가 읽고 난 다음이었으니까요."

"내용은……."

"대체로 이런 것이었어요. '오늘 밤 9시에 그 서류를 가지고 마이요 가로 오라. 그 대신 편지를 주겠다'. 저녁 식사 뒤 저는 제 방으로 갔다가 이렇게 나온 겁니다."

"남편에게 알리지도 않고 말입니까?"

"네."

다스프리는 나를 쳐다보았다.

"어떻게 생각하나?"

"자네와 같은 생각이네. 안데르마트 씨는 호출을 받은 쪽이지."

"누구에게서, 무엇 때문에?"

"그것은 지금부터 알게 될 거야."

나는 그들을 큰방으로 안내했다. 우리 세 사람은 모두 안으로 들어가 벽에 걸린 벨벳 휘장 뒤에 숨을 수가 있었다. 그곳에 걸터앉았다.

안데르마트 부인은 한가운데 앉았다. 휘장 틈 사이로 큰방 전체를 볼 수 있었다.

시계가 9시를 쳤다. 몇 분 뒤 뜰의 문이 열리는 소리가 났다.

솔직하게 말해서 나는 얼마쯤 가슴이 답답함을 느끼면서 또다시 열이 나는 것 같았다. 이제 바야흐로 수수께끼를 풀 열쇠가 발견되려 하고 있다! 몇 주일 전부터 전개된 파란만장한 사건이 마침내 진상을 드러내려 하고 있다. 더구나 전투는 내 눈 앞에서 벌어지려 하고 있는 것이다.

다스프리가 안데르마트 부인의 손을 잡고 속삭였다.

"절대로 움직여서는 안 됩니다! 무슨 말을 듣든 무슨 일을 보든 잠자코 있어야 합니다."

누군가가 들어왔다. 에티엔느 바랭과 꼭 같았으므로 곧 형제인 알프레드라는 것을 알 수 있었다. 동작이 느린 태도하며 수염투성이인 흙빛 얼굴도 똑같았다.

그는 언제나 주변에 함정이라도 없는가 하고 두려워하는 한편, 조심하고 있는 사람처럼 흠칫흠칫 놀라는 모습으로 들어왔다. 그는 한눈으로 방 안을 둘러보았는데, 벨벳 휘장으로 감추어진 이 벽이 마음에 걸리는 모양이었다. 우리들 쪽으로 서너 걸음 내디뎠으나 그보다도 더 중요한 생각이 떠오른 듯 벽 쪽으로 가로질러 가더니, 빛나는 칼을 찬 수염을 기른 임금의 모자이크 앞에 발을 멈추었다. 그리고 의자 위에 올라서서 한참 그것을 들여다보더니, 어깨며 얼굴의 선을 손가락으로 더듬는가 하면 그림의 이곳저곳을 만지기도 했다.

그러나 그는 별안간 의자에서 뛰어내리더니 벽에서 떨어졌다. 발소리가 들려왔다. 문지방에 안데르마트 씨가 나타났다.

은행가는 놀라 소리를 질렀다.

"자네였군! 자네였어! 나를 불러낸 자가!"

"내가? 천만의 말씀!"

바랭은 아우와 똑같은 목쉰 소리로 말했다.

"나는 당신의 편지를 받고 왔단 말이오."

"뭐라고?"

"당신이 서명한 편지, 여기로 오라는……."

"편지 같은 것은 쓴 일이 없어."

"쓴 일이 없다고?"

바랭은 본능적으로 경계의 태도를 취했다. 그것은 은행가에 대한 것이 아니라, 이 함정으로 불러들인 낯모르는 적에 대한 것이었다. 그의 눈은 다시 한 번 우리 쪽을 바라보았다. 그러고는 갑자기 문 쪽으로 걷기 시작했다.

안데르마트 씨가 길을 막았다.

"뭘 하는 거야, 바랭?"

"왠지 마음내키지 않은 일이 있어. 난 돌아가겠소, 그럼……."

"잠깐 기다리게."

"그만둬요, 안데르마트 나리! 그러지 마시오. 우리는 할 말이 없지 않소?"

"할 말이야 많지. 마침 좋은 기회야!"
"자아, 비켜 주시오."
"아니, 안 돼. 못 비켜 주겠어."
바랭은 은행가의 결연한 태도에 겁을 먹었는지 주춤하더니 투덜거렸다.
"그렇다면 어서 말해 보시오. 이 참에 끝장을 내는 것이 좋을 테니!"
나는 뜻밖이라고 생각했다. 저 두 사람은 제각기 다른 의미에서 기대가 어그러진 모양이었다. 살바토르는 왜 오지 않을까? 처음부터 오지 않을 속셈이었을까? 은행가와 바랭만을 대결시켜도 좋다고 생각한 것일까? 나로선 매우 이상하게 생각되었다. 그가 이 자리에 없음으로써 그가 계획한 이 결투는 엄격한 운명에 의해 지배되는 사건이 갖는 비극적인 양상을 띠게 되었다. 그리고 이 두 사람을 대결시킨 힘은 그들의 외부에 있었던 만큼 한층 더 섬뜩한 느낌을 주었다.
이윽고 안데르마트 씨는 바랭 곁으로 다가가서 뚫어지게 노려보았다.
"이미 몇 년이나 지났으므로 자네는 이제 걱정하지 않아도 되니까 솔직하게 대답하게, 바랭. 루이 라콤브를 어떻게 했는가?"
"무슨 말을 하는 거요! 그 녀석이 어떻게 되었는지 알 게 뭐야!"
"알고 있어! 자네는 알고 있단 말이야. 자네들 두 형제는 악착스럽게 함께 다니고 있었거든. 이 집에서 동거하고 있었던 거나 마찬가지였지. 자네들은 그 사나이의 일에 대해서도, 계획에 대해서도 잘 알고 있었어. 그리고 마지막 밤 내가 루이 라콤브를 대문까지 바래다주러 갔을 때 두 개의 그림자가 어둠 속으로 숨는 것을 보았어. 이건 틀림없는 사실이야."

"그게 어쨌단 말이오?"

"그건 너희들 형제였어, 바랭!"

"증거가 있나?"

"무엇보다도 확실한 증거는 그로부터 이틀이 지난 뒤 자네들이 라콤브의 가방에서 꺼낸 서류를 보이며 내게 팔아먹으려고 했던 것이지. 그 서류를 어떻게 해서 손에 넣었지?"

"전에도 말한 것처럼 루이 라콤브가 행방불명이 된 뒤, 그 다음 날 아침 라콤브의 테이블 위에서 발견했소."

"거짓말이야."

"증거는?"

"당국은 증거를 찾아낼 수 있을 거야."

"왜 당국에 호소하지 않았지요?"

"왜냐고? 왜냐고……."

안데르마트는 얼굴이 흐려지다니 입을 다물었다. 상대방이 계속하여 말했다.

"그것 보시오, 안데르마트 나리! 아주 작은 증거라도 있었다면, 우리의 그 조그마한 위협 따윈……."

"어떤 위협? 편지 말인가? 그런 걸 내가 조금이라도 믿었다고 생각하나?"

"그 편지를 믿지 않았다면 왜 그걸 찾아가려고 우리에게 이러쿵저러쿵 마음 끌려는 말을 했소? 그리고 나중에 가선 무엇 때문에 짐승처럼 악착스럽게 우리 형제를 미행했느냐 말이오?"

"중요한 설계도를 되찾기 위해서였지."

"아니, 편지 때문이었소! 편지를 되찾으면 고발할 마음이었겠지. 여러 차례 위험한 고비가 있었지만 말이야."

바랭은 크게 웃었으나 별안간 웃음을 그쳤다.

"그러나 이제 지긋지긋해. 똑같은 말을 자꾸 되풀이해 봐야 어떻게 할 수도 없단 말이오. 그러니까 그만둡시다."

"그만두지 않겠어!"

은행가가 말했다.

"편지에 대해서 말이 나온 이상, 그걸 돌려주지 않고는 돌아갈 수 없어!"

"돌아가겠소."

"못 돌아가."

"이봐요, 안데르마트 나리. 내 경고하는데……."

"결코 돌려보내지 않아!"

"그렇다면 나도 가만히 있을 줄 아시오?"

바랭은 위협적인 투로 말했다.

안데르마트 씨는 희미한 외침소리가 나오는 것을 삼켜버렸다. 바랭은 그 소리를 들었을 것임에 틀림없다. 그는 완력 다짐으로 덤벼들려고 했다. 안데르마트 씨는 난폭하게 떼밀었다. 그러자 바랭은 한 손을 웃옷 주머니에 찔러 넣었다.

"마지막이야!"

"먼저 편지를 줘."

바랭은 권총을 꺼내어 안데르마트 씨를 겨누었다.

"승낙이오, 거절이오?"

은행가는 갑자기 몸을 굽혔다.

그때 총소리가 들렸다. 권총이 떨어졌다.

나는 어안이 벙벙했다. 권총소리는 내 곁에서 난 것이다. 다스프리가 단 한 방으로 알프레드 바랭의 손에서 무기를 쏘아 떨어뜨린 것이다. 그리고 그는 갑자기 두 사람 사이로 뛰어들어가 바랭을 정면에서 비웃었다.

"운이 좋았어, 바랭. 아주 운이 좋았단 말이야. 내가 노린 건 손이었는데, 맞은 것은 권총이었거든."

두 사람 다 넋이 나간 것처럼 다스프리를 지켜보고 있었다. 다스프리는 은행가에게 말했다.

"관계없는 일에 뛰어들어서 실례합니다. 하지만 당신은 연기가 몹시 서투르시군요. 카드를 빌려 주시지요."

그러고 나서는 바랭 쪽을 돌아보며 말했다.

"자아, 둘이서 해보세. 속임수는 없기네. 하트가 으뜸패야, 나는 7에 걸겠어."

그는 상대방의 얼굴에 일곱 개의 하트가 붙어 있는 철판을 내동댕이쳤다.

나는 여태까지 이렇게 예상을 뒤엎은 결과를 본 일이 없었다.

괴도신사 뤼팽 191

사나이는 파랗게 질려 눈을 크게 떴다. 괴로움으로 얼굴이 일그러지고, 이와 같은 상태에 어안이 벙벙한 모양이었다.

"너는 누구냐?"

"지금 말했지 않나. 관계도 없는데 끼어든 사람이라고…… 그러나 끼어든 이상 철저해야겠지!"

"뭐가 필요하지?"

"네가 가지고 온 것 모두."

"아무것도 가지고 오지 않았어."

"아니, 그냥 오지는 않았을 거야. 오늘 아침, 손에 넣은 서류를 모두 가지고 9시에 여기로 가지고 오라고 했지. 그런데 지금 여기 와 있잖나. 서류는 어디 있지?"

다스프리의 목소리와 태도에는 뜻하지 않은 위엄이 있었다. 여느 때는 태평하고 온화한 그에게 어울리지 않는 태도였다. 바랭은 완전히 풀이 죽어 주머니를 가리켰다.

"여기 있어."

"모두?"

"그렇다."

"루이 라콤브의 가방에서 꺼내 폰 리벤 소령에게 판 것 전부인가?"

"그렇다."

"사본이야, 원본이야?"

"원본."

"얼마나 필요해?"

"10만."

다스프리는 웃음을 터뜨렸다.

"바보 같으니. 소령은 2만밖에 주지 않았어. 2만도 수포로 돌아갔지만 말야. 시험은 실패하고 말았으니까."

"설계도의 사용법을 몰랐기 때문이지."

"설계도가 완벽하지 못했기 때문이지."

"그렇다면 왜 가지고 싶어하지?"

"아무튼 필요해. 5천 프랑 내겠어. 그 이상은 한푼도 내놓을 수 없어."

"1만. 한푼도 에누리는 없다."

"좋아."

다스프리는 안데르마트 씨한테로 몸을 돌렸다.

"선생, 수표를 적어주시오."

"그러나…… 가지고 있지 않아서……."

"수표장 말이오? 여기 있습니다."

안데르마트 씨는 몹시 놀라며 다스프리가 내민 수표장을 받았다.

"내 건데… 어떻게 된 거요?"

"자, 쓸데없는 말은 하지 마시오. 서명만 하면 되는 것이오."

은행가는 만년필을 꺼내어 서명했다. 바랭이 손을 내밀었다.

"손을 집어넣게."

다스프리가 말했다.

"아직 끝나지 않았어."

그는 은행가를 향하여 말했다.
"아직 편지에 대한 일이 남아 있지요?"
"네, 편지 다발이……."
"어디 있지, 바랭?"
"가지고 있지 않아."
"어디 있느냔 말이다, 바랭!"
"몰라. 가지고 있었던 건 동생이었으니까."
"여기 이 방에 감추어져 있지."
"그렇다면 알고 있을 것 아닌가?"
"알고 있어."
"그러고 보니 서류를 숨겨놓은 곳에 왔던 건 자네 아닌가? 자네는…… 살바토르와 마찬가지로 자세히 알고 있는 모양인데."
"편지는 숨겨둔 장소에 없어."
"있어! 열어 봐!"
바랭은 경계하는 눈빛이 되었다. 혹시 다스프리와 살바토르는 같은 인물이 아닐까? 만약 그렇다면 숨겨둔 장소는 어차피 알고 있을 것이다. 그렇지 않다면 보일 필요가 없다.
"열어 봐!"
다스프리가 되풀이했다.
"하트 7이 없어."
"있어, 여기!"
다스프리는 그 철판을 내밀면서 말했다.
바랭은 겁을 집어먹고 뒷걸음질쳤다.

"아니…… 아니…… 내게는…….."
"상관없어……."
다스프리는 벽면에 모자이크된 백발의 노왕 쪽으로 다가가더니 의자 위에 올라서서 하트를 칼자루 바로 아래의 칼날 폭에 딱 들어맞게 갖다댔다. 그런 다음 하트의 맨 끝에 뚫려 있는 일곱 개의 구멍에 송곳을 차례차례 꽂아 넣어 모자이크의 일곱 개의 조그마한 돌을 위에서 눌렀다. 일곱 개째의 돌을 누르자 와르르 소리가 나며 왕의 상반신이 빙그르르 돌더니 반짝반짝 빛나는 두 단의 강철 선반 - 철판으로 둘러쳐진 금고의 커다란 뚜껑이 열렸다.
"어떤가, 바랭? 상자는 비어 있어!"
"과연 그렇군…… 그럼, 동생이 편지를 꺼내간 모양이지!"
다스프리는 사나이 쪽으로 돌아와 말했다.
"시치미떼지 마. 다른 곳으로 옮겼겠지. 어디지?"
"옮기지 않았어."
"돈이 필요한가? 얼마쯤?"
"1만."
"안데르마트 씨, 이 편지는 당신에게 있어서 1만 프랑의 가치가 있습니까?"
"있습니다."
은행가는 확고한 목소리로 말했다.
바랭은 금고를 닫고 역력히 불쾌한 표정을 지으며 하트 7을 들고 그것을 칼날의 폭과 같은 장소에 갖다대었다. 그는 하트의 일곱 개의 맨 끝을 차례차례 눌렀다. 또다시 와르르 하는 소리가 들렸으나 뜻밖에도 이번에 회전한 것은 금고의 일부분만으로, 커다란 금고의 두꺼운 문짝 안에 있던 조그마한 금고가 열렸다. 편지 다발은 끈으로 묶여 그곳에 숨겨져 있었다. 바랭은 그것을 다스프리에게 건네주었다. 다스프리가 말했다.
"수표는 괜찮겠지요, 안데르마트 씨?"
"좋습니다."
"그리고 루이 라콤브한테서 받은 잠수함 설계의 부록인 최후의 자료도 가지고 계시지요?"
"네."
교환이 이루어졌다. 다스프리는 그 자료와 수표를 주머니에 넣고 편지 다발을 안데르마트 씨에게 내밀었다.
"이것이 바라시던 물건입니다."
은행가는 그토록 열심히 찾고 있었던 이 혐오스러운 편지에 손을 대는 것이 두려운지 잠시 머뭇거렸다. 그런 다음 초조한 몸짓으로 그것을 받아들었다.
내 곁에서 신음소리가 들렸다. 나는 안데르마트 부인의 손을 잡았다. 그 손은 얼음처럼 차가웠다.
그러자 다스프리가 은행가에게 말했다.
"이것으로 이야기는 끝난 것 같군요. 아니, 고맙다고 하실 것까진 없습니다. 도움이 된 것은 다만 우연이었으니까요."
안데르마트 씨는 방을 나갔다. 그는 루이 라콤브에게 보낸 아내의 편지를 가지고 사라졌다.

"굉장한 일이로군!"

다스프리는 기뻐 어쩔 줄 몰라 하며 외쳤다.

"모든 일은 더할 나위 없이 잘되었어. 다음은 이쪽 일만 끝마치면 되겠군. 서류는 가지고 있지?"

"전부 다 있어?"

다스프리는 서류를 주의 깊게 조사한 다음 주머니에 집어넣었다.

"좋아, 약속을 지켰군."

"하지만……."

"뭔가?"

"두 장의 수표는? ……돈은?"

"이봐, 대단한 배짱인걸! 바랭, 돈을 달라고 하니 말야!"

"당연히 내 거야."

"훔친 서류에 돈을 지불해야 한다는 건가?"

그러나 사나이는 돈밖에 염두에 없는 것 같았다. 그는 눈에 핏발을 세운 채 분노로 몸을 떨었다.

"돈…… 2만……."

그는 더듬거렸다.

"안 돼, 내가 필요하단 말야!"

다스프리가 말했다.

"돈!"

"이봐, 당치 않은 소린 그만둬. 공갈은 집어치워!"

그는 난폭하게 사나이의 팔을 붙잡았다. 사나이는 비명을 질렀다.

"어서 나가, 나가서 머리를 식히게나…… 데려다 줄까? 빈터에 가서 자갈 더미를 보여주지. 그 밑에는……."

"아니야! 그건 아니야!"

"아니긴 뭐가 아니야. 이 하트 7의 철판은 거기서 나온 거야. 루이 라콤브가 늘 몸에 지니고 있었던 거지. 기억하고 있을 테지? 너희들 형제가 시체와 함께 묻어두었던 거야. 그 밖에도 여러 가지 물건이 있지만, 경찰에서 증거로 삼겠어!"

바랭은 주먹을 쥐고 얼굴을 가렸다. 그런 다음 이렇게 말했다.

"좋아, 내가 졌어. 더 이상 말하지 않겠다. 다만 한마디…… 한 가지만 알고 싶다……."

"들어보지."

"이 금고의 큰 것 쪽에 작은 상자가 있었을 텐데!"

"있었지."

"6월 22일과 23일 사이의 밤 여기에 왔을 때도 있었는가?"

"있었지."

"안에는?"

"너희 형제가 넣어두었던 것이 모두 있더군. 다이아몬드며 진주 따위, 너희 형제가 여기저기서 손에 넣은 상당한 보물들이었지."

"그걸 가져갔군?"

"한번 입장을 바꿔놓고 생각해 봐."

"그렇다면…… 작은 상자가 없어진 것을 보고 아우가 자살했던 거로군?"

"아마 그렇겠지. 폰 리벤 소령의 편지가 없어지기만 했다면 자살은 하지 않았겠지. 그러나 작은 상자가 없어졌다면…… 묻고 싶은 건 그것뿐인가?"

"또 있다…… 당신 이름은?"

"복수할 셈인가?"

"물론이지! 운이란 건 알 수 없는 거니까. 오늘은 당신이 이겼지만 내일은……."

"내 차례란 말이지."

"물론! ……이름은?"

"……아르센 뤼팽."

"아르센 뤼팽!"

그는 몽둥이로 맞은 것처럼 비틀거렸다. 이 한마디로 모든 희망을 빼앗기고 만 것이다.

"여보게, 자네는 어중이떠중이가 이런 연극을 할 수 있다고 생각했나? 적어도 아르센 뤼팽쯤 되지 않으면 할 수 없는 일이야. 자아, 알았으면 보복의 준비나 하시지. 아르센 뤼팽은 언제든 기다리고 있을 테니."

그런 다음 그는 더 이상 한마디도 하지 않고 사나이를 밖으로 밀어냈다.

"다스프리, 다스프리!"

나는 무의식중에 그 전 이름으로 그를 불렀다.

나는 벨벳 휘장을 밀어젖혔다.

그가 달려왔다.

"무슨 일이지?"

"안데르마트 부인이 괴로워하고 있네."

그는 재빨리 각성제를 코에 갖다대면서 내게 물었다.

"대체 어떻게 된 건가?"

"편지 때문이야."

나는 말했다.

"루이 라콤브에게 보낸 편지를 자네가 안데르마트 씨에게 넘겨주었기 때문이지!"

그는 이마를 쳤다.

"내가 편지를 넘겨주었다고 생각한 모양이군! ……그래, 하긴 그렇게 생각할 법도 하지. 이거 내가 바보 같은 짓을 했군!"

안데르마트 부인은 정신이 들자 열심히 이야기에 귀를 기울이고 있었다. 다스프리는 그 가방에서 안데르마트 씨가 가져간 것과 똑같이 생긴 조그마한 꾸러미를 꺼냈다.

"이것이 당신의 편지입니다. 부인, 이게 진짜지요."

"하지만…… 아까 주신 것은?"

"아까 드린 것은 이것과 같지만, 어젯밤 내가 베낀 것입니다.

주인께서 대용품이라고는 생각 않고 기꺼이 읽으시겠지요. 왜냐하면 분명히 보고 계셨으니까요……."

"필적은……?"

"내가 흉내내지 못하는 필적 같은 건 없습니다."

여인은 마치 같은 계급의 인간에게 대하는 것 같은 감사의 말로 인사를 했다. 나는 그녀가 바랭과 아르센 뤼팽이 주고받은 마지막 문구를 듣지 못했음이 틀림없다는 것을 알았다.

나로서는 뜻하지 않았던 정체를 나타낸 이 오랜 친구에게 뭐라고 해야 좋을지 몰라 그저 어리둥절하여 그를 지켜보고 있었다. 뤼팽, 뤼팽이었어! 내가 교제하고 있던 친구는 뤼팽임에 틀림없었던 것이다! 나는 아연할 따름이었다. 그러나 그는 지극히 태평하게 "자네는 장 다스프리에게 작별을 고하는 게 좋겠네." 하고 말했다.

"뭐라고?"

"그렇지, 장 다스프리는 여행을 떠나네. 나는 그를 모로코로 보내기로 했어. 그에게 걸맞은 목적을 발견할 수 있을 거야. 실은 그것이 그의 의도란 말이네."

"그러나 아르센 뤼팽은 남아 있겠지?"

"물론 이제까지 이상으로 말이네. 아르센 뤼팽은 이제 막 데뷔했을 뿐이지. 그의 생각은……."

나는 호기심이 일어나 그를 안데르마트 부인한테서 떨어진 곳으로 끌고 가서 물었다.

"자네는 편지 다발이 숨겨져 있던 제2의 비밀장소를 발견했

단 말이지?"

"애먹었어! 어제 오후 자네가 자고 있는 동안에 간신히 발견했지. 그런데 지극히 간단했어. 언제나 가장 간단한 것이란 사람이 전혀 생각하지 못한 것이어서 말이네."

그는 하트 7을 보이면서 계속 말했다.

"커다란 금고를 열기 위해선, 이 카드를 모자이크로 된 임금님 칼에 갖다대지 않으면 안 된다는 것을 알아냈지……."

"어떻게 그것을 알았지?"

"아무것도 아냐. 특별한 정보에 의해서 6월 22일 밤 여기에 올 적에……."

"나와 헤어진 다음에……."

"그렇지. 자네처럼 신경질적인 인간에게는 침대에서 나오지 않고 나를 자유로이 행동하도록 내버려두게 할 방법이 필요했었지."

"바로 그 말대로일세."

"그런데 나는 여기에 올 적에, 비밀 자물쇠가 붙은 금고 안에 작은 상자가 숨겨져 있다는 것과, 하트 7이 그것을 여는 열쇠라는 것을 알고 있었네. 그 하트 7을 일정한 장소에 대기만 하면 되는 거야. 그것을 조사하는 데 한 시간이면 충분했어."

"한 시간!"

"모자이크의 인물을 보게."

"왕 말인가?"

"그 왕은 트럼프의 킹, 샤를마뉴 왕과 비슷하지."

"과연 그렇군! 그러나 하트 7은 어떻게 하여 큰 금고와 작은 금고를 다 열 수 있나? 그리고 자네는 왜 처음에 큰 쪽밖에 열지 않았나?"

"왜냐하면 나는 하트 7을 같은 방향으로만 갖다대려고 했기 때문이지. 어제 처음으로 그것을 거꾸로, 말하자면 하트의 맨 끝을 아래로 할 게 아니라 위로 돌리면 하트의 배치가 바뀐다는 것을 알게 되었네."

"뭐라고!"

"물론 그 정도야 간단하지만, 거기에 생각이 미친다는 것이 필요하단 말일세."

"또 한 가지, 편지에 대한 얘기는 모르고 있었겠지. 안데르마트 부인이……."

"부인이 이야기할 때까지는 모르고 있었지. 나는 금고 속에서 작은 상자 말고는 형제의 편지밖에 발견하지 못했거든. 그 편지에서 그들이 배신한 방법을 알았던 거야."

"요컨대 자네는 형제의 이야기를 먼저 알게 되었고, 다음에 잠수함의 설계도와 자료를 찾게 된 것은 우연한 일이었군?"

"우연한 일이었지."

"그런데 무슨 목적으로 그걸 찾았나?"

다스프리는 웃으면서 내 말을 가로막았다.

"이봐! 이 사건에 왜 그리 열심인가!"

"열중하고 있네."

"그렇다면 곧 안데르마트 부인을 돌려보내고, 에코 드 프랑스

지에 원고를 가져다주고 돌아온 다음 자세한 이야기를 하겠네."
 그는 의자에 걸터앉아 이 인물의 열광적인 성격을 나타내는 다음과 같은 간결한 문장을 적었다. 이것이 온 세계에서 화제가 되었던 것은 누구나 다 알고 있는 일이다.

 아르센 뤼팽은 살바토르가 최근 제기한 문제를 해결했다. 그는 기술자 루이 라콤브의 독창적인 자료와 설계도를 모두 손에 넣어, 이것을 해군장관에게 전달했다. 이것을 기회로 하여, 그는 그 설계에 따라 건조될 맨 첫 잠수함을 국가에 헌납하기 위해 모금을 시작했다. 그 자신이 우선 2만 프랑을 기부하여 모금의 시초로 삼았다.

"안데르마트 씨의 2만 프랑 수표 말인가?"
 그가 그 종이쪽지를 보여주었을 때 나는 물었다.
"그렇지, 바랭이 배신한 죄를 일부분이나마 보상하는 것이 당연하지 않겠나."

 나는 이렇게 하여 아르센 뤼팽과 알게 되었던 것이다. 교제하고 있던 친구 장 다스프리가 괴도신사 아르센 뤼팽이라는 사실을 알게 된 것은 이런 경과에서였다. 이리하여 나는 이 위인과 극히 즐거운 우정의 유대를 맺었으며, 그가 내게 보여주었던 신뢰 덕분에 충실하고도 감사하는 마음으로 가득 찬 그의 전기작가가 되었던 것이다.

앵베르 부인의 금고

　새벽 세 시, 베르티에 대로의 한쪽 면에 위치한 저택 앞에 자동차 여섯 대가 대기하고 있었다. 저택의 문이 열리자 한 무리의 남녀가 밖으로 나왔다. 자동차들 중 네 대가 여기저기로 빠져나가고 길에는 남자 둘밖에 남지 않았다. 그들은 쿠르셀 가의 모퉁이에서 헤어졌다. 그들 중 한 사람이 그곳에 사는 모양이었다. 다른 한 사람은 포르트 마이요를 향해 걸어가고 있었다.
　그는 빌리에 가를 가로질러서 성벽 반대편 보도로 계속 걸어갔다. 맑고 차가운 겨울 밤공기 속을 걷는 일이 매우 즐거운지 그는 연신 숨을 깊이 들이쉬었다. 남자의 발걸음 소리가 경쾌하게 울려 퍼졌다.

몇 분 후 그는 누군가 자신을 미행하고 있는 듯한 기분 나쁜 느낌이 들었다. 뒤를 돌아보니 정말 나무 사이로 사라지는 사람의 그림자가 있었다. 그는 결코 겁쟁이는 아니었지만 가능한 한 빨리 테른의 입시 세관소까지 도달하고자 걸음을 재촉했다. 남자가 뛰어오기 시작했다. 불안해진 그는 권총을 뽑아들고 그 남자와 맞서는 편이 낫겠다고 판단했다.

그러나 그럴 틈이 없었다. 남자가 난폭하게 그를 공격해 오는 바람에 인적 없는 큰길에서 싸움이 벌어졌다. 양팔로 상대방의 허리를 붙잡은 그는 이 싸움이 자신에게 불리하다고 느꼈다. 그는 도와달라고 외치며 몸부림을 쳤다. 남자는 그를 자갈 더미에 쓰러뜨리고 목을 조르면서 손수건으로 입을 틀어막았다. 눈이 감기고 귀가 멍해졌다. 그리고 자신을 짓누르고 있던 남자가 일어섰다. 이번에는 그 남자가 뜻밖의 공격을 받아 자기 자신을 방어해야 했던 것이다.

지팡이가 남자의 손목을 내리쳤고 구둣발이 그의 발목을 찼다…… 남자는 고통스러운 비명과 함께 욕설을 퍼부으면서 절뚝거리며 도망쳤다.

새로 나타난 사람은 남자를 쫓아가지 않고 그에게 몸을 숙이며 말했다.

"다치지 않으셨습니까?"

다친 데는 없었다. 하지만 완전히 얼이 빠져서 그는 일어설 수가 없었다. 다행히 외침소리를 들은 세관소 직원 한 사람이 달려왔고 자동차가 준비되었다. 그와 그를 구해준 사람이 함께 자리에 앉았다. 그리고 마차는 그를 그랑다르메 가에 있는 집까지 데려다주었다.

문 앞에 도착한 다음에야 정신을 차린 그는 거듭 감사의 뜻을 표했다.

"당신은 제 생명의 은인입니다. 이 은혜는 절대로 잊지 않겠습니다. 지금 이 시간에 아내를 놀라게 하고 싶지는 않군요. 하지만 아내도 당신께 감사할 겁니다."

그는 은인을 점심 식사에 초대했다. 그리고 자신을 뤼도빅 앵베르라고 밝히고 나서 말했다.

"실례지만 성함을 여쭤봐도 될까요……?"

"물론입니다."

상대가 대답했다. 그리고 자신을 소개했다.

"아르센 뤼팽이라고 합니다."

그 당시만 해도 아르센 뤼팽이라는 이름은 카오른 사건과 샹테 감옥 탈옥, 그 밖의 수많은 다른 사건을 통해 명성을 얻기 전이었다. 심지어 아르센 뤼팽이라는 이름으로 불리기도 전이었다. 훗날 그토록 화려하게 빛나게 되는 이 이름은 단지 앵베르 씨를 구할 때 쓰기 위해 지어낸 것이었다. 그리고 이 사건이 바로 그의 첫 전투였다고 할 수 있다. 그때 그는 모든 것을 완벽하게 준비하고 있으나 아직 재력이 없는데다 성공에서 오는 권위를 얻기 전이었다. 즉, 아르센 뤼팽은 머지않아 대가가 될 분야에서 아직은 견습생에 지나지 않았다.

그러니 잠에서 깨어 지난 밤의 초대를 기억해냈을 때 그가 얼마나 기쁨에 떨었겠는가. 마침내 표적을 맞췄다. 그것도 자신의 역량과 재능에 어울리는 작업이었다. 아르센 뤼팽처럼 왕성한 식욕을 가진 이에게 백만장자인 앵베르 집안은 얼마나 군침이 도는 음식인가!

그는 조금 특별한 복장을 선택했다. 낡은 프록코트와 닳아빠진 바지, 약간 불그스름하게 빛이 바랜 실크햇, 너덜너덜한 소매와 칼라 등 깨끗하기는 하지만 궁핍하게 보이는 옷차림이었다. 그러나 놀랍게도 넥타이는 다이아몬드 핀으로 장식한 검은 리본이었다. 그는 이렇게 괴상한 옷차림을 하고 몽마르트르에 있는 자기 숙소의 계단을 걸어내려 가면서, 둥그스름한 지팡이 끝으로 4층의 닫혀 있는 방문을 두드렸다. 그리고 밖으로 나와 외곽 도로에까지 이르렀다. 전차가 도착하자 그는 전차에 올라타 자리에 앉았다. 뒤에 걸어오던 어떤 사람, 즉 4층의 하숙생이 그의 옆자리에 앉았다.

잠시 후 그 하숙생이 말했다.

"어떻게 되었습니까, 두목?"

"잘 됐어."

"그래요?"

"그 집에서 점심 식사를 하기로 했어."

"거기서 점심 식사를요!"

"자넨 내가 소중한 내 인생을 쓸데없는 위험에 빠뜨리는 짓을 했다고 생각하는 것은 아니겠지? 뤼도빅 앵베르 씨가 자네 손에 죽게 되었을 때 내가 그를 구해주었네. 앵베르 씨는 감사할 줄 아는 사람이야. 그래서 나를 점심 식사에 초대했지."

4층 남자는 잠시 말이 없다가 용기를 내어 다시 물었다.

"하지만 사양하지 않았다는 말이지요?"

아르센 뤼팽이 말했다.

"이봐, 그를 구해주는 데서 오는 이익을 거절하려면 왜 이런 술수를 썼겠나? 그날 밤 가벼운 습격을 계획하고 새벽 세 시에 성벽 주위에서, 하나뿐인 친구인 자네를 다치게 할 위험을 감수하면서까지 자네 손목을 지팡이로 한 대 때리고 정강이를 발길로 차는 수고를 했는데?"

"하지만 그 재산에 대해 좋지 않은 소문이 떠돌던데……."

"그러든지 말든지. 이 일을 계획하고 조사하고 연구하고 올가미를 치고, 하인들, 채권자들, 끄나풀들에게서 정보를 캐낸 지가 6개월, 그러니까 그 부부의 그늘 속에서 산 것이 6개월이야. 따라서 어느 정도에서 만족해야 하는지 알고 있어. 그들이 주장하는 것처럼 그 재산이 늙은 브로포드에게서 나오는 것이든, 아니면 다른 데서 나온 것이든 뭐든 실제로 그 재산이 존재한다는 것을 난 확신할 수 있어. 그리고 그것이 존재하는 한 그건 이제 내 것이야!"

"젠장, 1억 프랑이나 된다니!"

"1천만, 아니 5백만 프랑 정도라고 해두지. 아무래도 좋아! 금고 안에는 두툼한 채권이 들어 있다고. 언제가 되든 내가 그 열쇠를 손에 넣지 않는다면 이상한 일이겠지."

전차가 에트왈 광장에서 멈췄다. 남자가 속삭이듯 말했다.

"그럼 지금은?"

"지금은 특별히 할 일은 없네. 때가 되면 미리 알려주지. 아직 시간은 많아."

5분 후, 아르센 뤼팽은 앵베르 저택의 호화로운 계단을 밟고 올라가고 있었다. 뤼도빅이 그를 부인에게 소개했다. 제르베즈는 작고 동글동글하며 상냥하고 몹시 수다스러운 부인이었다. 그녀는 뤼팽을 정성껏 환대했다.

그녀가 말했다.

"생명의 은인께 우리끼리만 있는 자리에서 답례하고 싶었어요."

처음부터 그들은 '생명의 은인'을 오랜 친구처럼 대했다. 후식이 나올 때쯤 되자 서로 매우 친밀해져서 비밀스런 얘기도 술술 나왔다. 아르센 뤼팽은 자신의 삶과 청렴한 사법관인 아버지의 인생, 어린 시절의 슬픔, 현재의 고충 등을 이야기했다. 제르베즈도 자신의 소녀 시절과 결혼, 브로포드 노인의 친절, 그녀가 물려받은 1억의 재산과 그것의 소유권 획득을 늦추고 있는 장애물들, 터무니없는 비율로 처분해야 하는 채권, 브로포드의 조카들과 끊임없는 분쟁, 지급정지와 가처분 등 모든 것을 말해주었다.

"생각해 보세요, 뤼팽 씨. 옆방, 남편의 사무실 안에 채권들이 들어 있어요. 그런데 한 장이라도 떼어 쓰면 우리는 전부 잃게 되는 거예요! 우리는 금고 안에 들어 있는 것에 손을 댈 수 없어요!"

이런 이야기를 듣고 뤼팽 씨는 가볍게 몸을 떨었다. 하지만 뤼팽 정도의 인물이라면 분명히 이 부인처럼 순진하게 망설이거나 하지는 않을 거라는 생각이 들었다.

"아! 그것이 저기 있군요."

그는 목이 타서 중얼거렸다.

"예, 저기 있지요."

이런 특별한 상황 아래 시작된 관계는 더욱 단단한 매듭으로 묶이게 마련이다. 그들이 조심스럽게 질문을 던지자 아르센 뤼팽은 자신의 불행과 궁핍한 생활에 대해 털어놓았다. 그러자 당장에 두 부부는 이 불행한 청년에게 개인 비서직과 매월 1백50프랑의 보수를 제의했다. 그는 현재 거주하고 있는 집에 계속 살면서, 매일 업무 지시를 받으러 오면 되는 것이었다. 또 편의를 위해 3층 방 중 하나를 작업실로 내주겠다고도 했다. 그는 흔쾌히 승낙했다.

게다가 기막힌 우연으로 뤼도빅의 사무실 바로 윗방이 뤼팽의 방이 되었다.

아르센 뤼팽은 개인 비서라는 자리가 아주 한직이라는 사실을 곧 알아차렸다. 두 달 동안 그는 별 볼일 없는 편지 네 장을 베껴 썼을 뿐이었다. 주인의 사무실에는 단 한 번 불려갔고, 그때서야 금고를 한 번 공개적으로 볼 수 있었다. 이런 한직에 앉아 있는 자신을 하원의원 앙케티나 변호사회 회장 그루벨에게 소개하기에는 적합하지 않다고 생각한다는 사실도 곧 알 수 있었다. 그런 사교 모임에는 그를 초대하는 일이 없었기 때문이다.

그는 거기에 대해 전혀 불평하지 않았다. 오히려 어둠 속에 가려진 조촐한 자기 자리를 지키는 것을 더 좋아했고, 혼자 떨어져 있을 때 행복하고 자유로웠다. 게다가 그는 시간을 낭비하지 않았다. 우선 뤼도빅의 사무실에 수없이 몰래 숨어들어 가서 금고에 경의를 표했다. 역시 금고는 굳게 닫혀 있었다. 그것은 멋없이 생긴 쇳덩어리였는데, 줄이나 송곳, 자물쇠를 딸 때 쓰는 작은 지렛대로도 어떻게 해볼 수가 없었다.

아르센 뤼팽은 고집부리지 않았다.

그는 생각했다.

'힘으로 안 되는 것은 머리를 써야 한다. 중요한 것은 눈과 귀를 활짝 열어두는 것이다.'

그리고 그는 필요한 조치를 취했다. 자기 방 마루를 구석구석 힘들게 조사한 다음 사무실 천장까지 닿는 납 파이프를 벽의 두 돌출부 사이에 끼워 넣었다. 소리를 전달하고 망원경 역할을 하는 이 파이프를 통해 보고 듣기 위해서였다.

그때부터 그는 바닥에 배를 깔고 엎드려 지냈다. 그리고 앵베르 부부가 금고 앞에서 장부를 뒤적이고 서류를 만지작거리며 상의하는 모습을 종종 보았다. 그들이 자물쇠를 여는 번호판 네 개를 연속해서 돌릴 때, 그는 그 숫자를 알아내기 위해 돌아가는 홈의 수를 들으려고 애썼다. 그들의 동작 하나하나를 유심히 살폈고, 그들의 말에 귀를 기울이며 염탐했다. 그들은 열쇠를 어떻게 하는가? 숨겨 놓았을까?

어느 날 그들이 금고를 잠그지 않고 방을 비우자 그는 서둘러 내려왔다. 그리고 과감하게 방으로 들어갔다. 그런데 그들은 이미 돌아와 있었다.

"아! 죄송합니다. 제가 방을 혼동했군요."

그런데 제르베즈가 급히 그에게 다가오더니 잡아끌었다.

"어서 오세요, 뤼팽 씨. 들어오세요. 여기는 당신 집이나 마찬가지예요. 우리에게 조언을 좀 해주시겠어요? 어떤 채권을 파는 것이 좋을까요? 외국채, 아니면 내국채?"

"하지만 지급정지는 어떻게 되었습니까?"

깜짝 놀란 뤼팽이 되물었다.

"아! 모든 채권이 정지된 것은 아니에요."

그녀가 금고문을 열었다. 가죽띠로 묶인 채권들이 선반 위에 쌓여 있었다. 그녀가 하나를 집었다. 그런데 남편이 반대했다.

"아니, 안 돼, 제르베즈! 외국채를 파는 것은 어리석은 일이야. 값이 오를 거라고. 반대로 내국채는 지금이 상한가야. 어떻게 생각하시오, 친구?"

친구는 아무 의견이 없었지만 내국채를 희생시키는 것이 좋겠다고 권했다. 그래서 그녀가 다른 뭉치를 집어들었다. 그리고 이 뭉치 중에 아무 종이나 한 장을 꺼내 보였다. 1374프랑, 3퍼센트짜리 증서였다. 뤼도빅이 그것을 주머니에 넣었다. 오후에 그는 비서를 데리고 증권거래소에 가서 이 증서를 4만6천 프랑에 팔았다.

제르베즈가 뭐라고 말하건 간에 아르센 뤼팽에게 그곳은 전혀 자기 집처럼 느껴지지 않았다. 오히려 그는 앵베르 저택에서의 자신의 처지에 매우 놀랐다. 하인들은 자신의 이름조차 모른다는 사실을 여러 번 확인했다. 그들은 그를 그저 선생님이라고 불렀다. 뤼도빅도 그를 가리킬 때 항상 이렇게 말했다.

"그분에게 가서 알리도록…… 그분은 도착하셨나?"

왜 이렇게 아리송하게 부르는 걸까?

게다가, 처음에 열렬히 환대해 주었던 것과는 달리 앵베르 부부는 그에게 거의 말을 걸지 않았다. 은인을 대할 때 갖추어야 할 예의를 다해서 그를 대하긴 했지만 그에게는 전혀 관심이 없었다. 뤼팽이 아주 괴짜라서 귀찮게 하는 것을 싫어한다고 생각하는 것같이 보였다. 마치 그가 홀로 떨어져 있겠다는 원칙을 선언하고 고독을 즐기기라도 하는 것처럼, 그들은 그의 고독을 존중해 주었다. 한번은 그가 현관을 지나갈 때, 제르베즈가 어떤 두 신사에게 말하는 것을 들었다.

"저분은 정말 비사교적이에요!"

뤼팽은 생각했다.

'좋아, 나는 비사교적인 사람이다.'

그는 이들의 이상한 태도를 이해하기를 포기하고 자신의 계획을 실행하는 데만 열중했다. 제르베즈의 부주의나 우연을 기대해서는 안 된다는 것을 확실히 알게 되었다. 제르베즈는 금고 열쇠를 잊어버리는 법이 없었고, 게다가 열쇠를 가지고 나가기 전에 반드시 자물쇠의 숫자를 마구 돌려놓았다. 따라서 그가 직접 행동을 취해야 했다.

한 가지 사건이 일의 진행에 박차를 가했다. 몇몇 신문에서 격렬하게 앵베르 부부를 비난하는 운동을 벌인 것이다. 그들은 사기꾼이라는 비난을 받았다. 아르센 뤼팽은 급변하는 사태와 부부의 동요를 지켜보면서, 더 시간을 끌다가는 모든 것을 잃어버릴 것이라고 생각했다.

그는 이어 닷새 동안 평소처럼 여섯 시 무렵에 나가지 않고 계속해서 자기 방에 틀어박혀 있었다. 사람들은 그가 외출했다고 여겼지만 사실 그는 마룻바닥에 엎드려 뤼도빅의 사무실을 살피고 있었다.

그렇게 닷새가 지나도록 그가 기다리는 유리한 기회는 오지 않았다. 그는 한밤중에 안뜰로 연결되어 있는 작은 문을 통해 몰래 빠져나왔다. 그 문의 열쇠를 가지고 있었던 것이다.

그런데 엿새째 되던 날, 앵베르 부부가 적들의 악의에 찬 중상에 대한 회답으로 금고를 열어 조사해 보라고 제안했다는 소식을 알게 되었다.

'바로 오늘 저녁이다.'

뤼팽은 생각했다.

저녁 식사 후에 뤼도빅이 자기 사무실로 들어갔다. 제르베즈도 그를 따라갔다. 그들은 금고 안의 장부를 훑어보기 시작했다.

두 시간이 지났을 때 뤼팽은 하인들이 자러 가는 소리를 들었다. 이제 2층에는 아무도 없었다. 시간은 자정이었다. 앵베르 부부는 일을 계속하고 있었다.

"시작해야지."

뤼팽이 중얼거렸다.

그는 창문을 열었다. 안뜰을 향해 나 있는 창이었다. 그날 밤은 달빛도 별빛도 없이 사방이 캄캄했다. 그는 옷장에서 매듭지은 끈을 꺼내어 발코니에 단단히 묶고, 빗물받이 홈통을 따라 바로 아랫방 창까지 천천히 미끄러져 내려갔다. 그것은 뤼도빅의 사무실 창이었다. 두꺼운 플란넬 커튼이 방 안을 가리고 있었다. 그는 발코니에 잠시 움직이지 않고 서서 귀를 기울였다.

아무 소리도 들리지 않자 안심하고 십자형 유리창을 가볍게 밀었다. 창이 잠기지 않도록 그가 오후에 걸쇠를 돌려놓았기 때문에, 그 후에 아무도 주의를 기울여 살펴보지 않았다면 열리게 되어 있었다.

창이 살짝 밀렸다. 그는 매우 조심스럽게 좀더 열었다. 그리고 머리를 들이밀 수 있을 정도가 되자 멈추었다. 끝이 잘 맞지 않은 양쪽 커튼 사이로 빛이 살짝 새어나왔다. 제르베즈와 뤼도빅이 금고 옆에 앉아 있는 모습을 볼 수 있었다.

그들은 작업에 몰두해 있느라 작은 목소리로 겨우 몇 마디 말을 주고받을 뿐이었다. 아르센 뤼팽은 그들과의 거리를 가늠해 보았다. 그리고 자신이 취해야 할 동작을 정확히 계산했다. 사람을 부를 틈을 주지 않고 한 사람씩 차례로 꼼짝 못하게 만들어야만 했다. 그가 막 뛰어들려고 할 때, 제르베즈가 말했다.

"조금 전부터 방이 너무 추워졌어요! 저는 침실로 가야겠어요. 당신은요?"

"일을 끝내야지."

"끝낸다고요! 그러자면 밤을 꼬박 새워야 할 텐데요?"

"아니, 한 시간이면 충분해."

그녀는 방에서 나갔다. 20분, 30분이 흘렀다. 아르센 뤼팽은 창을 조금 더 밀었다. 커튼이 가볍게 움직였다. 창을 더 밀었다. 뤼도빅이 몸을 돌렸다가 바람에 부푼 커튼을 보고는 창을 닫으려고 일어섰다.

한마디 비명소리도 들리지 않았다. 싸움이 일어난 것 같지도 않았다. 아르센은 정확한 몇 차례 동작으로 고통을 느낄 틈 없이 정신을 빠지게 만든 다음, 커튼으로 얼굴을 덮어 끈으로 묶었다. 뤼도빅은 자신을 공격한 사람이 누구인지 알아볼 수 없었다.

그러고 난 후 그는 민첩하게 금고 쪽으로 갔다. 채권 두 뭉치를 집어 팔 밑에 끼우고 방에서 나와 계단을 내려간 후 안뜰을 가로질러 뒷문을 열었다. 길에는 자동차가 대기하고 있었다.

"우선 이것을 받게."

그가 운전사에게 말했다.

"그리고 나를 따라와."

그는 사무실로 돌아갔다. 이렇게 두 번 왕복하자 금고는 텅 비었다. 마지막으로 아르센 뤼팽은 자기 방으로 올라가 남아 있는 모든 흔적을 없앴다. 이제 다 끝났다.

몇 시간 후, 아르센 뤼팽은 동료와 함께 채권 뭉치를 면밀하게 조사했다. 이미 예상하고 있었듯이 앵베르 부부의 재산이 보기보다 그렇게 막대하지 않았음을 확인했지만 그는 전혀 실망하지 않았다. 몇 억이나 몇 천만은 안 되더라도 어쨌든 그 총합은 상당한 숫자에 달했다. 국채, 철도, 파리 시, 수에즈, 북부 지방의 광산 등의 채권이 있었다.

그는 만족했다.

"물론 협상할 시기가 되었을 때 휴지에 지나지 않을 것들도 있겠지. 지급정지 조치를 당하기도 할 거고, 싼값에 처분해야 하는 경우도 있겠지. 그런 건 아무래도 좋다. 이 최초의 자본을 가지고 이제 내가 원하는 대로 사는 거야. 내 소중한 꿈을 실현시키면서……."

"그러면 나머지는?"

"태워버리지. 이 종이 뭉치는 그 금고 속에 있을 때는 아주 훌륭하게 보였지. 하지만 우리에게는 쓸모 없는 것들이야. 채권은 벽장 안에 조용히 넣어두지. 그리고 때를 기다리는 거야."

다음 날 아르센은 앵베르의 저택에 다시 가지 못할 이유가 없다고 생각했다. 그런데 신문에서 뜻밖의 소식을 읽었다. 뤼도빅과 제르베즈가 사라졌다는 것이다.

엄숙한 분위기 속에서 금고문이 열렸다. 사법관은 그 안에서 아르센 뤼팽이 남겨놓은 것을 발견할 수 있었다. 그러니까 금고 안은 거의 비어 있었던 것이다!

～

훗날 아르센 뤼팽은 그 얘기를 직접 내게 들려주었다.

그날 그는 내 작업실에서 이리저리 돌아다녔다. 그의 눈빛은 전과 달리 흥분해 있었다.

내가 그에게 말했다.

"어쨌든 멋지게 성공했군?"

내 말에 대답하지 않은 채 그가 다시 말했다.

"이 사건에는 풀리지 않은 비밀이 있다네. 여기까지 설명을 했다고 해도 애매한 점은 여전히 남아 있어. 그들은 왜 도망갔을까? 본의 아니게 내가 그들에게 도움을 줄 수 있었을 텐데 왜 그들은 그것을 써먹지 않았을까? '금고 안에는 수억 프랑이 있었다. 그런데 사라졌다. 누군가가 그것을 훔쳐갔다!'라고 말하면 간단하지 않은가."

"제정신이 아니었겠지."

"맞아. 제정신이 아니었던 거야. 더욱이, 사실은······."

"사실은?"

"아니, 아무것도 아니야."

무엇을 숨기려는 것이었을까? 분명히 그가 말하지 않은 부분이 있었다. 그가 말하지 않는 것은 말하기 싫다는 뜻이었다. 호기심이 생겼다. 이런 인물을 망설이게 만들 정도라면 뭔가 중요한 일임에 틀림없다.

나는 아무렇게나 질문을 던졌다.

"그들을 다시 만난 적은 없나?"

"없어."

"그 불운한 사람들에게 동정 같은 것을 느끼지는 않나?"

"내가?"

그가 펄쩍 뛰며 말했다. 그가 너무 격분하는 바람에 오히려 내가 더 놀랐다. 내가 정곡을 찔렀던 것일까? 나는 계속해서 말했다.

"물론이지. 자네만 없었다면 그들은 아마 위협에 맞서 싸웠거나 아니면 적어도 주머니를 두둑하게 채워서 떠날 수 있었겠지."

"내가 양심의 가책을 느낄 거라고?"

"물론이지!"

그가 내 책상을 내리쳤다.

"그러면 내가 양심의 가책을 느껴야 한다는 말이야?"

"양심의 가책이든 후회라고 하든, 어쨌든 어떤 감정이라도······."

"사람들에 대한 어떤 감정을?"

"자네에게 재산을 털린 사람들에 대한 감정."

"무슨 재산?"

"예를 들면…… 채권 뭉치 같은…….

"채권 뭉치! 그래, 채권 몇 뭉치 훔쳤지. 하지만 그건 그들의 유산 중 일부 아닌가? 그게 잘못인가? 그게 죄라고?"

"하지만…… 이런! 이봐, 그렇다면 혹시 그 채권들이 가짜였던 것 아닌가? 그렇지?"

"맞았어. 그것들은 가짜였다네!"

나는 넋을 잃고 그를 바라보았다.

"가짜라고? 그 4, 5백만 프랑이?"

그는 화가 나서 소리쳤다.

"가짜였어. 모조리 가짜였지! 파리 시 채권, 국채, 어음, 다른 채권들, 모두 가짜였어! 종잇조각에 지나지 않았다네. 한 푼도, 단 한 푼도 건지지 못했어! 그런데 양심의 가책을 느끼라고? 그런 건 오히려 그들이 느껴야지! 멍청한 바보처럼 그들에게 속았어! 세상에서 가장 속이기 쉽고 어리석은 사람처럼 그들에게 당했던 거야!"

상처받은 자존심과 원한 때문에 그는 정말로 분노하고 있었다.

"하나에서 열까지, 처음부터 내가 지게 되어 있는 싸움이었지! 이 일에서 내가 맡은, 아니 그들이 내게 맡긴 역할이 무엇이었는지 알겠나? 앙드레 브로포드 역이었다네! 맞았어, 그래. 그런데 나는 뭐가 뭔지 모르고 있었던 거야.

나중에 신문을 통해서, 그리고 자세한 내막에 접근하게 된 후에야 그것을 알아차렸어. 내가 그의 은인인 척 악당의 손아귀에서 그를 구하기 위해 목숨을 건 신사인 척하고 있을 때, 그들은 나를 브로포드 가의 한 사람으로 여겨지게 만들었던 거라네!

훌륭하지 않나? 3층 방에서 생활하던 이상한 사람, 사람들이 멀리서 손가락질하던 그 비사교적인 사람은 바로 브로포드였고, 브로포드는 바로 나였지! 나와 브로포드라는 이름이 주는 신용 덕에 은행가들은 돈을 빌려주었고, 공증인들은 자신의 고객들에게 그들과 거래를 하라고 권했던 것이야! 나 같은 초보자에게는 아주 훌륭한 수업이었어! 아! 맹세컨대 거기서 얻은 교훈이 큰 도움이 되었다네!"

그는 갑자기 말을 멈추고 내 팔을 잡았다. 그리고 성난 어투로 말했다. 하지만 그 어투에서 미묘한 빈정거림과 감탄을 느낄 수 있었다. 그는 어이없게도 이렇게 말했다.

"지금 이 순간 제르베즈 앵베르는 내게 1천5백 프랑을 빚졌어!"

그 말에는 웃지 않을 수 없었다. 정말 최고의 익살이었다. 그도 분명히 장난을 즐기는 것처럼 보였다.

"맞았어. 1천5백! 봉급을 한푼도 받지 못했을 뿐만 아니라, 오히려 그녀가 1천5백 프랑을 꾸어갔지. 내가 저축해둔 전부였는데! 왜 그랬는지 알겠나? 짐작도 못하겠지…… 가난한 사람들을 위해서였어. 그런 얘기까지 하다니. 그녀가 뤼도빅 모르게 이른바 빈민들을 돕고 있다는 것이었다네! 나는 그것을 믿었어. 정말 재미있지 않나? 아르센 뤼팽이 1천5백 프랑을 사기당하다니! 그것도 자신이 4백만 프랑의 가짜 채권을 훔친 바로 그 부인에게! 내가 지금과 같은 성공을 거두기 위해서는 얼마나 많은 계략과 노력, 기막힌 속임수들이 필요했는지 몰라! 그것이 평생 단 한 번 속았던 때야. 그런데 정말이지, 그때는 감쪽같이 속았어. 그리고 글자 그대로 큰 대가를 치렀지!"

흑진주

오슈 가 9번지의 관리인은 요란한 초인종 소리에 잠에서 깼다. 그녀는 문을 열어주며 투덜거렸다.
"다들 들어온 줄 알았는데…… 이런! 새벽 세 시잖아!"
"의사를 찾아왔나 보지."
남편의 툴툴거림에도 아랑곳하지 않고 불청객이 물었다.
"아렐 선생님은…… 몇 층이시죠?"
"4층에서 왼쪽이오. 하지만 밤에는 왕진을 안 하시는데요."
"하셔야 할 겁니다."
남자는 현관으로 들어와서 2층, 3층으로 올라갔다. 그는 아렐이 사는 층에서 멈추지 않고 6층까지 계속 올라갔다. 거기에서 열쇠 두 개를 돌려보았다. 그의 손길에 자물쇠니 안전 빗장이니 하는 것들이 쉽사리 풀렸다.

그가 중얼거렸다. "놀랍게도 일이 상당히 간단해졌군. 하지만 활동을 개시하기 전에 먼저 퇴로를 확보해 두어야지. 어디…… 이론적으로 생각할 때, 지금쯤이면 의사 집 초인종을 누르고 그에게 쫓겨날 만한 시간이 됐을까? 아니야. 좀더 기다리자……."

십여 분 후 그는 계단을 내려와서 의사에 대해 불평을 늘어놓으며 경비실 창 유리를 두드렸다. 건물의 문이 열렸다. 그는 일부러 쾅 소리가 나게 문을 닫았다. 하지만 문은 잠기지 않았다. 그가 재빨리 쇳조각을 끼워 빗장이 걸리지 않도록 한 뒤였다.

그리고 그는 관리인 부부가 눈치채지 못하도록 살금살금 다시 들어갔다. 비상시에는 안전한 퇴로가 준비되어 있었다.

그는 조용히 다시 6층까지 걸어올라 갔다. 그리고 문간방에서 등불빛에 의해 외투와 모자를 의자 위에 올려놓고 다른 의자에 앉아 두꺼운 장화를 펠트 천으로 감았다.

"휴! 됐다…… 얼마나 쉬운가! 왜 모든 사람들이 강도라는 이 편안한 직업을 택하지 않는지 좀 의아하단 말이야. 약간의 잔꾀와 사고력만 있으면 이보다 더 매력적인 직업은 없는데! 한 집안의 아버지가 되는 것처럼 아주 편안한 직업이야…… 심지어 너무 간단해서 지루해지기까지 하는걸."

그는 매우 상세한 아파트 지도를 펼쳤다.

"내가 있는 곳이 어디인지부터 볼까…… 여기가 내가 있는 네모난 현관이군. 길 쪽을 향해서 응접실과 안방, 식당이 있고.

여기서 시간을 낭비하는 건 쓸데없는 짓이지. 백작 부인은 취향이 아주 형편없는 것 같거든. 값나가는 골동품 하나 없고……그러니까 곧장 목표를 향해…… 아! 여기가 침실로 이어지는 복도를 나타내는 선이군. 3미터 근처에 백작 부인의 방으로 통하는 쪽 방문이 있군."

그는 지도를 다시 접고 등불을 끈 후, 거리를 재며 복도를 걸어갔다.

"1미터… 2미터… 3미터… 자, 문이 나타난다…… 모든 게 척척 진행되는군. 아! 문에 걸린 빗장은 아주 작고 단순한 거로군. 게다가 이 빗장이 마루에서 1.43미터 떨어져 있다는 사실도 알고 있지. 그러니까 주위에 가볍게 홈을 파기만 하면 치워버릴 수 있다고……."

그는 주머니에서 필요한 도구를 꺼냈다. 그런데 무슨 생각이 들었는지 곧 멈추었다.

"그런데 혹시 이 빗장이 열리지 않으면 어쩌지? 어쨌든 해보자…… 어떤 일이든 비용은 드는 법이니까!"

그리고 자물쇠의 손잡이를 돌렸다. 문은 열렸다.

"좋았어, 뤼팽. 확실히 운명은 항상 내 편이라니까. 이제 뭘 해야 하지? 작업 현장의 지형도나 백작 부인이 흑진주를 숨겨두는 장소도 알고 있고…… 흑진주를 손에 넣으려면 단지 침묵보다도 더 조용히, 어둠보다도 더 눈에 띄지 않게 움직이기만 하면 돼."

아르센 뤼팽이 두 번째 문, 즉 방 쪽으로 나 있는 유리문을 여는 데는 30분이 걸렸다. 그가 너무나 조심스럽게 행동했기 때문에, 백작 부인이 깨어 있다고 해도 그녀를 불안하게 할 만한 수상한 소리는 전혀 듣지 못했을 것이다.

지도에 있는 표시에 따르자면 그는 기다란 의자 둘레를 따라가면 된다. 그러면 안락의자에, 그러고 나서는 침대 옆에 놓인 작은 탁자까지 이른다. 탁자 위에는 편지함이 놓여 있고 바로 이 상자 안에 흑진주가 들어 있었다.

그는 양탄자 위에 엎드려서 기다란 의자의 윤곽을 따라갔다. 그런데 그 끝에서, 쿵쿵 울리는 심장 고동을 억누르기 위해 멈춰 서야 했다. 결코 겁이 난 것은 아니었지만 사방이 지나치게 고요할 때 느끼게 마련인 신경의 불안함을 극복할 수는 없었다. 그는 스스로에게 놀랐다. 이제까지 가장 긴장된 순간에도 전혀 동요를 느껴본 적이 없었기 때문이다. 지금 그에게는 아무런 위험도 없었다. 그런데 왜 심장이 이렇게 고장난 종처럼 두근거릴까? 잠들어 있는 부인 때문일까? 누군가가 그토록 가까운 곳에서 살아 숨쉬고 있다는 생각이 들어서?

그는 귀를 기울였다. 부인의 규칙적인 호흡 소리를 분간할 수 있을 것만 같았다. 마치 든든한 친구가 옆에 있는 것처럼 안심이 되었다.

그는 안락의자를 찾아보았다. 그러고 나서, 팔을 뻗어 어둠 속을 더듬으며 탁자를 향해 눈에 띄지 않을 만큼 조금씩 기어갔다. 오른손이 탁자의 한쪽 다리에 닿았다.

마침내! 이제 일어나서 진주를 집어들고 가버리면 그만이었다. 무사히 마칠 수 있기를! 그의 심장이 다시 겁에 질린 짐승처럼 날뛰기 시작했다. 부인이 깨지 않는 게 이상할 정도로 소리가 크게 느껴졌다.

그는 강한 의지력으로 마음을 겨우 가라앉혔다. 그런데 다시 일어나려고 하는 순간, 양탄자 위의 어떤 물건에 왼손을 부딪혔다. 그는 그것이 촛대임을 곧 알아볼 수 있었다. 넘어져 있는 촛대였다. 옆에는 가죽 커버로 덮인 작은 여행용 시계가 놓여 있었다.

뭘까? 어떻게 된 거지? 이해할 수가 없었다. 촛대와 시계…… 왜 이 물건들이 제자리에 놓여 있지 않은 걸까? 무시무시한 어둠 속에서 도대체 어떤 일이 일어난 것일까?

갑자기 자기도 모르게 비명이 새어나왔다. 그가 이상한, 말로 표현할 수 없는 뭔가를 건드린 뒤였다. 아니야, 아니야. 머릿속은 두려움 때문에 혼란스러웠다. 20초, 30초, 그는 공포에 사로잡혀 꼼짝하지 않았다. 관자놀이에 땀이 흘렀다. 아직도 손가락에는 그 물체의 감촉이 남아 있었다.

그는 애써 냉정하게 다시 팔을 뻗었다. 그의 손이 그 물체, 뭐라 이름 붙일 수 없는 그 이상한 물체를 다시 살짝 스쳤다. 뤼팽은 그것을 더듬어 무엇인지 알아보려고 했다. 그것은 머리카락, 그리고 얼굴이었다. 얼굴은 거의 얼어붙은 듯 차디차게 식어 있었다.

현실이 아무리 끔찍하더라도, 아르센 뤼팽 같은 사람은 일단 상황을 파악하게 되면 그 현실을 지배할 줄 안다. 그는 곧 등불을 켰다. 그의 앞에 피투성이가 된 여자가 누워 있었다. 목과 어깨에는 차마 눈뜨고 볼 수 없는 상처가 나 있었다. 그는 고개를 숙여 자세히 살펴보았다. 그녀는 죽어 있었다.

"죽었군…… 죽었어……."

그는 너무 놀라 똑같은 말을 되풀이했다.

움직이지 않는 눈, 비뚤어진 입, 납빛이 된 피부, 양탄자 위로 흘러내린 피를 바라보았다. 피는 이제 끈적끈적하고 거무튀튀하게 굳어 있었다.

그는 다시 일어서서 전등의 스위치를 돌렸다. 방 안에 빛이 가득 찼다. 격렬한 싸움이 벌어졌던 흔적을 볼 수 있었다 침대는 완전히 흐트러졌고 시트와 덮개도 벗겨져 있었다. 바닥에는 11시 20분을 가리키고 있는 시계와 촛대, 그리고 좀더 멀리엔 쓰러진 의자가 뒹굴고 있었다. 사방에 피가 낭자하고 여기저기 핏자국이 얼룩진 상태였다.

"흑진주는?"

그가 중얼거렸다.

편지함은 제자리에 있었다. 뤼팽은 재빨리 그것을 열어보았다. 안에는 보석상자가 들어 있었지만 상자는 비어 있었다.

그가 혼자 중얼거렸다.

"이런! 아르센 뤼팽, 행운에 대해 너무 자신만만했군…… 백작 부인은 살해당하고 흑진주는 사라지고…… 상황이 나빠! 도망가자. 그렇지 않으면 전부 뒤집어쓰게 될 위험이 크다고!"

하지만 그는 움직이지 않았다.

"도망? 그래, 다른 사람이라면 도망가겠지. 하지만 아르센 뤼팽이라면? 좀더 나은 일을 하지 않을까? 차례차례 해보자. 어쨌든 너는 양심에 거리낄 것이 없으니까. 네가 경찰서장이고 조사를 진행해야 한다고 생각해 보자. 좋아. 그러려면 명석한 두뇌가 필요해. 내 머리가 바로 그렇고!"

그는 안락의자에 털썩 주저앉아 타는 듯 뜨거운 이마를 주먹으로 괴었다.

오슈 가 사건은 최근에 우리를 가장 흥분시킨 사건이었다. 아르센 뤼팽이 이 사건에 개입되어 있어서 특별히 그 진상을 밝혀주지 않았더라면, 물론 나는 이 얘기를 꺼내지 않았으리라. 그가 관련되어 있으리라고 생각하는 사람은 거의 없었다. 결과적으로 진실을 정확하고 자세하게 아는 사람은 아무도 없는 것이다.

불로뉴 숲에서 레오틴 잘티를 만난다면 그녀를 알아보지 못하는 사람이 있을까? 한때 유명한 가수였던 그녀는 앙디요 백작의 부인이며 미망인이었다. 20여 년 전 잘티의 호사스러움은 파리 전체를 눈부시게 했으며, 그녀의 다이아몬드와 진주 장신구는 전 유럽에 명성을 떨쳤다. 사람들은 그녀를 보고, 수많은 은행 금고와 수많은 오스트레일리아 금광 회사를 어깨에 걸치고 다닌다고들 말했다. 훌륭한 보석 세공사들이 예전에 왕과 왕비를 위해 일했듯이 이제는 잘티를 위해 일했다.

그런데 이 엄청난 재산을 전부 집어삼킨 재앙을 기억하지 못하는 사람이 있을까? 수많은 은행과 금광, 모든 것이 깊은 수렁에 빠져들어 가고 말았다. 경매인이 그녀의 놀라운 수집품을 전부 여기저기로 쪼개버리고 난 후, 남은 귀금속은 그 유명한 흑진주 하나뿐이었다. 흑진주! 그녀가 그것을 처분하려고만 했다면 곧 거액의 재산을 손에 쥘 수 있었다.

하지만 그녀는 그렇게 하지 않았다. 값을 헤아릴 수 없는 이 보석을 파느니 차라리 경비를 줄여 몸종과 요리사, 하인 한 명씩을 데리고 수수한 아파트에서 사는 쪽을 택했다. 그럴 만한 이유가 있었는데, 그녀가 서슴없이 털어놓은 바에 의하면 그 흑진주는 황제에게서 받은 선물이었다. 거의 파산해서 아주 초라한 존재가 되어버린 후에도 그녀는 이 화려한 지난날의 동반자를 충실히 지켰다.

그녀는 이렇게 말하곤 했다.

"내가 살아 있는 한 이것은 누구에게도 내놓지 않을 거야."

그녀는 아침부터 저녁까지 그 목걸이를 목에 걸고 있었다. 그리고 밤에는 혼자만 알고 있는 장소에 넣어두었다.

신문에 발표된 이런 사실들은 대중의 호기심을 자극했다. 게다가 이상한 점이 있었다. 바로 살인 용의자의 체포가 오히려 사건을 더 불가사의하게 만들고 흥분을 증폭시켰다는 점이었다. 사흘 뒤, 신문에는 다음과 같은 기사가 실렸다.

앙디요 백작 부인의 하인이었던 빅토르 다네그르가 체포되었다. 그에게 불리한 결정적인 증거들이 있었다. 치안국장 뒤듀 씨가 지붕 밑 방, 매트리스 사이에서 발견한 하인복의 무명 소매에서 핏자국이 확인되었다. 게다가 천으로 싸인 단추 하나가 떨어지고 없었다. 그런데 이 단추는 수색 초기에 피살자의 침대 아래에서 발견되었다.

가정에 따르면 그날 저녁 식사 후 다네그르는 지붕 밑 방으로 올라가는 대신 옷방 속에 숨어들어 유리문을 통해 백작 부인이 흑진주를 숨기는 것을 보았을 것이다.

하지만 위와 같은 가정을 뒷받침해 주는 증거는 지금까지 하나도 나오지 않았다. 더구나 또 다른 문제가 여전히 애매하게 남아 있었다. 오전 일곱 시에 다네그르는 쿠르셀 가에 있는 담배가게에 갔었다. 관리인 여자와 담배가게 주인이 이 사실을 증언해 주었다. 한편 오전 여덟 시, 복도 끝 방에서 자는 백작 부인의 요리사와 몸종이 일어났을 때 문간방과 부엌의 문은 모두 두 번씩 돌려져 잠겨 있었다고 한다. 백작 부인의 시중을 든 지 20년이 되는 이 두 사람에게는 조금도 의심할 만한 점이 없었다. 그렇다면 다네그르가 아파트에서 어떻게 나갔는지가 의아스럽다. 열쇠를 하나 더 만들어두었을까? 예심에서 이러한 여러 가지 문제들이 밝혀질 것이다.

하지만 예심에서는 아무것도 밝혀지지 않았다. 빅토르 다네그르는 칼부림을 전혀 겁내지 않는 전과자에 알코올 중독자이

며 난봉꾼임이 드러났다. 하지만 조사를 진행할수록 사건은 점점 더 짙은 어둠과 불가사의한 모순 속으로 빠져들어 갔다.

우선 희생자의 사촌이자 유일한 상속인인 생클레브 양은 백작 부인이 죽기 한 달 전, 흑진주를 어디에 숨겨놓는지를 털어놓은 편지를 받았다고 발언했다. 그런데 편지를 받은 다음 날, 그 편지가 사라졌음을 알았다. 누가 훔쳐갔을까?

관리인 부부는 그날 밤 어떤 사람에게 문을 열어주었으며, 그가 의사인 아렐의 집까지 올라갔다고 했다. 의사를 소환했지만 아무도 그의 집 초인종을 누르지 않았다고 증언했다. 그러면 그 사람은 누구였을까? 공범일까?

언론과 대중은 공범이라는 가설을 받아들였다. 노형사 가니마르도 그 주장을 옹호했는데, 거기에는 그럴 만한 이유가 있었다.

"여기에는 뤼팽이 관련돼 있습니다."

그가 판사에게 말했다.

"말도 안 되오! 당신은 언제나 뤼팽 타령이군."

예심판사가 곧 반박했다.

"예, 어디에나 뤼팽이 관련돼 있으니까요."

"뭔가 분명치 않은 점이 있을 때마다 뤼팽을 거론하는 게 아니오? 더구나 이 경우에는 주목할 만한 사실이 있소. 시계가 증명하고 있듯이 범행은 밤 11시 20분 경에 일어났소. 그런데 관리인 부부의 말에 따르면 한밤의 방문객이 찾아온 시각은 새벽 3시요."

법원에서는 종종 어떤 증거에 이끌려 처음에 주어진 설명에 따라 사건들을 끼워 맞추게 된다. 전과자에 주정뱅이면서 난봉꾼인 빅토르 다네그르의 유감스러운 전력은 예심판사에게 큰 영향을 끼쳤다. 처음 발견된 두세 가지 증거를 더욱 확고히 해 주는 새로운 정황은 전혀 없었지만, 그 무엇도 예심판사의 확신을 흔들어놓을 수는 없었다. 그는 예심을 종결지었다. 그리고 몇 주 후 공판이 시작되었다.

매우 불분명하고 따분한 과정이었다. 재판장은 별 열의 없이 공판을 진행했다. 검찰관도 대충대충 공격하는 식이었다. 이런 상황이니 다네그르를 맡은 변호사의 일은 수월했다. 그는 고소의 결함을 지적하고 고소 자체가 불가능하다고 주장했다. 물적 증거가 전혀 없었다. 누가 열쇠를 만들었는가? 그 열쇠가 없다면, 다네그르가 아파트에서 나오면서 문을 잠가놓을 수 없다. 그 열쇠를 본 사람이 있는가? 그 열쇠는 어떻게 되었는가? 살인자의 칼을 본 사람이 있는가? 그 칼은 어떻게 되었는가?

변호사는 이렇게 변론을 마쳤다.

"요컨대 내 의뢰인이 살인을 했다는 증거를 대보십시오. 새벽 3시에 그 건물에 들어왔던 수상한 인물이 도둑질과 살인을 저지른 범인이 아니라는 것을 입증해 보십시오. 시계가 11시를 가리키고 있었다고요? 그래서요? 시계 바늘이야 원하는 대로 돌려놓을 수 있는 거 아닙니까?"

빅토르 다네그르는 무죄 방면되었다.

∽

금요일 해질 무렵 그는 감옥에서 나왔다. 6개월 간의 감옥 생활로 야위고 쇠약해져 있었다. 예심, 고독, 공판, 배심원단의 토의, 이 모든 것들 때문에 병적인 공포에 시달리고 있는 중이었다. 밤에는 끔찍한 악몽과 교수대의 환영이 떠나지 않았고 고열에 고통을 당해야만 했다.

그는 아나톨 뒤푸르라는 이름으로 몽마르트 언덕에 작은 방을 얻었다. 그리고 이것저것 닥치는 대로 아무 일이나 하며 살았다.

가련한 인생! 세 번이나 다른 주인에게 고용되었으나 그가 누구인지 알려지자 당장 해고당했다.

때때로 그는 경찰 같은 사람들이 자기를 따라오는 것을 느꼈다. 아니, 그렇다고 단정했다. 그는 한 발 더 나아가 경찰에서 아직도 그를 함정에 빠뜨리려 하고 있다는 망상에 사로잡혀 있었다. 그러고는 제풀에, 어떤 손이 자기의 멱살을 잡고 거칠게 조여오는 듯 느끼곤 했다.

어느 날 저녁, 그가 동네 음식점에서 저녁을 먹고 있을 때 누군가가 그의 맞은편에 와서 앉았다. 깨끗하다고 할 수 없는 검은 프록코트를 입은 40대 남자였다. 그 남자는 수프와 야채, 포도주 한 병을 주문했다.

그리고 수프를 먹다가 눈을 들어 다네그르를 오랫동안 바라보았다.

다네그르는 창백해졌다. 이 사람은 확실히 몇 주일 전부터 자기를 따라다니는 사람들 중 하나였다. 뭘 원하는 걸까? 다네그르는 일어나 보려고 애썼다. 하지만 그럴 수가 없었다. 다리가 말을 안 들었다.

남자가 자기 잔에 포도주를 따르더니 다네그르의 잔에도 따라주었다.

"건배합시다."

빅토르는 더듬거리며 말했다.

"예, 그러죠…… 건배!"

"건배, 빅토르 다네그르!"

그는 소스라치게 놀랐다.

"내가! 내가! 절대 아니에요…… 맹세컨대……!"

"뭘 맹세한다는 말씀이시오? 당신 자신이 아니라는 이야기요? 백작 부인의 하인이 아니라고?"

"하인이라니? 내 이름은 뒤푸르요. 주인에게 물어보시오."

"아나톨 뒤푸르. 주인에게는 그렇겠죠. 하지만 법원에서는 다네그르지요. 빅토르 다네그르."

"아니오! 아니야! 누군가 당신에게 거짓말을 한 거요."

그 사람은 주머니에서 명함을 꺼내어 내밀었다. 빅토르는 그것을 읽어보았다.

그리모당. 전직 치안국 형사. 사설 탐정.

그는 몸이 떨렸다.

"경찰이십니까?"

"지금은 아니오. 하지만 그 직업이 맘에 듭니다. 그래서 좀더 벌이가 되는 방법으로 그 일을 계속하고 있지요. 종종 큰 돈벌이를 찾게 된답니다. 바로 당신 사건 같은……."

"내 사건?"

"그렇소, 당신 사건. 아주 특별한 돈벌이지요. 당신이 조금만 호의를 베풀어준다면 말이오."

"내가 그러지 않는다면?"

"그렇게 하셔야 할 겁니다. 당신은 아무것도 거절할 수 없는 상황에 있으니까."

빅토르 다네그르는 어렴풋한 불안에 사로잡혔다. 그가 물었다.

"무슨 이야기인지 말씀해 보십시오."

상대가 대답했다.

"좋아요, 짧게 끝냅시다. 나는 생클레브 양이 보내서 왔소."

"생클레브?"

"앙디요 백작 부인의 상속인 말이오."

"그래서요?"

"그래서, 생클레브 양이 당신에게서 흑진주를 찾아오는 일을 내게 맡겼소."

"흑진주?"

"당신이 훔친 것."

"난 그런 거 없어요!"

"당신이 가지고 있소."

"그것을 가지고 있다면 내가 살인자란 말이로군."

"물론 당신이 살인자요."

다네그르는 웃음을 지으려고 애썼다.

"신사 양반, 다행히도 재판소의 생각은 달랐지요. 아시다시피 배심원들은 모두 나의 무죄를 인정했어요. 누구나 양심이 있다고 할 때, 이 정직한 사람들 열두 명의 평결은……."

전직 형사가 그의 팔을 잡았다.

"쓸데없는 말은 그만둬. 그리고 내 얘기를 주의 깊게 잘 듣고 신중히 생각해. 그럴 만한 가치가 있을 테니까. 범죄가 있기 3주일 전에 당신은 부엌에서 뒷문 열쇠를 훔쳐서 오베르캄프 가 244번지, 우타르라는 열쇠공에게 비슷한 열쇠를 만들게 했지."

"아니, 아니야. 그 열쇠를 본 사람은 아무도 없어요…… 그런 건 존재하지 않아."

빅토르가 중얼거렸다.

"그 열쇠는 여기 있어."

잠시 침묵한 후에 그리모당이 다시 말했다.

"또 당신이 백작 부인을 죽인 칼은 열쇠를 주문한 그날 자선 시장에서 산 것이었어. 칼날은 세모꼴이고 세로로 홈이 패어 있지."

"거짓말이오! 전부 당신이 아무렇게나 지어낸 얘기요. 그 칼을 본 사람은 아무도 없어요."

"그 칼은 여기 있어."

빅토르 다네그르는 움찔 뒤로 물러났다. 전직 형사가 계속해서 말했다.

"위쪽에 녹이 슬어 있지. 왜 그렇게 되었는지 당신에게 설명해야겠나?"

"그래서요? 당신은 열쇠와 칼을 가지고 있지만 그것이 내 것이라고 어떻게 입증할 수 있지요?"

"먼저 그 열쇠공이 있지. 그리고 당신에게 칼을 판 상인. 내가 이미 그들이 그날 일을 기억할 수 있게 해두었어. 당신 앞에 서면 그들은 반드시 당신을 알아볼 거야."

그는 냉담하고 무뚝뚝하게, 그리고 끔찍할 정도로 정확히 말했다. 다네그르는 두려워서 경련이 일었다. 예심판사도, 중죄 재판소의 재판장도, 차장 검사도 그를 이렇게 바싹 추격하지는 못했고, 이제는 자기 자신도 분명하게 구별해낼 수 없는 세세한 사항을 이렇게 정확하게 알 줄 몰랐다.

그래도 그는 태연한 척하려고 애썼다.

"증거라는 게 고작 그거요!"

"또 있지. 범죄 후 당신은 왔던 길로 되돌아갔어. 그런데 공포에 질려 있던 당신은 중심을 잡기 위해 옷방 중간에서 벽에 기대야만 했지."

"당신이 어떻게 알지……?"

빅토르가 더듬더듬 말했다.

"아무도 알 수 없는 걸 말이오."

"법원에서는 몰랐겠지. 검찰관들 중 누구도 촛불을 켜고 벽을 조사해 볼 생각을 하지 못했으니까. 조사를 했다면, 하얀 회벽 위에 붉은 얼룩이 살짝 묻어 있는 것을 볼 수 있었을 거야. 하지만 그 정도면 당신이 벽에 댔던, 피범벅이 된 엄지손가락의 지문을 채취하기에 충분해. 인체 측정 방식에서는 이런 종류의 물증이 범인을 식별하는 중요한 방법이라는 것을 모르셨군."

빅토르 다네그르는 하얗게 질렸다. 이마에서 땀방울이 흘러내렸다. 그는 얼빠진 눈으로 이 이상한 남자를 쳐다보았다. 남자는 마치 눈에 보이지 않는 목격자이기라도 한 것처럼 자신의 범죄를 생생하게 상기시켜 주었다.

그는 졌다. 그는 힘없이 고개를 숙였다. 몇 달 전부터 그는 세상 모든 사람들에게 대항해 싸워왔다. 하지만 이 남자 앞에서는 아무것도 할 수 없었다.

그가 더듬거리며 말했다.

"진주를 돌려준다면 얼마를 줄 거요?"

"한푼도 없어."

"뭐라고? 농담이겠지! 수천, 수만 프랑의 값이 나가는 물건을 내놓는데 나한테는 돌아오는 게 아무것도 없다고?"

"아니, 있지. 바로 목숨."

죄인은 몸서리를 쳤다. 그리모당이 부드러운 목소리로 덧붙였다.

"이봐, 다네그르. 자네한테는 그 진주가 아무런 가치가 없어. 자네는 그것을 팔 수 없으니까. 가지고 있어 봐야 무슨 소용이야?"

"장물아비들이 있으니까…… 언젠가는…… 얼마를 받든……."

"그 언젠가가 되면 때는 이미 늦어."

"어째서?"

"왜냐고? 법원에서 다시 당신을 체포할 테니까. 그러면 칼, 열쇠, 지문에 대한 정보 등, 내가 제시하는 증거들 덕에 이번에야말로 당신은 끝장이야."

빅토르는 두 손으로 머리를 움켜쥐고 곰곰이 생각했다. 사실 자기가 졌고 돌이킬 수 없다는 사실을 느꼈다. 동시에 엄청난 피로가 몰려왔다. 다 포기하고 쉬고 싶은 마음이 간절했다.

그가 중얼거렸다.

"언제 필요한가요?"

"오늘 밤. 한 시 전에."

"그렇지 않으면?"

"그렇지 않으면 우체국에 가서 이 편지를 부치겠어. 생클레브 양이 검사에게 당신을 고발하는 내용이라네."

다네그르는 포도주 두 잔을 연달아 마셨다. 그리고 일어나며 말했다.

"음식값이나 지불해 주시오. 그리고 갑시다…… 이놈의 사건은 이제 진저리가 난다오."

밤이 왔다. 두 남자가 르픽 가를 걸어내려 와서 외곽도로를 따라 에투알 광장 쪽으로 갔다. 그들은 말없이 걸었다. 빅토르는 매우 지쳐 등이 굽어 있었다.

몽소 공원에서 그가 말했다.

"그 집 쪽이에요……."

"그렇군! 체포되기 전에 당신은 담배가게에만 갔으니까."

"거의 다 왔어요."

다네그르가 잘 들리지 않는 목소리로 말했다.

그들은 공원의 철책을 따라가서 길을 건넜다. 길모퉁이에 담배가게가 있었다. 몇 걸음 더 가더니 다네그르가 멈추어 섰다. 그의 다리가 후들거리더니 벤치 위에 주저앉았다.

동행인이 물었다.

"그 다음은?"

"여기요."

"여기라니! 무슨 말인가?"

"여기라고요. 우리 앞에."

"우리 앞? 말해 봐, 다네그르."

"여기에 있다고 말하지 않소."

"어디?"

"두 포석 사이에."

"어떤 것?"

"찾아보시오."

"어떤 것을?"

그리모당이 되풀이했다.

빅토르는 대답하지 않았다.
"아! 좋아. 나를 기다리게 하시겠다?"
"아니…… 나는 불행해 죽을 지경이오."
"그래서 망설이는 건가? 자, 내가 좀 너그러워지도록 하지. 얼마가 필요한가?"
"미국으로 가는 3등 선실 표를 살 수 있을 만큼."
"알겠네."
"그리고 기본적인 비용으로 쓸 1백 프랑짜리 지폐 한 장."
"두 장 주지. 말하게."
"하수도 오른쪽 포석을 세어보시오. 열두 번째와 열세 번째 사이요."
"도랑 안에?"
"예. 인도 아래쪽에."

그리모당은 주위를 둘러보았다. 전차가 지나가고 사람들이 지나다녔다. 하지만 까짓 누가 눈치를 챌 수 있을까?

그는 작은 칼을 꺼내 열두 번째와 열세 번째 포석 사이에 꽂았다.

"만약 여기에 없으면?"
"내가 쪼그리고 그것을 파묻는 모습을 본 사람이 아무도 없다면 여전히 거기 있겠지요."

과연 여기에 남아 있을까? 도랑의 진탕 속에 던져진 흑진주는 누구든 제일 먼저 발견한 사람이 마음대로 할 수 있었을 테니까. 흑진주…… 엄청난 재산!

"어느 정도 깊이지?"

"10센티미터 정도 될 거요."

그는 축축한 모래를 팠다. 칼끝이 무언가에 부딪혔다. 그는 손가락으로 구멍을 넓혔다.

흑진주가 나타났다.

"자, 여기 2백 프랑이네. 미국행 표는 내가 보내주지."

다음 날, 에코 드 프랑스 지에는 짤막한 기사가 실렸다. 전 세계의 신문들이 그 기사를 그대로 옮겨실었다.

그 유명한 흑진주는 어제부터 아르센 뤼팽의 수중에 있다. 그는 앙디요 백작 부인의 살해범에게서 그것을 되찾아왔다. 얼마 있으면 이 귀중한 보석의 모사품이 런던과 상트페테르부르크, 캘커타, 부에노스아이레스, 뉴욕에서 전시될 것이다.

아르센 뤼팽은 거래를 원하는 사람의 제안을 기다리고 있다.

"이렇듯 죄에는 벌이, 덕에는 보상이 따르는 거라네."

나에게 사건의 이면을 밝혀주면서 아르센 뤼팽은 이렇게 글을 맺었다.

"그렇게 해서 운명은 전직 형사 그리모당의 이름으로 자네를 택해, 가증스런 죄악에서 얻은 이익을 그 죄인에게서 빼앗아 오게 했던 것이군."

"바로 그렇지. 솔직히 이 사건은 내가 가장 자랑스럽게 생각하는 사례 중 하나야. 백작 부인의 죽음을 확인하고 난 후 그 아파트에서 보낸 40여 분이 내 일생에서 가장 놀랍고 가장 난해한 순간이었어. 그토록 복잡하게 뒤얽힌 상황에 말려든 나는 그 40여 분 동안 범죄를 재구성했고, 몇 가지 실마리 덕에 범인은 백작 부인의 하인일 수밖에 없다는 확증을 얻었지. 끝으로 진주를 손에 넣기 위해서는 이 하인이 체포되어야만 한다는 것을 알았다네. 그래서 내가 단추를 떨어뜨려 놓았지. 하지만 그의 유죄를 증명하는 명백한 증거는 발견되지 않아야 한다는 사실도 잊지 않았어. 그래서 그가 양탄자 위에 떨어뜨리고 간 칼을 집어왔고, 자물쇠에 꽂아놓고 간 열쇠를 빼낸 뒤 문을 잘 잠갔지. 옷방 벽에 남아 있던 손가락 자국은 지웠고. 내 생각에 그때의 번득이는 사고력은……."

"천재적이었군."

내가 끼어들었다.

"천재적이라, 그렇게 말해도 좋겠지. 아무에게서나 그렇게 빛나는 건 아니니까. 양 극단에 있는 두 가지 문제 – 그러니까 체포와 석방에 관해 잠시 생각해 보게. 법원이라는 기막힌 도구를 이용해서 그가 이상해지도록, 간단히 말해서 바보가 되도록 만드는 거야. 일단 풀려나면 제가 쳐놓은 좀 어설픈 덫에 반드시 걸려들 수밖에 없는 정신 상태가 되도록."

"좀 어설픈? 많이 어설프다고 해야겠네. 사실 그에게는 전혀 위험이 없었으니까."

"아무런 위험도 없었지. 무죄 석방은 최종 판결이니까."

"불쌍한 작자군……."

"불쌍한 작자라…… 빅토르 다네그르가! 그가 살인자라는 생각은 하지 않나? 흑진주가 그의 것이 되었다면 도덕은 완전히 죽는 거야. 그는 살아 있어. 생각해 보게. 다네그르는 엄연히 이 세상 사람이라네!"

"흑진주는 자네 것이 되었고 말이지."

그는 가방 속, 비밀 주머니에서 그것을 꺼내어 들여다보고 손가락과 눈으로 쓰다듬으며 한숨지었다.

"어떤 부호가, 아니면 어떤 어리석고 허영심 많은 왕이 이 보물을 소유하게 될까? 앙디요 백작 부인, 레오틴 잘티의 하얀 목을 장식했던 이 아름답고 호화로운 작은 조각은 이제 미국의 어떤 억만장자의 손에 들어가게 될는지 모르지……."

한 발 늦은 홈즈

"벨몽 씨, 당신은 정말 아르센 뤼팽을 닮았군요!"
"아니 그럼, 당신은 뤼팽을 알고 계십니까?"
"세상 사람들과 마찬가지로 나 역시 사진으로만 그를 알고 있습니다. 하지만 그의 사진은 하나하나가 모두 달라 보이죠. 그런데도 어떤 인물을 은연중에 생각나게 만들지요. 그런데 바로 당신이 그런 느낌과 비슷해요."

오라스 벨몽은 조금 발끈했다.

"그럴지도 모르지요. 드반 씨! 그렇게 말한 사람은 사실 당신이 처음은 아닙니다."

드반은 오히려 한술 더 떴다.

"만약 당신을 나의 사촌인 에스트반의 소개를 받지 않았더라면, 그리고 내가 감탄하고 있는 훌륭한 바다의 그림을 그리는 유명한 화가가 아니었다면 당신이 디에프에 있다는 것을 경찰에 알렸을지도 모릅니다."

이 농담에 모두들 웃었다. 티베르메닐 성의 널따란 식당에는 벨몽과 마을의 사제인 젤리스 신부, 부근에서 훈련을 하고 있던 연대의 장교들 10여 명이 은행가 조르주 드반과 그의 어머니에게 초대되어 와 있었다. 그 가운데 한 사람이 외쳤다.

"그런데 아르센 뤼팽은 파리 발 르 아브르의 특급열차 사건 이후 지금 이 해안에서 그를 보았다는 사람이 없다던데……?"

"그렇습니다. 그것은 3개월 전의 일이고, 나는 그 다음 주일에 카지노에서 이 훌륭한 벨몽 씨와 알게 되었습니다. 벨몽 씨는 그 뒤 몇 번이나 나를 방문해 주었지요. 아마 조만간, 아니 좀 더 가까운 시일 안으로 밤에 한층 더 친절한 가택 수색을 해주겠지요!"

모든 사람들이 또다시 웃음을 터뜨렸다. 그런 다음 본디 위병실이었던 곳으로 자리를 옮겼다. 그것은 천장이 높고 넓은 방으로, 기욤 탑의 아래층을 모두 차지하고 있었다. 조르주 드반은 티베르메닐의 영주들이 몇 세기에 걸쳐 수집한 보물을 그곳에 모아두고 있었다. 궤짝이며 찬장, 장작을 패던 받침대며 촛대 등이 장식되어 있다. 돌벽에는 조화가 잘된 벽걸이가 걸려 있다. 네 개의 창가에는 벤치가 놓여 있고, 창은 납 테두리를 붙이고 유리가 끼어 있는 아치형이었다. 문과 왼쪽 창 사이에는 르네상스 식의 당당한 책장이 서 있고, 그 꼭대기에는 황금 글자로 '티베르메닐'이라고 새겨져 있었으며, 그 아래에서는 '네가 원하는 바를 하라'라는 가훈을 읽을 수가 있었다.

모두가 시가를 피우기 시작하자, 드반이 계속해서 말했다.

"다만 빨리 해야 합니다. 당신에게 남겨진 최후의 밤이니까요."

"무슨 까닭입니까?"

화가는 그 말을 농담이라고 생각하며 말했다.

드반이 대답하려고 했을 때, 그의 어머니가 눈짓을 줬다. 그러나 그는 흥분한데다가 손님들의 흥미를 끌고 싶은 욕망이 강했다.

"상관없어요!" 그는 중얼거렸다.

"이제 이야기해도 괜찮습니다. 그다지 조심할 필요가 없으니까……."

사람들은 호기심이 자극되어 그의 주변으로 몰려와 앉았다. 그러자 그는 중대한 뉴스라도 발표하는 것처럼 의기양양한 모습으로 말했다.

"내일 오후 4시, 무엇이든지 환히 꿰뚫어보는 영국의 명탐정 셜록 홈즈가 저의 집에 오기로 되어 있습니다. 위대한 영국 탐정 셜록 홈즈에게 수수께끼라고는 없지요. 소설 속에서나 상상할 수 있는 인물이 이곳으로 온다는 말입니다."

사람들은 감탄했다. 셜록 홈즈가 티베르메닐에 온다고? 정말일까? 아르센 뤼팽은 정말로 이 지방에 있을까?

"아르센 뤼팽과 그 일당은 아직 멀리 가지는 않았습니다. 카오른 남작 사건은 말할 것도 없고 몽티니, 그뤼세, 크라스빌의 강도사건은 이 국민적 괴도가 아니고 누구의 짓이겠습니까?"
"카오른 남작처럼 예고되어 있습니까?"
"같은 수법으로 두 번은 성공할 수 없습니다."
"그러면?"
"즉, 이렇다는 겁니다."
그는 일어서더니 책장 위 두 권의 큰 책 사이에 나 있는 틈 사이를 손가락질했다.
"여기에 《티베르메닐 연대기》라는 16세기의 책이 있었습니다. 그것은 로마인의 성채였으며 그 뒤로 롤롱 공(公)이 세운 때부터의 이 성의 역사입니다. 거기에 석 장의 도판이 들어 있었습니다. 한 장은 영지 전체의 조감도이며, 또 한 장은 건물의 평면도입니다. 세 번째는…… 이 점에 주의해 주시기 바랍니다…… 지하도의 설계도로 그 출구의 하나는 성벽 바깥으로 통하고, 또 하나는 여기, 그렇습니다! 우리들이 지금 있는 이 방으로 통하여 있습니다. 그런데 이 책이 지난달 없어진 겁니다."
"저런!"
벨몽이 이렇게 말했다.
"그건 나쁜 전조로군요. 그러나 셜록 홈즈를 부를 이유로서는 빈약한 것 같은데요."
"물론입니다. 다른 사실이 없었다면 이것만으로는 부족했을 겁니다. 그러나 또 하나의 사실이 지금 말한 것의 의미를 확실히 해주었습니다. 국립 도서관에도 이 연대기가 한 권 있었습니다만, 이 두 권의 책에는 지하도에 대한 세밀한 점에서 서로 다른 점이 있었습니다. 그것은 인쇄한 것이 아니라 잉크로 적혀 있는데, 군데군데 지워져 있었습니다. 나는 그것을 알고 있었지요. 또 정확한 평면도는 이 두 도면을 면밀하게 비교하지 않으면 안 된다는 것도 알고 있었습니다. 그런데 내 책이 없어진 다음 날 국립 도서관에서 책을 빌린 사람이 있었는데, 어느 사이엔가 그 책도 가져가버리고 말았다는 겁니다."

방 안이 웅성거리기 시작했다.

"이번에는 일이 중대한걸."

드반이 다시 말을 이었다.

"그래서 이번엔 경찰이 놀라 양쪽을 다 조사해 보았습니다만, 전혀 단서를 잡을 수가 없습니다."

"아르센 뤼팽의 사건은 모두 그렇답니다."

"그렇습니다. 그래서 나는 셜록 홈즈에게 도움을 구해보자는 생각이 떠올랐습니다. 홈즈는 아르센 뤼팽을 상대로 하는 일이라면 꼭 해보고 싶다고 대답해 주었습니다."

"아르센 뤼팽에게는 그 얼마나 영광스러운 일인가!" 벨몽이 말했다.

"그러나 당신이 말하는 이른바 국민적 괴도가 만일 티베르메닐에 대해 아무것도 계획하고 있지 않다면 셜록 홈즈도 따분하지 않을까요?"

"자, 홈즈의 흥미를 얼마든지 끄는 일이 있습니다. 지하도의 발견이……."

"아니, 당신은 하나의 입구는 성 밖으로, 또 하나는 이 방 안으로 통해 있다고 하지 않았던가요?"

"어디에요? 이 방 안의 어느 장소에 말입니까? 도면에 그려져 있는 지하도의 선은 T.G라는 머리글자가 적힌 조그마한 원에 연결되어 있었지요. T.G는 기욤 탑임에 틀림없습니다. 그러나 탑은 동그랗기 때문에 그 원의 어느 장소로 연결되는지 알 수가 없습니다."

드반은 두 개비째의 시가에 불을 붙이고 나서 베네딕티는 술을 한 잔 부었다. 사람들은 그에게 질문을 퍼부었다. 그는 흥미를 불러일으킨 일로 해서 즐거운 기분이 되어 싱글벙글했다. 마침내 그는 입을 열었다.

"결국 비밀을 잃어버리고 말았습니다. 세계에서 누구 하나 그 것을 알고 있는 사람은 없습니다. 전해오는 말에 따르면 영주들은 자손 대대로 임종의 자리에서 그 비밀을 전했다고 합니다만, 최후의 조프루아는 대혁명 2년째인 테르미도르 7일에 19세로 단두대의 이슬로 사라졌습니다."

"그러나 1세기 이상 찾았을 텐데요?"

"헛일이었습니다. 나도 국민회의 의원 르리부르의 자손으로부터 이 성을 샀을 때 조사했습니다. 그러나 헛수고였지요. 이 탑은 주위가 물로 둘러싸이고 다만 한 군데만 성과 연결되었으므로, 지하도는 이 본디의 연못 아래를 지나고 있다고 생각할 수 있습니다. 국립 도서관의 도면도 계단이 넷 있고, 합계 48단으로 되어 있는 것으로 보아 깊이가 10미터 이상이 되리라고 생각합니다. 다른 도면에 있는 척도로는 거리가 2백 미터라고 쓰여 있습니다. 사실 문제는 여기 이 방바닥과 이 천장과 이 벽에 있습니다만, 솔직히 말해서 부숴버릴 수도 없는 일이거든요."
"실마리는 전혀 없습니까?"
"네."
젤리스 신부가 반대했다.
"드반 씨, 하지만 '두 개의 인용구'를 믿어야만 합니다."
드반은 웃으면서 말했다.
"아니, 사제님은 고문서 연구가로서 기록을 많이 읽으셨겠지요. 그리고 티베르메닐에 대한 것이라면 무엇에든 열심이지요. 하지만 사제님이 말씀하시는 설명은 문제를 복잡하게 만들 뿐입니다."
"그렇지만……"
"여러분들도 관심이 있으십니까?"
"엄청."
"그렇다면 말씀드리겠습니다만, 사제님의 연구에 의하면 프랑스의 국왕 두 사람이 수수께끼의 열쇠를 가지고 있었다고 합니다."
"국왕 두 사람이!"
"앙리 4세와 루이 16세지요."
"그거 굉장한데요. 사제님은 어떻게 그걸 알고 계십니까?"
"뭘요, 간단하지요."

잠시 쉬었다가 드반이 말을 이었다.

"아르크의 전쟁이 일어나기 이틀 전, 앙리 4세는 이 성에 와서 식사를 하고 묵었습니다. 밤 11시에 노르망디의 절세 미인 루이즈 드 탕카르빌을 에드가르 공의 인도로 지하도를 지나 데려왔습니다. 그때 에드가르 공이 이 집의 비밀을 알려주었습니다. 그것을 앙리 4세는 나중에 대신인 쉴리에게 알렸고, 쉴리는 그의 저서 《왕실 재정》속에서 그 일화를 소개한 다음, 다음과 같은 알 수 없는 문장 말고는 아무 주석도 달아놓지 않았던 겁니다. '도끼는 선회하며 공기는 떨지만 날개가 펼쳐져, 사람들은 하느님에게로 날아간다'."

모두 잠자코 있자 벨몽이 냉소했다.

"일목요연하다고는 할 수 없군요."

"그렇지요? 사제님은 쉴리가 각서를 받아쓰게 한 서기에게 비밀이 새어나가지 않도록 수수께끼와 같은 말을 했다고 합니다만……."

"재미있는 가정이로군요."

"그건 인정합니다. 그러나 선회하는 도끼며, 펼쳐진 날개란 무슨 의미일까요?"

"알 수 없는걸!"

벨몽이 계속 말했다.

"게다가 그 사람 좋다는 루이 16세가 여인의 방문을 받기 위하여 지하도를 뚫게 했다는 겁니까?"

"그건 알 수 없습니다. 말할 수 있는 것은 다만 루이 16세가

1784년 티베르메닐에 머물렀다는 것, 가만의 보고에 의하면 루브르에서 발견된 유명한 철제 장롱 속에 루이 16세가 쓴 '티베르메닐, 2-6-12'라는 문구가 있는 종이쪽지가 들어 있었다는 것뿐입니다."

오라스 벨몽이 웃음을 터뜨렸다.

"만세! 비밀은 확실히 알게 되었습니다. 2 곱하기 6은 12입니다."

"당신이 아무리 웃는다 하더라도……."

사제가 말을 이었다.

"해결이 이 두 개의 인용구에 들어 있다는 것은 변함없는 사실입니다. 그리고 언젠가는 누군가 이것을 반드시 풀고 말 것입니다."

"무엇보다도 셜록 홈즈지요."

도비느가 말했다.

"아르센 뤼팽이 선수를 치지 않는다면 말입니다. 벨몽 씨, 어떻게 생각하십니까?"

벨몽은 의자에서 일어나 드반의 어깨에 손을 얹고 말했다.

"댁과 도서관에서 입수한 책이 제공하는 자료에는 가장 중요한 점이 빠져 있었습니다만, 당신은 친절하게도 그걸 가르쳐 주셨습니다. 고맙습니다."

드반이 물었다.

"그래서요?"

"그래서 도끼가 선회하고, 공기가 떨며, 날개가 펼쳐지고,

2-6-12인 이상, 나는 이제 떠나야겠습니다."

"지금 당장 말입니까?"

드반이 되물었다.

"그렇습니다! 오늘 저녁, 그러니까 셜록 홈즈가 도착하기 전에 나는 당신의 성에 침입해야 하지 않겠습니까?"

"과연 서두르지 않으면 안 되겠군요. 바래다 드릴까요?"

"디에프까지?"

"디에프까지 바래다 드리고 나서, 야간 열차로 도착하는 당드롤 부부와 그들의 딸을 맞아 모셔오겠습니다."

그리고 드반은 장교들을 향해 덧붙였다.

"그럼 여러분, 내일도 점심시간에 여기에 모여주십사 부탁드립니다. 기대하고 있겠습니다. 왜냐하면 이 성은 11시에는 당신네들 연대로 하여금 포위되어 공격당할 테니까요."

이 초대는 승낙되었고 모두들 헤어졌다. 잠시 뒤 한 대의 에트왈 20-30 승용차가 드반과 벨몽을 태우고 디에프 가도를 달려갔다. 드반은 화가를 카지노 앞에 내려놓은 다음 역으로 갔다.

밤중에 드반의 친구들이 기차에서 내렸다. 12시 반에 자동차는 티베르메닐의 문을 들어서고 있었다. 1시에 살롱에서 가벼운 야식을 마친 다음 제각기 자기 방으로 돌아갔다. 차례차례 불이 꺼졌다. 밤의 깊은 침묵이 성을 둘러쌌다.

구름 속에 숨어 있던 달이 나와 두 개의 창문을 뚫고 살롱에 하얀빛을 쏟아 넣었다. 하지만 그것은 잠깐 동안뿐이었다. 달은 곧 언덕의 그늘 속으로 숨어버렸다. 그리고 어두워졌다. 침묵에는 한층 더 캄캄한 밤의 어둠이 더해졌다. 때때로 가구의 삐걱거리는 소리가 희미하게 들려오는가 하면, 끝의 담벼락을 초록빛 물로 씻고 있는 연못에서 갈대가 술렁거렸다.

괘종시계는 끝없이 초를 세고 있었다. 2시가 울렸다. 그런 다음 또다시 밤의 무거운 정적 속에서 초를 새겨 가는 소리가 성급하고도 단조롭게 계속되었다. 그리고 3시가 울렸다.

그때 무슨 소리가 났다. 그것은 열차가 지날 때 신호가 열리며 떨어지는 듯한 소리였다. 그리고 가느다란 불빛이 살롱 속에서 이곳저곳을 비추었는데, 그것은 빛의 꼬리를 남기는 화살처럼 보였다. 그것은 오른쪽 책장 꼭대기에 기대어 세워둔 장식기둥의 한가운데 세로로 된 홈에서 비치고 있었다. 처음에는 반대편 벽에 붙인 널빤지 위에 밝은 원을 그리며 가만히 있었으나, 이윽고 어둠을 살피는 불안한 시선처럼 여기저기로 돌아다녔다. 꺼졌다가는 다시 빛나고, 그러는 동안에 책장의 일부분이 회전하여 둥근 천장처럼 생긴 커다란 통로가 나타났다.

한 사나이가 회중전등을 손에 들고 걸어나왔다. 이어서 두 번째, 세 번째 사나이가 여러 가지 도구를 가지고 나타났다. 첫번째 사나이가 방 안을 둘러보면서 이렇게 말했다.

"모두들 불러."

동료들 중 여덟 사람이 지하도로 올라왔다. 정력적인 얼굴에 떡 벌어진 몸집을 한 장정들이었다. 짐을 나르는 일이 시작되었다.

그들의 동작은 매우 민첩했다. 아르센 뤼팽은 가구에서 가구로 돌아다니며 감정했고 그 크기와 예술적 가치에 따라서 지나치기도 하고 또 이렇게 명령하기도 했다.

"가지고 가!"

그러면 그 물건은 옮겨졌으며, 터널의 입으로 빨려 들어가 땅 밑으로 보내졌다.

이렇게 해서 루이 15세 풍의 의자 6개와 오뷔송 융단 몇 점, 구티에르라는 이름이 새겨진 촛대, 프라고나르의 그림 두 점, 나티에 한 점, 우동의 작품인 흉상 한 점, 그 밖의 이러저러한 조각상들이 자취를 감추었다. 때때로 뤼팽은 훌륭한 궤짝이며 놀라운 그림 앞에 발을 멈추고는 한숨을 내쉬었다.

" 무거워…… 이건 너무 크군…… 정말 아까운걸!"

그리고 그는 감정을 계속했다.

그렇게 40여 분이 지나자 살롱은 뤼팽의 입버릇처럼 '깨끗하게 정리'되었다. 하지만 이 모든 작업은 물건을 두툼한 헝겊으로 싼 듯 조금의 소음도 내지 않고 일사천리로 진행되었다.

그는 부울의 서명이 새겨진 장식 궤를 가지고 마지막으로 나가는 사나이에게 이렇게 말했다.

"이젠 오지 않아도 된다. 트럭에 싣는 즉시 모두들 로크포르의 창고로 곧장 가도록 해."
"그럼, 두목은요?"
"모터사이클을 한 대 남겨두도록 해."
 사나이가 떠나고 그는 책장의 움직이는 한 귀퉁이를 본디 자리로 밀어 넣은 다음, 옮겨간 자리며 발자국을 지우고 나서 문의 커튼을 들어올리고 탑과 성 사이에 있는 진열실로 들어갔다. 그 중간쯤에 유리상자가 있었다. 그것 때문에 아르센 뤼팽은 조사를 계속했다.
 그 상자에는 놀라운 것이 있었다. 시계며 담배상자, 반지, 혁대에 다는 장신구, 아름다운 세공으로 된 축소 모형 등. 그는 핀셋으로 자물쇠를 열었다. 금과 은의 제품이며, 정교한 소미술품을 만진다는 것은 그에게 있어 이루 말할 수 없는 즐거움이었다.
 그는 우연히 얻은 진귀한 물건을 집어넣기 위해서 준비해 온 커다란 자루를 어깨에 둘러메고 있었다. 그 자루는 곧 가득 찼다. 저고리와 바지, 조끼의 호주머니도 가득 채워졌다. 그런 다음 옛날 사람들이 몹시 소중하게 여겼고, 지금까지도 패션계를 매료시키고 있는 머리에 꽂는 진주 장신구 다발에 손을 내밀었다. 그때…… 희미한 소리가 귓전을 스쳤다.
 그는 귀를 기울였다. 소리는 뚜렷하게 들렸다. 잘못 들은 것이 아니었다.
 문득 어떤 생각 하나가 스치고 지나갔다. 진열실 끝에는 층계가 있고, 그것이 지금까지는 사용되지 않았으나 오늘 밤에는 드반이 디에프로 마중나갔던 처녀들이 묵고 있는 방으로 이어지고 있었던 것이다.

그는 곧 전등을 켰다. 그가 창가에 닿기 전에 계단 위에서 문이 열리고, 희미한 불빛이 방 안을 비추었다.

누군가 위에서 조심스럽게 내려오는 것 같은 느낌이 들었다. 그는 커튼의 그늘에 숨어 있었으므로 조금도 보이지 않았다. 도중에 멈춰 섰으면 하고 생각했으나 내려와서 방 안으로 한 걸음 발을 내디뎠다. 그리고 그 사람은 비명을 질렀다. 틀림없이 유리상자가 깨어지고 대부분 텅 비어 있는 것을 본 것이리라.

그는 냄새로 거기 서 있는 것이 여자라는 것을 알았다. 옷이 그가 숨어 있는 커튼에 거의 닿고 있었다. 여자의 심장이 뛰는 고동소리가 들리는 것 같았다. 여자도 뒤쪽 어둠 속 손이 닿는 바로 옆에 다른 사람이 있다는 것을 느꼈다. 그는 이렇게 생각했다. '여자는 두려워하고 있다. 가버리겠지. 가지 않을 리가 없다.' 그러나 여자는 사라지지 않았다. 여자가 손에 들고 있던 촛불의 떨림이 멈췄다. 여자는 머리를 뒤로 돌리고 잠시 망설이며 무서운 침묵에 귀를 기울이고 있는 듯하더니, 이윽고 별안간 커튼을 열었다.

두 사람은 얼굴을 마주보았다.

아르센 뤼팽은 깜짝 놀라 중얼거렸다.

"당신은…… 당신은…… 아가씨……."

그녀는 넬리 언더다운이었다.

넬리 양! 대서양 항로의 여성 승객, 그 잊을 수 없는 항해 중

내내 젊은이의 가슴을 뛰게 했던 바로 그 여자! 그가 체포된 장면에 입회하고 있었으며, 그를 배신하기보다는 오히려 그가 보석과 지폐를 숨겨둔 코닥 카메라를 바닷속으로 던져버리는 훌륭한 선택을 했던 여자! ······넬리 양! 감옥에서 무료할 때 그 모습을 떠올림으로써 그를 슬프게 했던 사랑스러운 여자!

우연이라는 것은 이 성에서, 더구나 이 깊은 밤에 두 사람을 정면으로 마주보게 할 만큼 불가사의한 것이었다. 그래서 두 사람은 꼼짝도 하지 않고 말 한마디 건네지 못한 채 서로 상대방의 뜻하지 않는 출현으로 최면술에라도 걸린 듯 아연해할 따름이었다.

넬리 양은 흥분한 나머지 비틀거렸으며 의자에 주저앉지 않고는 견딜 수가 없었다.

그는 여자 앞에 서 있었다. 물건을 잔뜩 집어넣어 호주머니가 터질 듯 부풀어올라 있는 자기 모습이 어떤 인상을 줄 것인지 의식하고 있었다. 그의 마음은 몹시 난감했다. 현행범으로 발견된 도둑의 비참한 모습으로 서 있는 자신을 생각하자 얼굴이 붉어졌다. 앞으로 어떻게 되든, 그녀에게 있어서는 도둑－남의 호주머니에 손을 들이미는 인간, 문을 비틀어 열고 남의 집에 몰래 들어가는 인간인 것이다.

시계가 하나 융단 위로 굴러 떨어졌다. 그리고 또 하나, 뿐만 아니라 다른 물건도 따라서 미끄러져 떨어질 것 같아 그는 그것을 어떻게 눌러야 할지 몰랐다. 그때 그는 갑자기 결심하고, 물건의 일부를 긴 의자 위에 내던지고는 주머니도 자루도 모두 털었다.

그러고는 넬리 앞에서 약간 마음이 편해서, 말을 걸 작정으로 여자 쪽으로 한 발 내디뎠다. 그러나 여자는 뒤로 물러났다. 그러고는 겁이 나기 시작했는지 갑자기 일어나서 재빨리 살롱 쪽으로 갔다. 문이 닫혔으나 그는 뒤쫓아갔다. 여자는 당황해하며 떨고 있었다. 여자의 눈은 다 털어가버린 넓은 방을 겁먹은 얼굴로 바라보고 있었다.

이윽고 그가 입을 열었다.

"내일 3시에는 모두 이전대로 해두겠습니다. 가구를 돌려드리겠습니다."

여자는 대답하지 않았다. 그는 되풀이했다.

"내일 3시에, 약속하겠습니다…… 어떤 일이 있어도 약속을 지키겠습니다…… 내일 3시……."

긴 침묵이 두 사람 위에 덮쳐왔다. 그는 그 침묵을 깨뜨릴 수가 없었고, 여자의 흥분은 그에게 몹시 괴로움을 주었다. 그는 조용히 아무 말도 하지 않고 멀어져 갔다.

그는 이렇게 생각하고 있었다.

'빨리 가주면 좋겠는데. 마음대로 가면 좋겠는데…… 나를 두려워하지 말아주오.'

그러나 여자는 별안간 떨기 시작하면서 더듬더듬 말했다.

"들어보세요…… 발소리가…… 걸어오고 있는 발소리가 들려요……."

그는 놀라 여자를 보았다. 여자는 위험이 다가오고 있는 것처럼 당황해하고 있었다.

"아무 소리도 들리지 않습니다만……."

"뭐라고요! 달아나지 않으면…… 빨리 도망가세요……."

"달아나다니…… 왜요?"

"달아나지 않으면…… 달아나지 않으면…… 아아, 여기 계시면 안 돼요……."

여자는 똑바로 진열실 한쪽으로 달려가 귀를 기울였다. 아무도 없었다. 어쩌면 소리는 밖에서 났을 것이다. 여자는 잠시 기다리고 있더니 마음을 진정시키고 돌아왔다.

아르센 뤼팽은 사라져버리고 없었다.

드반은 성을 털어간 것을 보고 속으로 이렇게 생각했다. 이 일을 해치운 것은 벨몽이고, 벨몽은 아르센 뤼팽임에 틀림없어! 이것으로 모든 설명이 되었거니와 달리 설명할 방법이 없었다. 물론 이러한 생각은 순간적으로 잠깐 머리를 스치고 지나갔을 뿐이었다. 그만큼 벨몽─즉 유명한 화가이며 그의 사촌동생 에스트반의 친구이자 동료가 아니라는 것은 있을 수 없는 일이라고 생각되었던 것이다. 그래서 연락을 받은 헌병대 대장이 왔을 때 드반은 그 어리석은 가정을 대장에게 이야기할 마음조차 생기지 않았다.

오전 내내 티베르메닐은 우왕좌왕이었다. 헌병과 시골 보안

대, 디에프의 경찰서장, 마을 사람들, 이러한 사람들이 복도며 뜰이며 성의 주변을 서성이고 있었다. 훈련 중인 부대가 접근해 와서 총소리가 한층 더 이 장면을 화려하게 해주었다. 최초의 조사로는 아무런 단서도 잡을 수 없었다. 창문도 부서지지 않았고, 문도 부서지지 않은 점을 보면 비밀 출구를 통해 물건을 실어낸 것이 틀림없었다. 그뿐만 아니라 융단 위에는 발자국도 전혀 없었고, 벽에서도 아무 이상을 찾아볼 수가 없었다.

다만 한 가지 뜻밖의 사실이 있어, 그것이 아르센 뤼팽의 독특한 수법을 나타내주고 있었다. 그것은 문제의 16세기 연대기가 본디 자리에 돌아와 있고, 그 옆에는 그것과 비슷한 국립 도서관에서 훔쳐간 책이 나란히 놓여 있었던 것이다.

11시가 되자 장교들이 찾아왔다. 드반은 매우 좋은 기분으로 그들을 맞이했다. 그는 미술품을 도둑맞아도 기분을 상하지 않을 만한 재산을 가지고 있었던 것이다. 당드롤의 친구들과 넬리도 내려왔다.

소개가 끝나자 손님이 한 사람 부족하다는 것을 알 수 있었다. 오라스 벨몽이었다. 그는 오지 않을 것인가?

그가 오지 않았다면 조르주 드반은 그에게 혐의를 가졌을 것이다. 그러나 그는 12시 정각에 들어왔다. 드반이 말했다.

"만세! 잘 왔어!"

"착실하게 시간을 지켰지요?"

"그렇군. 그러나 착실하게 시간을 지키지 못했을지도 모르지…… 그런 소동이 있었던 다음 날이니까! 뉴스는 들었지요?"

"어떤 뉴스 말입니까?"

"자네가 성을 털었다고 하는……."

"아니, 저런!"

"정말이오. 그러나 우선 언더다운 양을 부축하고 식탁에 앉아 주시지요…… 아가씨, 이쪽은……."

드반은 그 처녀가 난처해하므로 몹시 놀라서 말을 끊었다. 그런 다음 갑자기 생각난 듯이 말했다.

"그리고 보니 당신은 이전에…… 아르센 뤼팽이 체포되기 전에…… 그와 함께 여행을 하셨다지요…… 꼭 닮아서 깜짝 놀란 모양이지요?"

여자는 대답하지 않았다. 벨몽은 여자 앞에서 미소를 짓고 있었다. 그는 몸을 굽혔다. 여자는 그의 팔을 잡았다. 그는 여자를 제자리에 안내한 다음 마주보고 앉았다.

식사 중 화제는 아르센 뤼팽에 대한 것, 가져간 가구에 대한 것, 지하도에 대한 것, 셜록 홈즈에 대한 이야기로서 시종일관했다. 다만 식사가 끝날 무렵 다른 화제로 옮겼을 때 벨몽이 대화 속으로 끼어들었다. 그는 농담을 하는가 하면 진지한 얼굴이 되었고, 웅변을 토하는가 하면 익살을 부리기도 했다. 그리고 그가 지껄이는 모든 것은 다만 그 처녀의 흥미를 돋우기 위해서인 듯싶었다. 그러나 여자는 생각에 잠겨서 조금도 듣고 있지 않는 것 같았다.

커피는 건물의 정면 곁에 있는 뜰을 내려다보는 테라스로 날라졌다. 잔디 한가운데에서는 군악대가 연주를 시작했고, 농민들과 군인들이 뜰의 샛길로 모여들었다.

그러는 동안에도 넬리는 아르센 뤼팽의 약속을 생각하고 있었다.

"3시에는 모두 이전대로 해두겠습니다…… 약속하겠습니다."

3시! 성의 오른편을 장식하고 있는 큰 시계의 바늘이 2시 40분을 가리키고 있었다. 여자는 저도 모르게 줄곧 그 바늘을 바라보고 있었다. 그다음 쾌적한 흔들의자에 앉아 태평하게 몸을 흔들고 있는 벨몽을 바라보았다.

2시 50분…… 2시 55분…… 처녀는 괴로움이 섞인 일종의 초조감으로 가슴을 죄고 있었다. 그와 같은 기적이 정말 일어날 것인가? 정확한 시간에 실현될 것인가? 성에도, 벽에도, 뜰에도 사람이 가득하고, 바로 지금 눈앞에서 검사며 예심판사가 조사를 진행하고 있지 않은가.

그런데…… 그런데 아르센 뤼팽은 그토록 당당하게 약속을 했던 것이다! 그녀는 이 사나이가 가지고 있는 힘과 위엄과 자신감에 압도되어, 그가 말한 대로 될 것이라고 생각했다. 그리고 그것은 기적이 아니라 당연한 결과로서 일어나는 자연스러운 사건처럼 생각되었다.

순간 두 사람의 시선이 부딪쳤다. 여자는 얼굴을 붉히며 외면했다.

3시…… 종이 울렸다. 하나, 둘, 셋…… 오라스 벨몽은 회중시계를 꺼내보고, 큰 시계를 쳐다본 다음 회중시계를 다시 주머니에 집어넣었다. 몇 초가 지났다. 그러자 잔디밭 둘레에 있던 군중들이 자리를 비키고 정문을 들어선 두 대의 마차를 지나게 했다. 두 대-두 필의 말이 끄는 마차였다. 그것은 연대 뒤에서 장교들의 고리짝이며, 군인들의 배낭을 나르는 수송마차였다. 마차는 계단 앞에 섰다. 공급 담당 중사 한 사람이 차에서 뛰어내리더니 드반 씨에게 면회를 청했다.

드반은 달려와서 계단을 내려갔다. 덮개천 아래 그의 가구며 미술품이 조심스럽게 꾸려져 단정하게 쌓여 있는 것이 보였다.

중사는 질문에 대답하고 난 뒤 부관에게서 받은 명령서를 보여주었다. 이 명령에 의해 제4대대의 제2중대는 아르크의 숲 알루 네거리에 놓여 있었던 가구류를 티베르메닐 성의 소유자 조르주 드반 씨에게 3시에 전하게 되었다는 것이다. 서명은 보벨 대령으로 되어 있었다.

"알루 네거리에는……"

중사가 덧붙여 말했다.

"모두 정리되어 잔디 위에 놓여 있었습니다. 아무도 지키고 있지 않아서 이상하다고는 생각했습니다만, 명령은 명령이니까요."

장교 한 사람이 서명을 조사해 보았다. 아주 비슷하기는 했으나 가짜였다.

군악대는 연주를 중지했다. 짐은 수송차에서 내려지고 가구는 본디 자리로 돌아갔다.

이와 같은 소동이 한창 벌어지고 있는 동안, 넬리는 혼자서 테라스의 가장자리에 남아 있었다. 여자는 정리되지 않은 혼동

속에서 마음이 흩어져 심각한 불안을 느끼고 있었다. 갑자기 벨몽이 다가오는 것이 보였다. 여자는 만나고 싶지 않다고 생각했으나, 테라스의 양쪽은 난간으로 둘러쳐지고 오렌지며 협죽도며 대나무 화분이 있어 그가 오는 길 이외로는 피할 수가 없었다. 여자는 꼼짝 않고 있었다. 햇볕이 대나무 이파리에 흔들리면서 그녀의 금발 위에 쏟아지고 있었다. 누군가 아주 낮은 목소리로 말했다.

"나는 어젯밤의 약속을 지켰습니다."

아르센 뤼팽이 여자 곁에 와 있었다. 주위에는 아무도 없었다. 그는 망설이는 듯 안절부절못하는 목소리로 되풀이했다.

"나는 어젯밤의 약속을 지켰습니다."

그는 감사의 말을, 다만 여자가 이 행위에 대해 관심을 나타내는 몸짓만이라도 해주기를 기대하고 있었다. 그러나 여자는 잠자코 있었다.

이 경멸은 아르센 뤼팽으로 하여금 초조함을 느끼게 했다. 그와 동시에 그는 여자가 진상을 알게 된 지금으로서는 두 사람 사이의 거리를 통감하지 않을 수 없었다. 그는 변명을 하여 자기 생활의 모험과 장대함을 보여주고 싶다고 생각했다. 그러나 그 전에 말이 되어 나오지 않았고, 어떤 설명을 해도 쓸데없는 것 같았다. 그래서 그는 추억에 잠기며 슬픈 듯이 혼자 중얼거렸다.

"벌써 옛날 일이 되었군요! 프로방스 호의 갑판에서 지내던 긴 시간을 기억하고 계십니까? 그랬지요…… 당신은 오늘처럼 장미를 가지고 있었습니다. 그것처럼 푸르스름한 장미를……
나는 그걸 달라고 했지요…… 당신은 못 들은 것 같았습니다…… 그러나 당신이 가버리고 난 뒤에 그 장미가 있었습니다…… 분명 잊어버렸던 것이겠지요…… 나는 그것을 소중하게 지니고 있었습니다……."

여자는 아직도 대답하지 않았다. 다른 것을 생각하고 있는 것 같았다. 그는 말을 이었다.

"그때 일로 봐서 지금 알고 있는 것을 생각지 말아 주십시오. 과거를 현재에다 묶어 주십시오! 나를 어젯밤 보셨던 사람이 아니라 옛날 그 사람으로 생각해 주십시오. 그리고 한순간이라도 좋으니까 옛날처럼 나를 바라봐 주십시오…… 부탁입니다…… 나는 이제 옛날의 내가 아닙니까?"

여자는 눈을 들어서 그를 바라보았다. 그러더니 아무 말 없이 뤼팽의 집게손가락에 끼어 있는 반지에 손을 댔다. 거미발밖에 보이지 않았으나, 안쪽으로 돌려두었던 돌은 훌륭한 루비였다.

뤼팽은 얼굴을 붉혔다. 반지는 조르주 드반의 반지였다.

그는 쓴웃음을 지었다.

"당신 생각은 옳습니다. 세 살 적 버릇이 여든까지 간다는 말이 있지요. 아르센 뤼팽은 아르센 뤼팽일 수밖에 없습니다. 그리고 당신과 뤼팽 사이에는 추억조차도 있을 리가 없습니다…… 용서해 주십시오…… 내가 당신 곁에 있다는 것만으로도 모욕이라는 사실을 나는 깨달아야 했습니다."

그는 모자를 손에 들고 난간을 따라 걸음을 옮겼다. 넬리가 그의 앞을 지나갔다. 그는 여자에게 매달려 애원하고 싶은 심정이 들었다. 그러나 용기가 나지 않았다. 이전에 여자가 뉴욕의 선창가에서 트랩을 지나갔을 때처럼 다만 눈으로 뒤를 쫓았다. 여자는 문으로 연결된 계단을 올라갔다. 잠시 동안 그 날씬한 뒷모습이 현관의 대리석 사이에 보였으나, 이윽고 그것도 보이지 않게 되어버렸다.

해가 구름에 가려 흐려졌다. 아르센 뤼팽은 가만히 서서 모래 위에 남겨진 조그마한 발자국을 바라보고 있었다. 갑자기 그는 몸을 떨었다. 넬리가 기대서 있던 화분에 심은 대나무 밑에 장미꽃이 떨어져 있었다. 달라고 할 수 없었던 그 장미가…… 이것도 틀림없이 잊어버리고 간 것이겠지…… 그러나 일부러 두고 간 것이 아닐까, 아니면 깜빡 잊어버리고 그냥 놓고 간 것일까?

그는 정성껏 그것을 집어들었다. 꽃잎이 흩어졌다. 그는 유품처럼 그것을 하나 주웠다. 그는 이렇게 생각했다.

'이제 여기서는 아무것도 할 일이 없다. 더구나 셜록 홈즈가 끼여든다면 일이 악화될 뿐이겠지.'

뜰에는 사람의 그림자조차도 없었다. 그러나 입구에 세워져 있는 정자 옆에는 헌병부대가 있었다. 그는 숲속으로 들어가 담을 기어올라 가장 가까운 역으로 가기 위해서 밭 가운데로 구불

구불 나 있는 샛길을 지났다. 10분을 걸어가자 양쪽 제방에 낀 듯이 길이 점점 좁아졌다. 그가 그 좁은 길로 들어섰을 때 건너편에서 누군가 다가왔다.

그것은 50살쯤 되어 보이는 사나이로, 떡 벌어진 체격에 수염은 없었고, 옷차림으로 보아 외국인인 듯했다. 손에는 무거운 지팡이를 들고 목에 가방을 메고 있었다.

두 사람은 스치듯 지나갔다. 외국인은 약간 영어식 발음이 섞인 투로 물었다.

"말씀 좀 묻겠습니다만…… 성으로 가려고 하는데, 이 길로 가면 될까요?"

"똑바로 가서 담이 나오면 왼쪽으로 꺾으십시오. 여러분들이 기다리고 계십니다."

"네?"

"그렇습니다. 친구인 드반이 어젯밤에 당신이 오신다는 것을 알려주었지요."

"드반 씨는 입이 가볍군요."

"나로서는 당신에게 누구보다도 먼저 인사할 수 있어서 기쁩니다. 나보다 열렬한 셜록 홈즈 숭배자는 없을 테니까요."

그의 목소리에는 조금 빈정거리는 듯한 투가 있었다. 그것을 그는 곧 후회했다. 왜냐하면 셜록 홈즈는 그를 머리끝에서 발끝까지 훑어보았으며, 그 눈의 날카로움에 아르센 뤼팽은 어떤 사진기에 찍힌 것보다도 더욱 정확하게 꿰뚫린 듯 느껴졌기 때문이다.

'나를 알아보았구나.'

그는 생각했다.

'이제 이 사나이에게는 정체를 감출 필요조차 없다. 그런데…… 나라는 걸 알았을까?'

두 사람은 인사를 했다. 그때 발소리가 들렸다. 금속이 서로 부딪치는 소리와 함께 달려오는 말발굽 소리였다. 헌병대가 오고 있었다. 두 사람은 제방의 풀 속으로 달려들어 말에 채이지 않도록 몸을 피했다. 헌병대가 지나쳐 갔다. 꽤 긴 대열이었다. 뤼팽은 생각했다.

'모든 것은 바로 이 문제에 걸려 있다. 그는 나를 알아보았을까? 만약 그렇다면 그는 그것을 이용할 우려가 있지. 문제는 심각하다.'

마지막 헌병의 말이 지나쳐 가자 셜록 홈즈는 일어서서 아무 말 없이 옷에 묻은 먼지를 털었다. 가방의 가죽끈에 가시나무 가지가 붙어 있었다. 아르센 뤼팽이 얼른 그것을 털어주었다. 그들은 다시 한 번 서로 상대를 살펴보았다. 만약 누군가가 그때의 그들을 보았다면 이 두 강적의 첫 대면은 그야말로 훌륭한 구경거리였을 것이다. 특별한 능력 때문에 호각의 힘으로 충돌하도록 운명지어져 있는 두 사람!

이윽고 영국인이 말했다.

"정말 고맙습니다."

"천만에요."

뤼팽이 대답했다.

두 사람은 헤어졌다. 뤼팽은 정거장으로, 셜록 홈즈는 성으로 향했다.

예심판사와 검사는 수사에서 아무런 성과도 올리지 못하고 돌아가버렸으며, 사람들은 평판을 알고 있었으므로 호기심을 안고 셜록 홈즈를 기다리고 있었다. 홈즈의 모습이 너무나 평범했기 때문에 사람들은 약간 실망했다. 그것은 그들이 상상하고 있던 모습과는 아주 딴판이었기 때문이었다. 홈즈에게는 소설의 주인공다운 점은 물론, 셜록 홈즈의 이름에서 떠오르는 수수께끼와 같은 악마처럼 생각되는 곳이 조금도 없었다. 그러나 드반은 원기에 차서 소리쳤다.
"선생님, 드디어 와주셨군요! 고맙습니다! 벌써 오랫동안 기다리고 있었습니다...... 나는 이제까지의 사건을 다행스럽게 생각할 정도입니다. 왜냐하면 그 때문에 와주기를 바랐던 것이니까요. 그런데 어떤 길로 오셨습니까?"
"기차로 왔습니다."
"유감스러운 일이군요! 부두로 자동차를 보냈는데요."
"공식적인 영접이시군요? 게다가 대대적인 선전이시고! 일을 하기 쉽게 하는 좋은 방법이지요."
영국인은 볼멘소리를 했다.
이 불쾌한 말투에 드반은 당황했으나 농담을 하려고 애쓰면서 말했다.
"일은 다행히 일러드렸던 것보다도 쉽게 되었습니다."

"어째서입니까?"

"범행은 어젯밤에 있었으니까요."

"당신이 내가 온다는 것을 입 밖에 내지 않으셨더라면, 범행은 어젯밤에 감행되지 않았을 것입니다."

"그러면 언제 했을까요?"

"내일이나, 아니면 그 뒤에 했겠지요."

"그렇다면?"

"뤼팽은 함정에 빠졌겠지요."

"그러면 내 가구는?"

"훔쳐가지 못했겠지요."

"가구는 여기에 있습니다."

"그래요?"

"네, 3시에 돌아왔습니다."

"뤼팽이?"

"두 사람의 중사가 가져왔습니다."

셜록 홈즈는 갑자기 모자를 깊숙이 눌러쓰고 가방을 고쳐 멨다. 드반이 외쳤다.

"어떻게 하시려고요?"

"돌아가겠습니다."

"왜 그러시죠?"

"가구는 있고, 아르센 뤼팽은 없소. 나의 일은 끝났습니다."

"하지만 나는 꼭 당신의 도움이 필요합니다. 어제 일어났던 일은 내일 또다시 있을지도 모릅니다. 왜냐하면 가장 중요한 일을 알지 못하고 있으니까요. 아르센 뤼팽은 어떤 방법으로 침입했는가? 어떻게 나갔는가? 그리고 왜 몇 시간 뒤에는 물건을 돌려보냈는가 하는 것 등등……."

"아니! 모르신다고요?"

찾아내야 할 비밀이 있다는 생각이 셜록 홈즈의 기분을 바꿔주었다.

"좋습니다. 찾아봅시다. 그러나 시급히 해야 합니다. 가능하면 둘이서만……."

이것은 분명히 자리에 앉은 방 안의 여러 사람들에게 들으라는 듯이 빗대어 하는 말이었다. 조수가 필요하다는……. 드반은 얼른 말뜻을 알아듣고 이 영국인을 살롱으로 안내했다. 홈즈는 무뚝뚝한 말투로 미리 생각해두었던 것 같은 이야기를 ― 그것도 아주 간결하게 ― 어제 늦저녁에 있었던 일에 대해서, 거기 모여 있었던 손님에 대해서, 성에 자주 드나드는 사람들에 대해서 질문했다. 그리고 그는 두 권의 연대기를 조사하고 지하도의 도면을 비교하고는 젤리스 신부가 지적한 인용 문제에 대해서 들은 다음 이렇게 물었다.

"당신이 처음으로 그 두 개의 인용문에 대해서 얘기하신 것은 어제였군요?"

"네, 어제였습니다."

"오라스 벨몽 씨에게는 전에 절대로 이야기하지 않으셨지요?"

"절대로."

"좋습니다. 자동차를 준비하라고 일러 주십시오. 한 시간 뒤에는 떠나겠습니다."

"한 시간 뒤에!"

"아르센 뤼팽도 당신이 제출한 문제를 푸는 데 그 이상의 시간은 걸리지 않았으니까요."

"내가! ……문제를 제출……?"

"그렇습니다. 아르센 뤼팽과 벨몽은 동일 인물입니다."

"나도 그렇지 않은가 했지만…… 에잇! 그 녀석이!"

"그러니 당신은 어젯밤 10시에 뤼팽이 몇 주일 전부터 찾고 있던 비밀의 열쇠를 넘겨주고 말았던 것입니다. 그래서 뤼팽은 밤중에 비밀을 풀고, 일당을 집합시켜 훔쳐낼 수가 있었습니다. 나 역시 그만큼 빨리 할 자신이 있습니다."

그는 생각에 잠겨서 방 안을 왔다갔다하고 있더니 이윽고 의자에 걸터앉아 긴 다리를 꼰 다음 눈을 감았다.

드반은 질린 채 기다리고 있었다.

'잠자고 있는 건가, 아니면 생각하고 있는 건가?'

할 수 없이 그는 명령을 하기 위해서 나갔다. 돌아와 보니 홈즈는 진열실 계단 아래 무릎을 꿇고 융단을 조사하고 있었다.

"뭐가 있습니까?"

"보십시오…… 여기…… 촛농이 떨어진 자리를……."

"아니, 정말…… 처음 보는 것입니다……."

"그것은 계단 위에도 있고, 아르센 뤼팽이 깨뜨린 이 유리상자 주위에는 더 많이 있습니다. 녀석은 안에 있던 물건을 꺼내 이 긴 의자 위에 놓았던 것입니다."
"그래서 결론은?"
"아무것도 없습니다. 이것은 틀림없이 그가 돌려보낸 데 대한 설명은 되겠지요. 그러나 이런 문제를 연구하고 있을 틈이 없습니다. 중요한 것은 지하도의 도면입니다."
"당신의 생각으로는 역시……."
"생각이 아닙니다. 알고 있습니다. 성에서 2, 3백 미터쯤 떨어진 곳에 예배당이 있지요?"
"부서진 예배당인데, 그곳에 롤롱 공(公)의 묘가 있습니다."
"운전사에게 일러 그 예배당 옆에서 기다리게 해주십시오."
"운전사는 아직 돌아오지 않았습니다. 연락이 있을 겁니다…… 그런데 당신은 지하도가 예배당으로 통하고 있다고 생각하시는 것 같군요. 어떤 단서에서……?"
셜록 홈즈는 말을 가로막았다.
"사다리와 등을 갖다 주십시오."
"네? 등과 사다리가 필요하다는 말씀이지요?"
"물론입니다. 필요하기 때문에 부탁드리고 있는 것입니다."
드반은 약간 어리둥절하여 벨을 울렸다. 두 가지 물건이 곧 도착했다.
그런 다음 마치 군대의 호령처럼 엄격하고 정확한 명령이 차례차례 튀어나왔다.
"이 사다리를 책장에 걸쳐두시오. 티베르메닐이라고 적힌 글자 왼편에……."

드반이 사다리를 세우자, 영국인이 계속해서 말했다.

"좀더 왼쪽 …… 오른쪽 …… 됐소! 올라가서…… 좋아요! 그 글자는 모두 돋을새김이지요?"

"그렇습니다."

"H라는 글자를 보십시오. 어느 쪽으로든 돌아갑니까?"

드반은 H자를 만져보고는 크게 소리쳤다.

"돌아갑니다! 오른쪽으로 4분의 1바퀴만큼! 어떻게 해서 아셨지요?"

셜록 홈즈는 그의 말에는 대답도 하지 않고 계속했다.

"거기에서 R자에 닿습니까? 그렇지…… 빗장처럼 몇 번 움직여 보시오."

드반은 R자를 움직였다. 그러자 놀랍게도 그것이 안쪽으로부터 빠졌다.

"됐습니다."

셜록 홈즈가 말했다.

"그 다음은 사다리를 반대 쪽, 그러니까 티베르메닐의 끝 쪽으로 밀고 가면 됩니다. ……좋아요. 이번에는 내가 잘못 알고 있지 않다면 L자가 창문처럼 열릴 겁니다."

드반은 약간 점잔을 빼면서 L자에 손을 댔다. L자가 열렸다. 그러나 드반은 사다리에서 굴러 떨어졌다. 책장에 있는 티베르메닐의 머리글자와 끝 글자 사이의 부분이 한 바퀴 회전하여 지하도의 입구가 열렸던 것이다.

셜록 홈즈는 태연자약하게 말했다.

"다치지 않으셨습니까?"

"아니, 괜찮습니다."

드반은 일어서면서 말했다.

"다치지는 않았습니다만, 깜짝 놀랐습니다…… 글자가 움직이고…… 지하도의 입구가……."

"쉴리의 인용문과 완전히 일치하고 있지 않습니까?"

"어떻게요?"

"뭐 대단한 것은 아니지요. H(Hache 도끼)는 선회하지만, R(Air 공기)은 떨며, L(Aile 날개)은 펼쳐진다…… 이리하여 앙리 4세가 엉뚱한 시간에 탕카르빌 양을 맞이할 수가 있었던 겁니다."

"하지만 루이 16세는?"

몹시 놀라며 드반이 물었다.

"루이 16세는 훌륭한 대장장이이자 솜씨 있는 자물쇠공이었습니다. 나는 그의 저서라고 일컬어지는 《조립식 자물쇠론》을 읽은 적이 있지요. 티베르메닐로서는 폐하께 이 걸작을 보여드린다는 것은 신하로서 충성스러운 일이었던 것입니다. 그러니까 티베르메닐(Thibermesnil)의 두 번째, 여섯 번째, 열두 번째의 글자, H와 R과 L입니다."

"아, 과연 이제 이해가 갑니다. 그러나 이 방에서 나가는 것은 알았습니다만 뤼팽이 어떻게 들어올 수 있었는지는 알 수가 없습니다. 그는 밖에서 들어왔으니까요."

셜록 홈즈는 전등을 켜고 지하도로 몇 발 내디뎠다.

"저기를 보십시오. 이렇게 보면 그 장치는 시계의 태엽과 비슷해서 완전히 알 수 있습니다. 글자가 전부 뒤집혀져 있지요? 그러므로 뤼팽은 이쪽에서 움직이게 하면 되었던 것입니다."

"증거는?"

"증거라고요? 이 기름 묻은 자리를 보십시오. 뤼팽은 톱니바퀴에 기름을 뿌릴 필요가 있다는 것까지도 알고 있었습니다."

셜록 홈즈는 감탄한 듯이 말했다.

"하지만 다른 출구를 알고 있었을까요?"

"나도 알고 있습니다. 따라오십시오."

"지하도를 말입니까?"

"무섭습니까?"

"아니오. 하지만 분명히 길을 아십니까?"

"눈을 감고도."

두 사람은 먼저 열두 단을 내려갔다. 그런 다음 다시 열두 단, 다시 열두 단을 두 번, 그리고 나서 두 사람은 길다란 복도를 걸어갔다. 그 벽돌로 된 벽은 여러 차례 수리한 흔적이 있었고, 군데군데 물이 스며들어와 있었다. 땅바닥은 축축했다.

"연못 아래를 지나고 있는 중입니다."

드반은 안절부절못하면서 말했다.

복도의 막다른 곳에 다시 열두 단의 계단이 있었다. 그리고 또 각각 열두 단의 계단이 세 개 있었다.

두 사람은 애를 써가며 그것을 올라갔다. 다 올라가자 바위를 뚫어 만든 조그마한 동굴이 나왔다. 그러나 길은 막혀 있었다.
"제기랄!"
셜록 홈즈가 중얼거렸다.
"여기서 막힌다면 곤란한데……."
"돌아갑시다."
드반이 중얼거리며 말했다.
"왜냐하면 더 이상 조사할 필요가 없으니까요. 이제 다 알았습니다."

그런데 영국인은 머리를 쳐들고 안도의 한숨을 내쉬었다. 두 사람의 머리 위에는 입구와 같은 장치가 되어 있었다. 세 개의 글자를 움직이기만 하면 되었다. 화강암 덩어리가 움직였다. 뒤쪽은 'THIBERMESNIL'이라는 열두 글자가 돋을새김으로 되어 있는 롤롱 공의 묘석이었다.

그리고 두 사람은 영국인이 짐작하고 있었던 대로 반쯤 부서진 작은 예배당 안에 있었다.
"……'사람들은 하느님에게까지 날아간다.' 그러니까 예배당으로 들어간다는 것입니다."
홈즈는 인용문을 설명했다.
"그토록 간단한 문장만으로 어떻게 그리 잘 아셨지요?"
"그런 건 없어도 되었습니다. 국립 도서관의 책에는 지하통로를 나타내는 선의 왼쪽 끝은 원에 연결되어 있고, 오른쪽 끝은 십자가에 연결되어 있었습니다. 그쪽 십자가는 지워져서 확대경으로밖에 보이지 않았습니다. 십자가는 분명히 예배당을 의미하고 있습니다."

영국인이 말했다.

가엾은 드반은 자기의 귀를 믿을 수가 없었다.

"놀랄 만한 일이고 한편으로는 유치할 정도로 간단하군요! 어째서 이 비밀을 알아낼 수 없었을까요?"

"그것은 서너 가지의 중요한 점을 아무도 연결시킬 수가 없었기 때문입니다. 그러니까 두 권의 책과 인용문을 아무도 연결시키지 못한 거지요. 뤼팽과 나 말고는."

"그러나 나도 알고 있었는데요."

드반이 반박했다.

"그리고 젤리스 신부도요. 우리는 둘 다 당신과 같은 정도는 알고 있었습니다……."

홈즈는 소리를 죽여 웃었다.

"드반 씨, 아무나 수수께끼를 풀 수 있는 것은 아닙니다."

"그러나 나는 10년이나 찾았습니다. 그것을 당신은 단 10분으로……."

"뭘요! 그 정도는 보통이지요."

두 사람은 예배당을 나왔다. 영국인이 말했다.

"어, 자동차가 기다리고 있었군!"

"내 차입니다."

"당신 차라고요? 운전사는 아직 돌아오지 않았을 텐데요?"

"아, 그랬지…… 이상한걸……?"

두 사람은 자동차가 있는 곳까지 갔다. 그리고 드반은 운전사를 불렀다.

"에드와르, 누가 이곳으로 가라고 지시했나?"

"벨몽 씨였습니다."

운전사가 대답했다.

"벨몽 씨? 그를 만났나?"

"네, 역 부근에서 만났습니다. 예배당으로 가라고 하시더군요."

"예배당으로 가라고? 무엇 때문이지?"

"주인님과 친구분을 맞이하러······."

드반과 홈즈는 얼굴을 마주 바라보았다. 드반이 말했다.

"그 사람은 당신에게 있어 이 수수께끼를 푸는 일이 대단히 손쉬운 일이라는 것을 알고 있었던 것입니다. 재치 있는 칭찬인데요."

만족스러운 듯한 미소가 탐정의 얇은 입술을 벌어지게 했다. 이 칭찬이 마음에 들었던 것이다. 그는 머리를 끄덕이면서 말했다.

"상당한 인물이더군요. 잠깐 만나보고 알았지요."

"만나 보셨습니까?"

"아까 길에서 스쳐 지났지요."

"당신은 그것이 오라스 벨몽, 말하자면 아르센 뤼팽이라는 것을 아셨다는 말씀이죠?"

"아니오. 그러나 그 뒤에 바로 알았습니다. 그 익살을 부리는 것을 봐서 말이지요."

"그런데도 달아나게 내버려두셨습니까?"

"그랬지요. 내 쪽이 유리했습니다만…… 헌병이 다섯 명이나 지나가고 있었으니까요."

"왜 그렇게 하셨지요? 아주 좋은 기회였는데?"

"바로 그 점입니다."

영국인은 의기양양하게 말했다.

"아르센 뤼팽 정도의 상대에게 셜록 홈즈는 기회를 이용하거나 하지는 않습니다. 기회를 만들어내지요."

이제는 돌아갈 시간이었다. 뤼팽이 일부러 자동차를 이쪽으로 보내준 것이니 이용하지 않으면 실례가 될 것이었다. 드반과 셜록 홈즈는 쾌적한 자동차 안으로 들어가 등을 기대고 출발했다. 밭이며 나무 숲이 뒤로 달려갔다. 코 지방의 완만한 기복이 눈앞에서 평평해졌다. 별안간 드반의 시선은 연장통에 들어 있는 조그마한 꾸러미로 쏠렸다.

"아니, 이게 뭘까? 이 꾸러미는…… 당신 것이로군요."

"내 것이라고요?"

"읽어보십시오. 셜록 홈즈 귀하, 뤼팽으로부터……?"

영국인은 그 꾸러미를 받아서 끈을 풀고 두 장의 포장지를 펼쳤다. 그것은 회중시계였다.

"아니!"

그는 분노로 몸을 떨면서 외쳤다.

"시계가……."

드반이 말했다.

"어쩌면……."

영국인은 대답을 하지 않았다.

"뭡니까, 당신의 시계로군요. 뤼팽이 당신의 시계를 돌려주었군요! 그러나 돌려주었다면 훔쳤다는 얘기가 되지요……. 당신의 시계를 말입니다. 아, 이건 고급시계로군요. 아르센 뤼팽이 훔쳐간 셜록 홈즈의 시계! 얼마나 우스운 일입니까! 아니, 실례지만…… 정말 실례지만 참을 수가 없군요."

그는 실컷 웃고 나더니, 확신 있는 말투로 단언했다.

"정말이지, 과연 뛰어난 인물이군요."

영국인은 꼼짝도 하지 않았다. 디에프에 도착할 때까지 지평선에 시선을 못박은 채 한마디도 하지 않았다. 그의 침묵은 기분이 나빴고 이해할 수 없었으며 어떤 맹렬한 격분보다도 강렬했다. 그는 부두에서 이미 분노의 그림자도 사라진 듯이 뛰어난 인물다운 의지와 정력이 느껴지는 말투로 다만 이렇게 중얼거렸을 뿐이었다.

"그렇습니다. 그자는 뛰어난 인물입니다. 드반 씨, 내가 이 손으로 어깨를 붙들고 싶은 인물입니다. 그리고 언젠가는 아르센 뤼팽과 셜록 홈즈가 다시 만날 날이 있을 거라고 생각합니다. 그렇지요, 세상은 너무 좁기 때문에 우리 두 사람이 만나지 않을 수가 없습니다…… 그리고 그날이야말로……!"